El 4 de Julio

books4pocket

James Patterson

El 4 de Julio

Traducción de Elena Barrutia

EDICIONES URANO

Argentina - Chile - Colombia - España
Estados Unidos - México - Uruguay - Venezuela

Título original: *4th of July*
Copyright © 2005 by James Patterson

© de la traducción: Elena Barrutia García
© 2006 by Ediciones Urano
Aribau, 142, pral. – 08036 Barcelona
www.edicionesurano.com
www.books4pocket.com

1ª edición en Books4pocket junio 2009

Diseño de la colección: Opalworks
Imagen y diseño de portada: Opalworks

Impreso por Novoprint, S.A.
Energía 53
Sant Andreu de la Barca (Barcelona)

Fotocomposición: Books4pocket

ISBN: 978-84-92516-70-4
Depósito legal: B-20.274-2009

Impreso en España – *Printed in Spain*

Nuestros agradecimientos al capitán de la policía Richard Conklin, del Departamento de Investigación de Stamford en Connecticut; y al doctor Humphrey Germaniuk, médico forense del Trumbell County de Ohio, un gran profesor y un destacado experto en patología forense. Y un agradecimiento muy especial a Mickey Sherman, extraordinario abogado defensor, por sus sabios consejos.

También estamos agradecidos a Lynn Colomello, Ellie Shurtleff, Linda Guynup Dewey y Yukie Kito por su excelente asistencia informática y su ayuda en la investigación sobre el terreno.

PRIMERA PARTE

A NADIE LE IMPORTA

1

Eran casi las cuatro de la mañana de un día laborable. Tenía ya la mente acelerada incluso antes de que Jacobi detuviera nuestro coche enfrente del Lorenzo, un «hotel turístico» que se alquilaba por horas situado en el distrito Tenderloin de San Francisco, tan inhóspito que ni siquiera el sol se atrevía a cruzar la calle.

En la acera había tres agentes de policía, y Conklin, el primer oficial en el escenario del crimen, estaba acordonando la zona junto con otro oficial, Les Arou.

—¿Qué tenemos? —les pregunté.

—Un varón blanco, teniente. En la adolescencia tardía, con los ojos saltones y en su punto —me dijo Conklin—. Habitación veintiuno. No hay señal alguna de que forzaran la entrada. La víctima está en la bañera, como la última que encontramos.

Mientras Jacobi y yo entrábamos en el hotel nos invadió el desagradable olor a vómitos y orina. En aquel lugar no había botones. Tampoco había ascensores ni servicio de habitaciones. La gente de la noche se ocultaba en las sombras, excepto una joven prostituta de tez grisácea que llevó a Jacobi a un lado.

—Déme veinte dólares —la oí decir—. Os he proporcionado una matrícula.

Jacobi le pasó un billete de diez a cambio de un trozo de papel antes de volverse hacia el recepcionista y preguntarle por la víctima:

—¿Tenía un compañero de habitación, tarjeta de crédito, algún hábito?

Yo esquivé a un toxicómano y subí al segundo piso. La habitación número 21 estaba abierta, y en la puerta había un policía novato haciendo guardia.

—Buenas noches, teniente Boxer.

—Ya es de madrugada, Keresty.

—Sí, señora —dijo anotando mi nombre y girando la tablilla para que firmara.

La habitación, de unos tres metros y medio por otros tantos, estaba más oscura que el pasillo. Se habían fundido los plomos, y de las ventanas que daban a la calle colgaban unas finas cortinas de aspecto fantasmal. Yo estaba intentando determinar qué era una prueba y qué no, procurando no pisar nada, para resolver el enigma. Había demasiado de todo y muy poca luz.

Enfoqué con la linterna los frascos de *crack* del suelo, el colchón manchado de sangre vieja, los montones de basura y ropa maloliente que había por todas partes. En la esquina había una especie de cocina con el hornillo aún caliente, y los trastos para drogarse en el fregadero.

El ambiente del cuarto de baño era muy denso. Recorrí con la linterna el cable eléctrico que iba del enchufe junto al lavabo a la bañera, pasando por encima del retrete atascado.

Cuando dirigí la luz al muchacho muerto se me encogió el estómago. Era un rubio delgado sin pelo en el pecho; estaba desnudo, medio sentado en la bañera con los ojos hinchados y espuma en los labios y la nariz. El cable acababa en una antigua tostadora que brillaba en el agua del baño.

—Mierda —dije mientras entraba Jacobi en el cuarto de baño—. Ya estamos otra vez.

—Está bien tostado —dijo Jacobi.

Como jefe de la brigada de Homicidios no estaba obligada a hacer tareas de detective. Pero en momentos como ése no podía quedarme al margen. Habían electrocutado a otro muchacho, pero ¿por qué? ¿Era una víctima fortuita de la violencia o se trataba de un asunto personal? Me imaginé al muchacho agitándose de dolor mientras la corriente le recorría el cuerpo y le paralizaba el corazón.

El agua que había en las baldosas agrietadas del suelo estaba subiendo por las perneras de mis pantalones. Levanté un pie y cerré con la punta la puerta del cuarto de baño sabiendo muy bien lo que iba a ver. Las bisagras, que probablemente nunca habían sido engrasadas, se quejaron con un gemido nasal.

En la puerta había cuatro palabras pintadas con *spray*. Por segunda vez en un par de semanas me pregunté qué diablos querían decir.

«A NADIE LE IMPORTA»

2

Parecía un suicidio especialmente truculento, salvo que el *spray* de pintura no se veía por ninguna parte. Oí llegar a Charlie Clapper y los técnicos del laboratorio de criminología, que empezaron a preparar el equipo forense en la habitación exterior. Me quedé a un lado mientras el fotógrafo sacaba fotos de la víctima, y luego desenchufé el cable de la pared de un tirón.

Charlie cambió los plomos.

—Gracias a Dios —dijo mientras la luz inundaba aquel espantoso lugar.

Yo estaba registrando la ropa de la víctima, sin encontrar ningún tipo de identificación, cuando entró por la puerta Claire Washburn, jefa de medicina forense de San Francisco y mi mejor amiga.

—Es bastante desagradable —le dije mientras entrábamos en el cuarto de baño. Claire me da una gran tranquilidad y es como una hermana para mí, más incluso que mi propia hermana—. He tenido un impulso.

—¿De qué? —me preguntó con suavidad.

Tragué saliva para contener la sensación que me subía por la garganta. Me había acostumbrado a muchas cosas, pero nunca me acostumbraría al asesinato de muchachos.

—Sólo quiero meter la mano y quitar el tapón.

La víctima tenía peor aspecto aún con tanta luz. Claire se agachó junto a la bañera estrujando su voluminoso cuerpo en un reducido espacio.

—Edema pulmonar —dijo refiriéndose a la espuma rosa de la nariz y la boca del chico muerto. Trazó las pequeñas heridas que tenía en los labios y alrededor de los ojos—. Estaba un poco entonado antes de que le electrocutaran.

Yo señalé el corte vertical del pómulo.

—¿Qué opinas de eso?

—Creo que va a coincidir con la palanca de la tostadora. Parece que le marcaron con esa Sunbeam antes de tirarla a la bañera.

El muchacho tenía la mano apoyada en el borde de la bañera. Claire la levantó con cuidado y le dio la vuelta.

—No hay *rigor mortis*. El cuerpo está aún caliente y cada vez más lívido. Lleva muerto menos de doce horas, probablemente menos de seis. No hay huellas visibles. —Pasó las manos por el pelo sin brillo del chaval y le levantó el labio superior con los dedos enguantados—. Hacía tiempo que no veía a un dentista. Podría ser un fugitivo.

—Sí —dije. Luego debí quedarme callada durante un rato.

—¿En qué estás pensando, cielo?

—En que tengo otro John Doe en mis manos.

Me estaba acordando de otro John Doe, un adolescente sin techo al que habían asesinado en un sitio como ése cuando empecé a trabajar en Homicidios. Fue uno de mis peores casos, y diez años después su muerte me seguía atormentando.

—Sabré más cuando tenga a este joven sobre mi mesa —estaba diciendo Claire en el momento en que Jacobi volvió a asomar la cabeza por la puerta.

—La informadora dice que ese número incompleto de una matrícula es de un Mercedes —dijo—. De color negro.

En el otro homicidio con electrocución habían visto un Mercedes negro. Sonreí al sentir un atisbo de esperanza. Sí, para mí era un asunto personal. Iba a encontrar al miserable que había matado a esos muchachos antes de que pudiera volver a hacerlo.

3

Había pasado una semana desde la pesadilla del hotel Lorenzo. Los del laboratorio de criminología seguían examinando los abundantes detritus de la habitación 21, y el número parcial de tres cifras de la matrícula que nos proporcionó la informadora no era del todo correcto, o se lo había inventado. En cuanto a mí, por las mañanas me levantaba triste y cabreada porque este desagradable caso no iba a ninguna parte.

Los chicos muertos me perseguían esa noche mientras iba al Susie para reunirme con las chicas. El Susie es un restaurante cercano, un local muy animado, con las paredes pintadas de colores tropicales, donde sirven comida caribeña picante pero sabrosa.

Jill, Claire, Cindy y yo hemos convertido este lugar en nuestro santuario y en la sede de nuestro club. Nuestra conversación directa, sin atender a jerarquías ni pautas establecidas, ha reducido con frecuencia semanas de trabajo burocrático. Allí hemos resuelto juntas muchos casos.

Vi a Claire y Cindy en «nuestro» reservado del fondo. Claire se estaba riendo de algo que había dicho Cindy, lo cual sucedía a menudo porque Claire tenía una risa fácil, y Cindy era una chica muy divertida además de una extraordinaria periodista de investigación del *Chronicle*. Jill, por supuesto, no estaba.

—Quiero lo que estéis tomando —dije mientras me sentaba en el reservado al lado de Claire. En la mesa había una jarra de margaritas y cuatro copas, dos de ellas vacías. Llené una y miré a mis amigas sintiendo esa conexión mágica que habíamos forjado con todo lo que habíamos pasado juntas.

—Parece que necesitas una transfusión —comentó Claire.

—Pues sí, por vía intravenosa. —Tomé un trago de la bebida helada, cogí el periódico que tenía Cindy junto al codo y lo hojeé hasta encontrar la noticia escondida en la página 17 de la sección metropolitana, debajo del pliegue. SE BUSCA INFORMACIÓN SOBRE LOS ASESINATOS DEL DISTRITO TENDERLOIN.

—Me parece que es lo más importante —dije.

—Los vagabundos muertos nunca aparecen en primera página —dijo Cindy con tono comprensivo.

—Es muy extraño —les expliqué a las chicas—. De hecho, tenemos *demasiada* información. Siete mil huellas. Pelo, fibras, una tonelada de ADN inútil de una alfombra que no se ha limpiado desde que Nixon era un niño. —Dejé de divagar el tiempo necesario para quitarme la goma elástica de la coleta y soltarme el pelo—. Por otra parte, con todos los chivatos potenciales que andan por el distrito Tenderloin, lo único que tenemos es una mierda de pista.

—Esto apesta, Linds —dijo Cindy—. ¿Te está presionando el jefe?

—No —contesté señalando con el dedo la pequeña mención de los asesinatos del distrito Tenderloin—. Como dice el asesino, a nadie le importa.

—Tómatelo con calma, cielo —añadió Claire—. Acabarás hincándole el diente a este asunto. Siempre lo haces.

—Sí, ya es suficiente. Jill me reñiría por quejarme.

—Ella diría que «no hay ningún problema» —bromeó Cindy señalando el asiento vacío de Jill. Levantamos nuestras copas y brindamos con ellas.

—Por Jill —dijimos al unísono.

Llenamos la copa de Jill y la pasamos alrededor en recuerdo de Jill Bernhardt, una fiscal extraordinaria y gran amiga nuestra, que había sido asesinada unos meses antes. La echábamos terriblemente de menos, y así lo manifestamos. Al cabo de un rato nuestra camarera, Loretta, trajo otra jarra de margaritas para reemplazar la última.

—Pareces animada —le dije a Cindy cuando nos comunicó la noticia. Había conocido a un tipo nuevo, un jugador de hockey que jugaba con los Sharks de San José, y estaba muy contenta. Mientras Claire y yo intentábamos sacarle más detalles, empezó a tocar la banda de *reggae*, y enseguida acabamos cantando una canción de Jimmy Cliff haciendo sonar las cucharas contra las copas.

Cuando estaba comenzando a perderme en Margaritaville, sonó mi Nextel. Era Jacobi.

—Reúnete conmigo fuera, Boxer. Estoy a una manzana. Tenemos una pista de ese Mercedes.

Debería haberle dicho «Vete sin mí. No estoy de servicio». Pero era mi caso y tenía que ir. Tiré unos cuantos billetes sobre la mesa, lancé unos besos a las chicas y fui hacia la puerta. El asesino se equivocaba en una cosa. *A alguien sí le importaba.*

4

Entré en nuestro camuflado Crown Vic gris por la puerta del copiloto.

—¿Adónde vamos? —le pregunté a Jacobi.

—Al distrito Tenderloin —me dijo—. Han visto un Mercedes negro circulando por allí. No parece encajar en el barrio.

El inspector Warren Jacobi había sido antes mi compañero. Había aceptado muy bien mi ascenso, sobre todo teniendo en cuenta que me llevaba más de diez años y tenía siete más de experiencia. Seguíamos trabajando juntos en casos especiales, y aunque yo era su superior, tenía que ser sincera con él.

—He bebido un poco en el Susie.

—¿Cervezas?

—Margaritas.

—¿Cuánto es un poco? —inclinó su enorme cabeza hacia mí.

—Una y media —dije sin contar la tercera parte de la copa que habíamos bebido por Jill.

—¿Te encuentras bien para venir conmigo?

—Sí, claro. Estoy bien.

—No pienses que vas a conducir.

—¿Te lo he pedido?

—Ahí detrás hay un termo.

—¿De café?

—No, es para que hagas pis en él si te hace falta, porque no tenemos tiempo de parar.

Me reí mientras cogía el café. Jacobi era muy bueno para los chistes sosos. Mientras entrábamos en la calle Seis justo al sur de Mission, vi un vehículo que coincidía con la descripción, en una zona de estacionamiento de una hora.

—Mira, Warren. Ése es nuestro coche.

—Buen tiro, Boxer.

Aparte del nivel de alcohol en mi tensión sanguínea, en la calle Seis no ocurría nada. Era una calle decrépita de tiendas mugrientas y almacenes vacíos cerrados con tableros de madera contrachapada llenos de ojos. Había vagabundos deambulando sin rumbo fijo, e indigentes que dormían bajo sus montones de basura. Uno de ellos se acercó al reluciente coche negro.

—Espero que no lo robe nadie —dije—. Destaca como un piano de cola en una chatarrería.

Comuniqué nuestra posición y nos situamos a media manzana del Mercedes. Después metí la matrícula en nuestro ordenador, y esta vez hubo premio. El coche estaba registrado a nombre del doctor Andrew Cabot, de Telegraph Hill.

Llamé a la Central y pedí a Cappy que comprobara la identidad del doctor Cabot en la base de datos. Luego Jacobi y yo nos preparamos para una larga espera. Quienquiera que fuese Andrew Cabot, sin duda alguna había bajado a los barrios bajos. Normalmente las vigilancias son tan fascinantes como una comida rancia, pero yo estaba tamborileando en el salpicadero con los dedos. ¿Dónde diablos se encontraba Andrew Cabot? ¿Qué estaba haciendo allí?

Veinte minutos después una barredora, un armatoste amarillo chillón como un armadillo, con luces intermitentes y alarmas traseras, subió a la acera como todas las noches. Los indigentes se levantaron del suelo para evitar las escobillas. Los papeles revoloteaban bajo la luz de las farolas.

La barredora nos tapó la vista unos instantes, y cuando pasó, Jacobi y yo lo vimos al mismo tiempo: las puertas del conductor y del copiloto del Mercedes se estaban cerrando.

El coche se puso en marcha.

—Es la hora del *rock and roll* —dijo Jacobi.

Esperamos unos tensos segundos mientras un Camry marrón se interponía entre nosotros y nuestro objetivo. Transmití por radio: «Estamos siguiendo a un Mercedes negro, Queen Zebra Whisky Dos Seis Charlie, que se dirige al norte por la calle Seis hacia Mission. Llamamiento a las unidades de la zona… *¡Mierda!*»

Se suponía que iba a ser una maniobra rápida, pero sin aviso ni motivo aparente el conductor del Mercedes desapareció dejándonos a Jacobi y a mí en el polvo recién barrido.

5

Observé sin poder creérmelo cómo las luces traseras del Mercedes se convertían en pequeños puntos rojos que se alejaban cada vez más mientras el Camry aparcaba cuidadosamente marcha atrás bloqueándonos el paso.

Cogí el micro y vociferé por el sistema de megafonía del coche:

—¡Despejen la calle! ¡Apártense!

—Joder —dijo Jacobi.

Dio al interruptor que encendía las luces de emergencia, y mientras la sirena comenzaba a sonar, pasamos junto al Camry arrancándole un foco trasero.

—Muy bueno, Warren.

Después de atravesar el cruce de la calle Howard activé el código 33 para mantener la banda de frecuencia de la radio libre para la persecución.

—Vamos hacia el norte por la Seis, al sur de la calle Market, intentando alcanzar a un Mercedes negro. Se ruega a todas las unidades de la zona que se dirijan hacia allí.

—¿Motivo de la persecución, teniente?

—Investigación de un homicidio.

La adrenalina me invadió el cuerpo. Íbamos a pillarle, y recé para que no atropelláramos a ningún curioso por el camino. Las unidades de radio comunicaron su situación mientras cruzábamos Mission con el semáforo en rojo a unos cien kilómetros por hora.

Pisé unos frenos virtuales mientras Jacobi aceleraba nuestro coche por la calle Market, la más grande y concurrida de la ciudad, ahora llena de autobuses, tranvías y coches que volvían tarde a casa.

—A la derecha —le grité a Jacobi.

El Mercedes giró hacia Taylor por un hueco de la calzada. Íbamos dos coches por detrás de él, pero no lo bastante cerca para ver quién conducía en la oscuridad de la noche.

Le seguimos hacia la calle Ellis pasando por delante del hotel Coronado, donde había ocurrido el primer homicidio con electrocución. Aquel debía ser el territorio del asesino. El maldito conocía esas calles tan bien como yo.

Los coches se pegaban a las aceras mientras cruzábamos las calles a toda velocidad con la sirena encendida, subiendo cuesta arriba a todo gas y manteniéndonos en el aire durante unos segundos antes de caer en la vertiente de bajada de la cuesta. Aun así perdimos al Mercedes en Leavenworth mientras los coches y los peatones colapsaban el cruce.

Volví a gritar al micro y di gracias a Dios cuando respondió la radio de un coche:

—Lo tenemos a la vista, teniente. Un Mercedes negro que se dirige hacia el oeste por Turk a ciento veinte por hora.

Otra unidad se había unido a la persecución en Hyde.

—Creo que va hacia Polk —le dije a Jacobi.

—Eso es precisamente lo que estaba pensando.

Dejamos la ruta principal a los coches patrulla, pasamos por el Palacio de Krim y Kram en la esquina de Turk y cogimos la calle Polk hacia el norte. Había alrededor de una docena de callejuelas de dirección única que salían de Polk. Registré cada una de ellas con la vista al pasar por Willow, Ellis y Olive.

—Está ahí arrastrando el trasero —le grité a Jacobi. El Mercedes llevaba la rueda derecha pinchada al girar por delante del teatro de los hermanos Mitchell hacia Larkin.

Me agarré al salpicadero con las dos manos mientras Jacobi le seguía. El Mercedes perdió el control, golpeó una furgoneta aparcada, se subió a la acera y chocó contra un buzón. El metal chirrió mientras el buzón rompía el bastidor del coche, que acabó con el morro hacia arriba en un ángulo de cuarenta y cinco grados y el lado del conductor inclinado hacia la cuneta.

Se oyó una detonación en el capó y empezó a salir vapor del manguito del radiador. El olor a goma quemada y a caramelo del anticongelante impregnaron el aire.

Jacobi detuvo nuestro vehículo y corrimos hacia el Mercedes con las armas en la mano.

—Levanten las manos —grité—. ¡Inmediatamente!

Vi que los dos ocupantes estaban atrapados por los airbags. Mientras se desinflaban, les eché el primer vistazo. Eran unos niñatos blancos, tal vez de unos 13 y 15 años, y estaban aterrados.

Mientras Jacobi y yo empuñábamos nuestras armas con las dos manos y nos acercábamos al Mercedes, los críos empezaron a llorar a lágrima viva.

6

Tenía el corazón a punto de estallar, y ahora estaba furiosa. A no ser que el doctor Cabot tuviera dieciséis años, como el doctor Doogie Howser de la popular serie televisiva, no estaba en su coche. Esos críos debían ser idiotas, unos locos de la velocidad o ladrones de coches, o puede que las tres cosas a la vez.

Seguía apuntando con mi pistola a la ventanilla del lado del conductor.

—Levantad las manos. Eso es. Tocad el techo. Los dos.

El conductor tenía la cara llena de lágrimas, y sobresaltada me di cuenta de que era una niña. Tenía el pelo muy corto con las puntas rosas, y no llevaba maquillaje ni *piercings* en la cara: una versión *punk* de la revista *Seventeen* que no le había salido muy bien. Cuando levantó las manos, vi unos trocitos de cristal sobre su camiseta negra. Su nombre colgaba de una cadena que llevaba alrededor del cuello.

Reconozco que le grité. Acabábamos de realizar una persecución en la que podíamos habernos matado.

—¿Qué diablos creías que estabas haciendo, Sara?

—Lo siento —gimió—. Es que… sólo tengo un permiso de prácticas. ¿Qué va a hacerme?

No me lo podía creer.

—¿Has huido de la policía porque no tienes permiso de conducir? ¿Estás loca?

—Va a matarnos —dijo el otro pasajero, un niño larguirucho colgado hacia un lado del cinturón de seguridad que le sujetaba en el asiento del copiloto.

El muchacho tenía unos ojos marrones enormes y un flequillo rubio que caía sobre ellos. Estaba sangrando por la nariz, que probablemente se había roto con el golpe del airbag. Las lágrimas le caían por las mejillas.

—No diga nada, por favor. Diga sólo que robaron el coche o algo así y déjenos ir a casa. Por favor. Seguro que nuestro padre nos matará.

—¿Por qué? —preguntó Jacobi con tono sarcástico—. ¿No va a gustarle el nuevo adorno del capó de su coche de sesenta mil dólares? Mantened las manos donde podamos verlas y salid muy despacio.

—No puedo. Estoy atascado —sollozó el muchacho. Se limpió la nariz con el dorso de la mano, con lo que extendió la sangre por la cara. Luego vomitó en el salpicadero.

—Mierda —murmuró Jacobi mientras nos sobrevenía el instinto de prestar ayuda. Enfundamos nuestras armas y abrimos entre los dos la puerta del lado del conductor. Después de apagar el motor sacamos a los niños del vehículo y los ayudamos a ponerse de pie.

—Veamos ese permiso de prácticas, Sara —dije. Me estaba preguntando si su padre sería el doctor Cabot y si le tenían miedo por alguna buena razón.

—Está aquí —dijo Sara—. En mi cartera.

Jacobi estaba llamando a una ambulancia cuando la joven metió la mano en el bolsillo interior de su chaqueta y sacó un objeto tan inesperado y espeluznante que se me heló la sangre.

—¡UN ARMA! —grité un segundo antes de que disparara sobre mí.

7

Daba la impresión de que el tiempo iba más despacio, y cada segundo parecía distinto del anterior, pero la verdad es que todo ocurrió en menos de un minuto.

Me encogí hacia un lado al sentir el fuerte golpe de la bala en mi hombro izquierdo. Luego recibí otro disparo en el muslo. Mientras intentaba comprender, se me doblaron las piernas y caí al suelo. Al alargar la mano hacia Jacobi vi cómo se le alteraba la cara.

No perdí el conocimiento. Vi al muchacho disparar sobre Jacobi: *pam-pam-pam*. Luego se acercó a él y le dio una patada en la cabeza. Entonces le oí decir a la niña:

—Venga, Sammy. Vámonos de aquí.

No sentía dolor, sólo rabia. Estaba pensando con tanta claridad como en cualquier otro momento de mi vida. Se habían olvidado de mí. Busqué a tientas mi Glock de nueve milímetros, que seguía en mi cintura, agarré la empuñadura con la mano y me incorporé.

—*Tira el arma* —grité apuntando a Sara con mi pistola.

—*Que te jodan, hija de puta* —respondió. Estaba aterrorizada mientras empuñaba su 0,22 y lanzaba tres disparos. Los casquillos rebotaron en la acera a mi alrededor.

Es difícil dar en el blanco con una pistola, pero yo hice lo que me habían enseñado a hacer. Apunté al centro de su pecho y apreté dos veces el gatillo: *pum-pum*. Sara arrugó la cara al desplomarse. Intenté ponerme de pie, pero sólo conseguí levantar una rodilla.

El muchacho, con la cara manchada de sangre, también tenía una pistola en la mano, y me apuntó con ella.

—¡Tírala! —grité.

—¡Has matado a mi hermana!

Apunté y volví a apretar el gatillo: *pum-pum*. El muchacho soltó su arma mientras se tambaleaba y gritaba al caerse.

8

Se produjo un terrible silencio en la calle Larkin. Luego empezó a haber ruidos. A media distancia sonaba un *rap* en una radio. Oí los suaves gemidos del muchacho y las sirenas de los coches de policía que se acercaban.

Jacobi no se movía. Le llamé a gritos, pero no respondió. Desenganché mi Nextel del cinturón y llamé a la Central como pude.

—*Dos oficiales y dos civiles heridos. Necesitamos asistencia médica. Envíen dos ambulancias inmediatamente.*

La radioperadora me estaba haciendo preguntas: situación, número de placa, situación de nuevo.

—¿Estás bien, teniente? Lindsay. Contéstame.

Los ruidos iban y venían. Dejé caer el teléfono y apoyé la cabeza en el blando pavimento. Había disparado a dos niños. ¡Niños! Había visto sus caras asustadas mientras se desplomaban. Dios mío, ¿qué había hecho?

Sentí la sangre caliente que tenía debajo del cuello y alrededor de la pierna. Lo reproduje todo en mi mente, esta vez empujando a los niños contra el coche. Esposándolos. Cacheándolos. ¡Qué inteligentes y competentes habíamos sido...!

Habíamos sido unos estúpidos, y ahora íbamos a morir todos. Afortunadamente me envolvió la oscuridad y cerré los ojos.

SEGUNDA PARTE

VACACIONES IMPREVISTAS

9

En la calle Ocean Colony, en la zona más bonita de Half Moon Bay, California, había un hombre sentado tranquilamente en un coche gris difícil de describir. No era el tipo de hombre en el que se fijaba la gente, aunque allí estaba fuera de lugar, y además no tenía autorización para vigilar a la familia que vivía en la casa colonial blanca con caros coches en el camino de entrada.

El Vigilante levantó una cámara no más grande que una caja de cerillas. Era un aparato asombroso, con 1 giga de memoria y un *zoom* de 10 aumentos.

Enfocó el *zoom* y apretó el botón para captar una instantánea de la familia que se movía detrás de la ventana de la cocina mientras desayunaban sus cereales integrales y charlaban animadamente.

A las 8.06 en punto, Caitlin O'Malley abrió la puerta principal. Llevaba un uniforme escolar, una mochila púrpura y dos relojes, uno en cada muñeca. Su largo pelo de color castaño brillaba rotundamente.

El Vigilante sacó una foto a Caitlin mientras la joven entraba en el Lexus, un todoterreno negro, por la puerta del copiloto, y enseguida oyó la distante música *rock* de la radio.

Dejando la cámara en el salpicadero, el Vigilante sacó su libreta azul y un bolígrafo de punta fina de la guantera y tomó notas con su cuidadosa letra, casi caligráfica.

Era esencial apuntarlo todo. La Verdad lo exigía.

A las 8.09 se volvió a abrir la puerta principal. El doctor Ben O'Malley llevaba un traje ligero de lana gris y una corbata roja que ceñía el cuello de su camisa blanca almidonada. Se volvió hacia su mujer, Lorelei, le dio un beso en los labios y luego bajó por el camino principal a grandes zancadas.

Todos estaban siendo puntuales.

La pequeña cámara captó las imágenes. *Zum. Zum. Zum.*

El doctor llevó una bolsa de basura al contenedor azul que había junto a la acera. Olfateó el aire y miró a ambos lados de la calle, pasando la vista por el coche gris y su ocupante, sin detenerse. Luego se reunió con su hija en el Lexus. Unos momentos después salió marcha atrás a la calle Ocean Colony y se dirigió al norte, hacia la Autovía del Cabrillo.

El Vigilante completó sus notas y luego volvió a guardar la libreta, el bolígrafo y la cámara en la guantera.

Ahora los había visto: a la niña con su uniforme recién planchado, las medias blancas hasta la rodilla y su bonita cara llena de energía. Esto conmovió tanto al Vigilante que se le llenaron los ojos de lágrimas. Era tan auténtica, tan diferente a su padre, el doctor, con su disfraz de ciudadano normal.

Pero había una cosa que sí que le gustaba del doctor Ben O'Malley. Su precisión quirúrgica. El Vigilante contaba con eso.

Lo que odiaba eran las sorpresas.

—¡Eh! ¡Sara! —gritó una voz en mi cabeza.

Al despertarme de repente intenté coger mi arma, pero descubrí que no podía moverme. Luego vi sobre mí una cara oscura, iluminada por detrás con una luz blanquecina.

—El Hada del Confite —exclamé.

—Me han llamado cosas peores —dijo Claire riéndose de mi alusión al *Cascanueces*. Estaba en su mesa, y sin duda alguna eso significaba que me había muerto.

—¿Claire? ¿Puedes oírme?

—Alto y claro, nena. —Me envolvió con un suave abrazo maternal—. Bienvenida.

—¿Dónde estoy?

—En la sala de recuperación del Hospital General de San Francisco.

La niebla se estaba levantando. Me acordé de la fría oscuridad de la calle Larkin. De esos niños. *¡Jacobi estaba herido!*

—Jacobi —dije mirando a Claire—. No pudo soportarlo.

—Está en la UCI, cielo. Está luchando con todas sus fuerzas. —Claire me sonrió—. Mira quién está aquí, Lindsay. Sólo tienes que volver la cabeza.

Me costó un gran esfuerzo, pero al girar mi pesada cabeza hacia la derecha, vi su atractiva cara. No se había afeitado, y tenía los párpados cargados de cansancio y preocupación, pero al ver a Joe Molinari mi corazón dio un salto de alegría.

—Joe. Creía que estabas en Washington.

—Estoy aquí, cariño. Vine en cuanto me enteré.

Cuando me besó, sentí sus lágrimas en mis mejillas. Intenté decirle que por dentro me sentía rota.

—Está muerta, Joe. Dios mío, fue horrible.

—Cielo, por lo que he oído no tenías otra elección.

Joe me rozó la mejilla con su barba.

—El número de mi busca está junto al teléfono. ¿Me oyes, Lindsay? Volveré por la mañana.

—¿Qué has dicho, Joe?

—Intenta dormir un poco, Lindsay.

—Vale, Joe. Lo intentaré…

11

Una enfermera llamada Heather Grace, una santa si es que alguna vez ha existido alguna, me había conseguido una silla de ruedas en la que estaba sentada junto a la cama de Jacobi mientras la luz del atardecer entraba por la ventana de la UCI e iluminaba el linóleo azul del suelo. Dos balas le habían atravesado el torso. Una le había destrozado un pulmón, la otra le había perforado un riñón, y la patada que le habían dado en la cabeza le había roto la nariz y le había dejado la cara amoratada.

Era la tercera visita que le hacía, y aunque había hecho todo lo posible para animarle, seguía estando muy decaído. Mientras observaba cómo dormía, sus ojos hinchados se abrieron un poco.

—Hola, Warren.

—Hola, Slick.

—¿Cómo te sientes?

—Como el capullo más grande del mundo. —Tosió con dificultad y yo hice una mueca de comprensión.

—Tómatelo con calma, socio.

—Es una mierda, Boxer.

—Ya lo sé.

—No puedo dejar de pensar en ello. De soñar con ello. —Hizo una pausa y se tocó las vendas de la nariz—. Ese crío disparándome mientras yo estaba allí tocándome la polla.

—Hmm. Yo creo que era tu móvil, Jacobi.

No se rió. Era una mala señal.

—No hay ninguna excusa.

—Nuestros corazones estaban en el lugar adecuado.

—¿Corazones? Mierda. La próxima vez, menos corazón y más cabeza.

Tenía razón, por supuesto. Yo estaba de acuerdo con todo, asintiendo, añadiendo algunas cosas en mi mente: ¿volvería a sentirme bien alguna vez con un arma en la mano? ¿Vacilaría cuando no debería hacerlo? ¿Dispararía sin pensar? Le serví a Jacobi un vaso de agua y metí en él una pajita de rayas.

—La cagué. Debería haber esposado a esa niña…

—No empieces, Boxer. Deberíamos… y probablemente me salvaste la vida.

En la puerta hubo un movimiento rápido. El comisario Anthony Tracchio llevaba el pelo liso hacia un lado. Su ropa de paisano era pulcra y sencilla, y traía una caja de bombones agarrada al pecho. Parecía un adolescente que venía a recoger a su primera novia. Bueno, no exactamente.

—Jacobi. Boxer. Me alegro de veros a los dos juntos. ¿Cómo estáis? —Tracchio no era un mal tipo, y se había portado bien conmigo, aunque lo nuestro no era una historia de amor. Avanzó de puntillas y luego se acercó a la cama de Jacobi.

—Tengo noticias.

Había conseguido captar toda nuestra atención.

—Los hermanitos Cabot dejaron huellas en el Lorenzo. —Se le iluminaron los ojos—. Y Sam Cabot ha confesado.

—¡Mierda bendita! ¿Es eso cierto? —resopló Jacobi.

—Os lo juro por mi madre. Le dijo a una enfermera que él y su hermana estaban jugando con esos fugitivos a un juego que llamaban «una bala o un baño».

—¿Testificará la enfermera? —pregunté.

—Sí, claro. Me lo dijo ella misma.

—Una bala o un baño. Esos jodidos niños —exclamó Jacobi—. Un juego.

—Bueno, ese juego se ha terminado. Incluso encontramos cuadernos y colecciones de relatos de crímenes en la habitación de la niña. Estaba obsesionada con los homicidios. Escuchad, tenéis que recuperaros, ¿de acuerdo? No os preocupéis por nada.

—Ah, esto es de la brigada —dijo dándome los bombones Ghirardelli y una tarjeta con un montón de firmas—. Estamos orgullosos de vosotros.

Charlamos un minuto más con él y le transmitimos las gracias para nuestros amigos del Departamento. Cuando se fue, le di la mano a Jacobi. Haber estado a punto de morir juntos había creado entre nosotros una relación más profunda que la amistad.

—Bueno, esos críos no estaban limpios —dije.

—Sí. Saca el champán.

No podía discutir con él. Que los hermanos Cabot fueran unos asesinos no cambiaba el horror del tiroteo, ni la idea a la que llevaba varios días dando vueltas.

—Voy a decirte algo, Jacobi. Estoy pensando en dejar el trabajo.

—Venga ya. Estás hablando conmigo.

—Lo digo en serio.

—No vas a dejarlo, Boxer.

Estiré un pliegue de su manta y luego toqué el timbre para que viniera una enfermera y me llevara a mi habitación.

—Duerme bien, compañero.

—Ya lo sé: «No te preocupes por nada».

Me incliné sobre él y por primera vez le di un beso en la mejilla con su barba incipiente. Sé que le dolió, pero Jacobi esbozó una sonrisa.

Era un día sacado de las páginas de un libro para colorear, con un sol reluciente, los pájaros cantando y el florido olor del verano por todas partes. Incluso los árboles desmochados del jardín del hospital habían echado abundantes hojas desde la última vez que había estado fuera, tres semanas antes.

Un bonito día, en efecto, pero por algún motivo no podía conciliarlo con la sensación de que algo iba mal. ¿Era paranoia, o había otro ladrillo que estaba a punto de caer?

El Subaru Forester verde de Cat rodeó el camino en elipse de la entrada del hospital, y vi a mis sobrinas saludando y brincando en el asiento trasero. Cuando me puse el cinturón en el asiento del copiloto, mi ánimo mejoró. Hasta empecé a cantar «*What a day for a daydream…*»

—No sabía que sabías cantar, tía Lindsay —dijo Brigid, que tenía seis años, desde el asiento de atrás.

—Claro que sé. Tocaba la guitarra y cantaba a mi manera en la universidad, ¿verdad, Cat?

—La llamábamos los Cuarenta Principales —dijo mi hermana—. Era como uno de esos antiguos tocadiscos con monedas, pero con piernas.

—¿Qué es un tocaqué? —preguntó Meredith, de dos años y medio.

Nos reímos y le expliqué que era como un reproductor de cedés para escuchar discos, y luego le expliqué también qué eran los discos de vinilo.

Bajé la ventanilla y dejé que la brisa echara hacia atrás mi melena rubia mientras íbamos al este por la calle Veintidós hacia las hileras de bonitas casas victorianas de color pastel de dos y tres pisos que se extendían por Potrero Hill.

Cuando Cat me preguntó por mis planes, me encogí de hombros. Le dije que estaba pendiente de la investigación de Asuntos Internos del tiroteo, y que tenía un montón de tiempo por resultar «herida en acto de servicio» que podría aprovechar para limpiar los armarios y ordenar las cajas de zapatos llenas de fotos viejas.

—Tengo una idea mejor. Quédate en nuestra casa mientras te recuperas —dijo Cat—. La semana que viene nos vamos a Aspen. Ven a nuestra casa, por favor. A *Penelope* le encantará tu compañía.

—¿Quién es *Penelope*?

Las niñas se rieron detrás de mí.

—¿Quieeeeeén es *Penelope*?

—Nuestra amiga —respondieron a coro.

—Déjame pensarlo —le dije a mi hermana mientras girábamos a la izquierda en la calle Mississippi y nos deteníamos frente a la casa victoriana azul de apartamentos en la que vivía.

Mientras Cat me ayudaba a salir del coche, mi amiga Cindy bajaba a saltos por las escaleras de la calle, con *Martha* corriendo por delante de ella.

Mi eufórica perra estuvo a punto de tirarme al suelo, haciendo tanto ruido al lamerme que no sé si Cindy me oyó darle las gracias por cuidarla.

Cuando me despedí de todos e iba subiendo por las escaleras y fantaseando con una ducha de agua caliente y una larga siesta en mi propia cama, sonó el timbre de la puerta.

—Ya voy, ya voy —refunfuñé. Creía que me enviaban unas flores.

Volví a bajar las escaleras y abrí la puerta de golpe. En el umbral había un joven desconocido, con pantalones cortos caquis y una sudadera de Santa Clara, que tenía un sobre en la mano y una fabulosa sonrisa que no me creí ni por un momento.

—¿Lindsay Boxer?

—No. Dirección equivocada —dije con tono desenvuelto—. Creo que vive en Kansas.

El joven siguió sonriendo, y oí el golpe de ese otro ladrillo al caer.

13

—Mátale —le dije a *Martha*, que me miró moviendo la cola. Los border collies adiestrados responden a muchas órdenes, pero ésa no es una de ellas. Le cogí el sobre al muchacho, que retrocedió con las manos en alto, y luego cerré la puerta con el bastón.

Después de subir a mi apartamento llevé lo que sin duda alguna era una notificación legal, a la mesa de vidrio y acero tubular de mi terraza, que tenía unas vistas fabulosas sobre la bahía de San Francisco, y acomodé con cuidado mi pobre trasero en una silla.

Martha apoyó la cabeza en mi pierna buena, y estuve acariciándola mientras contemplaba los hipnóticos reflejos del agua.

Pasaban los minutos, y cuando no pude soportarlo más abrí el sobre y desplegué el documento.

Los términos legales que rodeaban a «demanda y requerimiento judicial» me impedían comprender su sentido. Pero no era tan difícil. El doctor Andrew Cabot me había puesto una denuncia por «muerte injustificada, uso excesivo de la fuerza y negligencia policial». Y solicitaba una vista preliminar para dentro de una semana para incautarme el apartamento, la cuenta corriente y cualquier bien material que pudiera intentar ocultar antes del juicio.

¡Cabot me estaba demandando!

Sentí frío y calor al mismo tiempo mientras me invadía una profunda sensación de injusticia. Revisé los hechos una vez más. Sí, había cometido un error al confiar en esos niños, pero ¿uso excesivo de la fuerza? ¿Negligencia policial? ¿Muerte injustificada?

Esos pequeños criminales iban armados.

Nos habían disparado a Jacobi y a mí, que estábamos con las pistolas enfundadas. Les había ordenado que tirasen las armas antes de dispararles. Jacobi era mi testigo. Era un caso claro de defensa propia. Más claro que el agua.

Pero estaba asustada. No, en realidad estaba petrificada.

Ya veía los titulares. La gente se indignaría: una poli mata a unos niños inocentes. La prensa se cebaría conmigo. Me pondrían en la picota en los tribunales televisivos.

Enseguida tendría que llamar a Tracchio, buscar representación legal y poner las cosas en orden. Pero no podía hacer nada aún. Estaba paralizada en mi silla pensando que había olvidado algo importante.

Algo que podía hacerme mucho daño.

14

Me desperté empapada de sudor después de haberme refregado en mis sábanas de algodón egipcio. Tomé un par de comprimidos de Tylenol para el dolor y un Valium que me había dado el psiquiatra, y luego contemplé las sombras que proyectaban en el techo las luces de la calle.

Me giré con cuidado sobre mi lado ileso y miré el reloj: las 12.15. Sólo había dormido una hora, y tenía la sensación de que me esperaba una noche muy larga.

—Ven aquí, *Martha*.

Mi compañera saltó sobre la cama y se acurrucó en el hueco que había formado con mi cuerpo. En un minuto empezó a agitar las patas mientras perseguía ovejas en sueños y yo seguía dando vueltas a la nueva versión de Tracchio de «No te preocupes por nada».

A saber:

—*Vas a necesitar dos abogados, Boxer. Mickey Sherman te representará en nombre del Departamento de Policía de San Francisco, pero necesitarás tu propio abogado en caso de que... bueno, en caso de que hayas hecho algo fuera de los límites de tu trabajo.*

—*Entonces, ¿qué? ¿Me quedo sola?*

Esperaba que los fármacos me ayudaran a perder el conocimiento y conciliar el sueño, pero no fue así. Revisé mentalmente las actividades del día, las reuniones que había mantenido con Sherman y con *mi* abogada, una joven llamada señorita Castellano. Molinari me la había recomendado encarecidamente, y eso significaba algo viniendo del subdirector de Seguridad Nacional.

Una vez más llegué a la conclusión de que me estaba cuidando bien, dadas las circunstancias. Pero la semana siguiente iba a ser infernal. Necesitaba alguna distracción.

Pensé en la casa de Cat. No había estado allí desde que se trasladara a ella después de divorciarse hacía dos años, pero los recuerdos del lugar en el que vivía eran inolvidables. A sólo cuarenta minutos al sur de San Francisco, Half Moon Bay era como un pequeño paraíso. Había una bahía en forma de media luna con una playa de arena, bosques de secuoyas y una vista panorámica del océano, y en junio hacía suficiente calor para relajarse en el porche de Cat y borrar de mi mente las imágenes desagradables.

No podía esperar hasta que amaneciese, y llamé a mi hermana a la una menos cuarto de la mañana. Tenía la voz ronca de sueño.

—Claro que lo decía en serio, Lindsay. Ven cuando quieras. Ya sabes dónde están las llaves.

Centré mis pensamientos en Half Moon Bay, pero cada vez que comenzaba a soñar con el paraíso, me despertaba sobresaltada con el corazón a mil por hora. Lo cierto era que la fecha del juicio se había apoderado de mi mente y no podía pensar en otra cosa.

15

Las nubes de tormenta cubrían el tejado del Palacio de Justicia, situado en el 400 de McAllister, y una fuerte lluvia empapaba las calles. Esa mañana había prescindido de mi bastón y me estaba apoyando en Mickey Sherman, fiscal de la ciudad de San Francisco, para subir las resbaladizas escaleras del juzgado. Me apoyaba en él en más de un sentido.

Pasamos junto al doctor Andrew Cabot y su abogado, Mason Broyles, que estaba hablando para la prensa bajo una maraña de paraguas negros. La única ventaja fue que no me enfocó ninguna cámara.

Al pasar eché un rápido vistazo a Mason Broyles. Tenía los ojos hinchados, el pelo negro largo y una mueca feroz en los labios. Le oí decir algo sobre «la crueldad de la teniente Boxer», y me di cuenta de que, si podía, me sacaría las entrañas. En cuanto al doctor Cabot, el dolor había convertido su cara en una máscara de piedra.

Mickey abrió una de las puertas de vidrio y acero y entramos en el vestíbulo del juzgado. Mickey era un tipo tranquilo, respetado por su tenacidad, su inteligencia natural y su considerable atractivo personal. Odiaba perder y no solía hacerlo.

—Mira, Lindsay —dijo cerrando el paraguas—. Está fanfarroneando porque tenemos un gran caso. No dejes que te impresione. Tienes un montón de amigos ahí fuera.

Yo asentí, pero estaba pensando que había dejado a Sam Cabot en una silla de ruedas para toda su vida, y a su hermana en el panteón de la familia Cabot para toda la eternidad. Su padre no necesitaba mi apartamento ni mi ridícula cuenta corriente. Lo que quería era destruirme. Y había contratado al tipo adecuado para ello.

Mickey y yo subimos al segundo piso por las escaleras traseras y entramos en la sala C. En unos minutos todo iba a suceder en esta pequeña y sencilla sala con las paredes grises y una ventana que daba a un callejón.

Me había puesto una insignia del Departamento de Policía de San Francisco en la solapa de mi traje azul marino para tener un aspecto lo más oficial posible sin llevar uniforme. Mientras me sentaba al lado de Mickey, revisé sus instrucciones: «Cuando te interrogue Broyles, no le des explicaciones largas. "Sí, señor; no, señor." Eso es. Va a intentar provocarte para demostrar que te alteras con facilidad y que por eso apretaste el gatillo».

Nunca me había considerado una persona irascible, pero ahora estaba enfadada. Había sido un buen disparo. ¡Un buen disparo! ¡Los de Asuntos Internos me habían exculpado! Y ahora me sentía de nuevo en el punto de mira. Mientras las filas de asientos se llenaban de espectadores, fue creciendo el murmullo detrás de mí.

Ésa es la poli que disparó a los niños. Es ella.

De repente noté una mano tranquilizadora en el hombro. Me di la vuelta y, al ver a Joe, se me empañaron los ojos de lágrimas. Puse mi mano sobre la suya, y al mismo tiempo mi mirada se cruzó con la de mi otro abogado, una joven japonesa estadounidense con el inverosímil nombre de Yuki Castellano. Mientras se sentaba junto a Mickey, nos saludamos.

El ruido que había en la sala cesó de repente cuando el alguacil gritó: «Todo el mundo en pie».

Nos levantamos mientras Su Señoría, Rosa Algierri, subía al estrado. La jueza Algierri podía desestimar la demanda y yo podría salir de allí, curar mi cuerpo y mi alma y continuar con mi vida. O podía dejar que el caso continuara su camino, y yo me enfrentaría a un juicio en el que podía perder todo lo que me importaba.

—¿Estás bien, Lindsay?

—Nunca he estado mejor —le dije a Mickey.

Captó el sarcasmo y me tocó la mano. Un minuto después mi corazón empezó a latir violentamente. Mason Broyles se levantó para plantear su caso contra mí.

16

El abogado de Cabot apretó los puños y permaneció en silencio durante tanto tiempo que la tensión de la sala se podría haber rasgado como las cuerdas de una guitarra. Alguien tosió nerviosamente entre el público.

—La acusación llama a declarar a la médico forense Claire Washburn —dijo por fin Broyles, y mi mejor amiga subió al estrado.

Quería saludar, sonreír, guiñar el ojo, algo, pero lo único que podía hacer era observar. Broyles comenzó con unas cuantas voleas fáciles para entrar en calor, pero luego todo fueron bolas rápidas y reveses a dos manos.

—¿Realizó una autopsia a Sara Cabot el diez de mayo por la noche? —preguntó Broyles.

—Así es.

—¿Qué puede decirnos de sus heridas?

Todos los ojos estaban clavados en Claire mientras hojeaba un cuaderno con tapas de cuero antes de hablar de nuevo.

—Encontré dos heridas de bala en el pecho bastante próximas. La herida A era una herida de bala penetrante situada en la parte superior izquierda, quince centímetros por debajo del hombro izquierdo y seis centímetros a la izquierda del eje frontal.

Aunque el testimonio de Claire era crucial, mi mente se fue de la sala hacia el pasado. Me vi a mí misma en un oscuro charco de luz en la calle Larkin. Vi a Sara sacar su arma de la chaqueta y dispararme. Entonces caí al suelo boca abajo.

—¡*Tira el arma!*

—*Que te jodan, hija de puta.*

Yo disparé dos veces, y Sara cayó a sólo unos metros de mí. Había matado a esa niña, y aunque era inocente de los cargos que me imputaban, en mi conciencia era culpable, culpable, culpable.

Escuché el testimonio de Claire mientras describía el segundo disparo, que le había atravesado a Sara el esternón.

—Es lo que llamamos un K-cinco —dijo Claire—. Entró en el saco pericárdico, continuó por el corazón y terminó en la cuarta vértebra torácica, de donde extraje un proyectil de tamaño medio parcialmente deformado, de color cobre.

—¿Corresponde eso a una bala de nueve milímetros?

—Lo es.

—Gracias, doctora Washburn. He terminado con este testigo, Su Señoría.

Mickey apoyó las manos sobre la mesa de la defensa y se puso de pie.

—Doctora Washburn, ¿murió Sara Cabot al instante?

—Yo diría que sí. Tras uno o dos latidos. Ambas heridas le perforaron el corazón.

—Ajá. Doctora, ¿había disparado un arma recientemente la fallecida?

—Sí, en la base de su dedo índice había una mancha oscura que podría corresponder a un proyectil.

—¿Cómo sabe que eso es la huella de un disparo?

—Como usted sabe que su madre es su madre —dijo Claire con los ojos brillantes—. Porque es así. —Hizo una pausa para que se apaciguaran las risas y luego continuó—. Además, fotografié esa mancha, la documenté e hice una prueba de restos de detonación, que fue enviada al laboratorio y dio positiva.

—¿Pudo la fallecida haber disparado a la teniente Boxer después de que le dispararan a ella?

—No veo cómo podría disparar una niña muerta, señor Sherman.

Mickey asintió.

—¿Comprobó también la trayectoria de esas heridas de bala, doctora Washburn?

—Sí. Fueron disparadas hacia arriba en unos ángulos de cuarenta y siete y cuarenta y nueve grados.

—Para ser absolutamente claros, doctora, Sara Cabot disparó primero a la teniente Boxer, y la teniente disparó hacia arriba desde donde estaba tendida en el suelo.

—Sí, eso es lo que ocurrió, en mi opinión.

—¿Llamaría a eso «fuerza excesiva», «muerte injustificada» o «negligencia policial»?

La jueza admitió la airada protesta de Broyles. Mickey dio las gracias a Claire y le dijo que podía retirarse. Mientras venía hacia mí, estaba sonriendo. Mis músculos se relajaron y yo también le sonreí. Pero la vista sólo acababa de comenzar.

Al ver la mirada de Mason Broyles, sentí un arrebato de miedo que sólo se puede describir como premonitorio. Estaba ansioso por llamar a su siguiente testigo al estrado.

17

—Diga su nombre, por favor —dijo Broyles a una mujer pequeña y morena de treinta y pocos años.

—Betty D'Angelo.

Me lanzó una mirada rápida antes de volver a mirar a Broyles con sus ojos oscuros detrás de unas gafas grandes de concha. Yo miré a Mickey Sherman y me encogí de hombros. Que yo supiera, nunca había visto a aquella mujer.

—¿A qué se dedica?

—Soy enfermera titulada en el Hospital General de San Francisco.

—¿Estaba trabajando en urgencias el diez de mayo por la noche?

—Así es.

—¿Tuvo ocasión de sacar sangre a la acusada, Lindsay Boxer?

—Sí.

—¿Y por qué le sacaron sangre?

—Estábamos preparándola para el quirófano, para extraerle las balas y todo eso. Era una situación de riesgo. Estaba perdiendo mucha sangre.

—Ya lo sé, ya —dijo Broyles repeliendo su comentario como si fuera una mosca—. Háblenos ahora del análisis de sangre.

—Sacar sangre es un procedimiento normal. Tenemos que contrastarla para las transfusiones.

—Señorita D'Angelo, tengo aquí el informe médico de la teniente Boxer de esa noche. Es bastante voluminoso. —Broyles dejó caer un grueso fajo de papel en el banquillo de los testigos y lo señaló con el dedo índice—. ¿Es ésta su firma?

—Sí.

—Me gustaría que mirase esta línea subrayada.

La testigo echó la cabeza hacia atrás como si le oliera algo mal. El personal de urgencias solía sentirse parte del equipo de la policía e intentaba protegernos. No lo comprendía, pero estaba claro que esta enfermera intentaba eludir las preguntas de Broyles.

—¿Puede decirme qué es esto? —preguntó Broyles a la testigo.

—¿Se refiere a la tasa de alcoholemia?

—Eso indica el contenido de alcohol en la sangre, ¿verdad?

—Sí. Eso es.

—¿Qué significa 0,67?

—Ah, eso quiere decir que el nivel de alcohol en la sangre era de sesenta y siete miligramos por decilitro.

Broyles sonrió y bajó la voz hasta acabar casi susurrando.

—En este caso se refiere al nivel de alcohol en la sangre de la teniente Boxer, ¿verdad?

—Sí, así es.

—Señorita D'Angelo, con 0,67 se está borracho, ¿verdad?

—Nosotros decimos «bajo los efectos del alcohol», pero...

—¿Sí o no?

—Sí.

—No tengo más preguntas —dijo Broyles.

Me sentía como si me hubieran golpeado la cabeza con un mazo. *Dios mío, esas malditos margaritas en el Susie.*

Me quedé pálida y estuve a punto de desmayarme.

Mickey se volvió hacia mí preguntándome con la expresión de su cara: *¿Por qué no me lo dijiste?*

Yo miré a mi abogado boquiabierta y llena de remordimiento.

No podía soportar la mirada de incredulidad de Mickey mientras, armado tan sólo con su inteligencia, se levantaba de un salto y se aproximaba a la testigo.

18

En la sala C del Palacio de Justicia de San Francisco sólo había doce filas de asientos, y no había tribuna para el jurado. Habría sido difícil encontrar una sala más íntima que aquella. No creo que nadie respirara mientras Mickey iba hacia el estrado.

Saludó a la señorita D'Angelo, que parecía aliviada de haberse librado de la presión de Mason Broyles.

—Sólo tengo un par de preguntas —dijo—. Usar compresas embebidas en alcohol etílico para limpiar las heridas es una práctica habitual, ¿verdad? ¿No se podría haber confundido ese alcohol con el alcohol de la sangre?

Betty D'Angelo le miró como si quisiera gritar.

—Bueno, nosotros usamos Betadine para las heridas. No usamos alcohol.

Mickey ignoró la respuesta y se volvió hacia la jueza. Le pidió un receso y se lo concedió. Los periodistas corrieron hacia las puertas, y en una intimidad relativa me disculpé de todo corazón.

—Me siento como un auténtico idiota —dijo sin ser desagradable—. Vi ese informe médico y no me fijé en la tasa de alcoholemia.

—Se me olvidó por completo —dije yo—. Debo haberlo borrado de mi mente.

Le dije a Mickey que no estaba de servicio cuando Jacobi me llamó al Susie. Le dije lo que había bebido, y que si no estaba totalmente sobria al montar en el coche, los efectos del alcohol desaparecieron con el subidón de adrenalina de la persecución.

—¿Sueles tomar un par de copas con la cena? —me preguntó Mickey.

—Sí. Unas cuantas veces a la semana.

—Así que beber en la cena es algo normal para ti, pero con 0,67 estás en el límite. Después sufres un trauma grave. Te dispararon. Estabas sufriendo. Podrías haber muerto. Mataste a alguien, y has estado obsesionada con eso. La mitad de la gente sobre la que disparan se olvida del incidente por completo. Tú lo has hecho muy bien teniendo en cuenta lo que has pasado.

Lancé un suspiro.

—Y ¿ahora qué?

—Bueno, al menos sabemos qué tienen. Puede que llamen a declarar a Sam Cabot, y si me dan una oportunidad con ese pequeño cabrón, ganaremos.

La sala se llenó de nuevo, y Mickey se puso a trabajar. Un experto en balística declaró que las balas que me habían extraído coincidían con las del arma de Sara Cabot, y vimos el vídeo de la declaración que había hecho Jacobi desde la cama del hospital. Era mi testigo en el escenario del crimen.

Aunque era evidente que le dolía la herida del vientre, Jacobi testificó sobre la noche del 10 de mayo. Primero describió el choque del vehículo.

—Estaba llamando a una ambulancia cuando oí los disparos —dijo—. Me di la vuelta y vi a la teniente Boxer caer. Sara Cabot le disparó dos veces, y Boxer no tenía el arma en la mano. Luego el muchacho me disparó con un revólver. —Jacobi se pasó la mano con cuidado por el torso vendado.

—Eso es lo último que recuerdo antes de que se apagaran las luces.

La explicación de Jacobi fue buena, pero no sería suficiente para anular el efecto de las margaritas.

Ahora sólo podía ayudarme una persona, que llevaba mi ropa y estaba sentada en mi silla. Estaba mareada y sentía punzadas en las heridas. Francamente no sabía si podría salvarme o si empeoraría las cosas.

Mi abogado giró hacia mí sus cálidos ojos marrones.

Tranquila, Lindsay.

Me levanté tambaleándome al oír el eco de mi nombre en la sala.

Mickey Sherman me había llamado al estrado.

19

Había declarado como testigo docenas de veces a lo largo de mi carrera, pero ésta era la primera vez que tendría que defenderme. Tantos años protegiendo a la gente, y ahora tenía una diana en la espalda. Estaba furiosa por dentro, pero no podía demostrarlo.

Me levanté, juré sobre una vieja Biblia y puse mi destino en manos de mi abogado.

Mickey fue directo a la persecución.

—Lindsay, ¿estaba borracha la noche del diez de mayo?

—Por favor, señor Sherman, no se dirija a su cliente por su nombre de pila —intervino la jueza.

—Muy bien. Teniente, ¿estaba borracha esa noche?

—No.

—Vamos a retroceder. ¿Estaba de servicio esa noche?

—No. Mi turno acabó a las cinco de la tarde.

Mickey hizo un repaso detallado de los sucesos de esa noche y lo conté todo. Describí las copas que había tomado en el Susie y hablé de la llamada de Jacobi. Declaré que le había dicho la verdad al afirmar que me encontraba bien para ir con él.

Cuando Mickey preguntó por qué había respondido a la llamada cuando no estaba de servicio, contesté:

—Soy policía las veinticuatro horas al día. Si mi compañero me necesita, allí estoy.

—¿Localizaron el coche en cuestión? —me preguntó Mickey.

—Así es.

—¿Y qué ocurrió entonces?

—El coche arrancó a toda velocidad y lo perseguimos. Ocho minutos después perdió el control y chocó.

—Después del choque, cuando vio que Sara y Sam Cabot estaban heridos, ¿le dieron miedo?

—No. Eran unos críos. Supuse que habían robado el coche o que habían hecho alguna otra tontería. Sucede todos los días.

—¿Qué hizo entonces?

—El inspector Jacobi y yo guardamos nuestras armas e intentamos ayudarles.

—¿En qué punto volvió a sacar su arma?

—Después de que nos dispararan al inspector Jacobi y a mí y después de advertir a los sospechosos que tirasen sus armas.

—Gracias, Lindsay. No tengo más preguntas.

Revisé mi declaración y me di un aprobado. Al mirar al otro lado de la sala vi a Joe asentir y sonreír mientras Mickey se daba la vuelta.

—Su testigo —le dijo a Mason Broyles.

20

Broyles me miró en silencio desde su asiento durante tanto tiempo que estuve a punto de gritar. Era un viejo truco interrogatorio que él había perfeccionado. En la pequeña sala gris se oyeron murmullos hasta que la jueza golpeó su mazo y Broyles se puso en pie.

Cuando se acercó a mí, le miré directamente a los ojos.

—Díganos, teniente Boxer, ¿cuál es el reglamento policial para una detención?

—Acercarse con las armas desenfundadas, sacar a los sospechosos del coche, desarmarlos, esposarlos y controlar la situación.

—¿Es eso lo que hizo usted, teniente?

—Nos acercamos con las armas desenfundadas, pero los ocupantes no podían salir del coche sin ayuda. Guardamos nuestras armas para liberarlos del vehículo.

—Infringió el reglamento policial, ¿verdad?

—Teníamos la obligación de prestar ayuda.

—Sí, lo sé. Estaban intentando ser amables con los «niños». Pero ha reconocido que no siguió el reglamento policial, ¿no es así?

—Mire, cometí un error —dije bruscamente—. Pero esos niños estaban sangrando y vomitando. El coche se podía incendiar...

—¿Su Señoría?

—Teniente Boxer, limite su respuesta a la pregunta, por favor.

Me eché hacia atrás en la silla. Había visto a Broyles muchas veces en los tribunales y reconocía su habilidad para encontrar el punto de presión de su adversario.

Acababa de tocar el mío.

Seguía culpándome por no esposar a esos niños, y Jacobi, con más de veinte años en el cuerpo, también se había equivocado. Pero sólo puedes hacer lo que puedes hacer, por Dios.

—Se lo preguntaré de otro modo —dijo Broyles con tono despreocupado—. ¿Intenta seguir siempre el reglamento policial?

—Sí.

—¿Y qué dice el reglamento policial respecto a estar ebrio en el trabajo?

—*Protesto* —gritó Mickey levantándose de un salto—. Hay pruebas de que la testigo había estado bebiendo, pero no de que estuviera *ebria*.

Broyles sonrió y me dio la espalda.

—No tengo más preguntas, Su Señoría.

Estaba empapada de sudor. Bajé del estrado y me olvidé de la herida de la pierna hasta que el intenso dolor me lo recordó. Regresé cojeando a mi asiento sintiéndome peor que antes.

Me volví hacia Mickey, que sonrió para animarme, pero yo sabía que era una sonrisa falsa.

Las arrugas de su frente reflejaban su preocupación.

21

Estaba desconcertada por el modo en que Mason Broyles había dado la vuelta a los sucesos del 10 de mayo y me había culpado de lo ocurrido. Ese gusano era bueno en su trabajo, y me costó un gran esfuerzo mantener una expresión neutra y sentarme tranquilamente mientras Broyles hacía su alegato final.

—Su Señoría —dijo—. Sara Cabot está muerta porque Lindsay Boxer la mató. Y Sam Cabot, de trece años, está en una silla de ruedas para el resto de su vida. La acusada reconoce que no siguió el reglamento policial. Es posible que mis clientes cometieran alguna falta, pero no podemos esperar que los jóvenes tengan mucho sentido común. Sin embargo, los oficiales de policía están formados para enfrentarse a todo tipo de crisis, y la acusada no podía resolver una crisis porque estaba borracha.

»En pocas palabras, si la teniente Boxer hubiese realizado debidamente su trabajo, no habría ocurrido esta tragedia y no estaríamos hoy aquí.

El discurso de Broyles me sulfuró, pero tuve que reconocer que era convincente, y que si hubiese estado sentada entre el público, podría haberlo visto a su manera. Cuando se levantó Mickey para plantear su alegato final, me estaba latiendo la sangre con tanta fuerza en las orejas que parecía que tenía una banda de *rock* en la cabeza.

—Su Señoría, la teniente Lindsay Boxer no puso unas armas cargadas en manos de Sara y Samuel Cabot —dijo Mickey con tono indignado—. Lo hicieron ellos mismos. Dispararon a unos oficiales de policía desarmados, sin provocación, y mi cliente tuvo que disparar en defensa propia. De lo único que es culpable es de ser demasiado amable con unos ciudadanos que, a cambio, no le mostraron mucha amabilidad.

»Para ser justos, Su Señoría, se debería desestimar este caso y permitir que esta oficial siga desempeñando sus funciones sin tacha alguna en su excelente hoja de servicios.

Mickey terminó su resumen antes de lo que esperaba. Sus últimas palabras dejaron un vacío en el que se zambulló mi miedo. Mientras se sentaba junto a mí, la sala se llenó de pequeños ruidos: crujidos de papeles, los teclados de los ordenadores portátiles, cuerpos que cambiaban de postura en sus sillas.

Le apreté la mano a Mickey por debajo de la mesa e incluso recé. *Dios mío, que retire los cargos, por favor.*

La jueza se ajustó las gafas en el puente de la nariz, pero no pude interpretar su cara. Cuando habló, lo hizo concisamente y con tono cansado.

—Creo que la acusada hizo todo lo que pudo para salvar una situación muy complicada —dijo la jueza Algierri—. Pero me preocupa el alcohol. Se ha perdido una vida. Sara Cabot está muerta. Hay suficientes pruebas para que este caso sea remitido a un jurado.

22

Me quedé petrificada cuando se fijó la fecha del juicio para dentro de unas semanas. Todo el mundo se puso en pie mientras la jueza abandonaba la sala, y después me rodeó la multitud. Vi uniformes azules a los lados, ojos que no se atrevían a mirarme directamente, y luego me pusieron un montón de micrófonos delante de la cara. Seguía agarrando la mano de Mickey.

Deberíamos haber conseguido un sobreseimiento.

Deberíamos haber ganado.

Mickey me ayudó a levantarme y le seguí entre la multitud. Joe tenía una mano apoyada en mi espalda mientras los tres y Yuki Castellano salíamos de la sala hacia las escaleras. Nos detuvimos en el descansillo de la planta baja.

—Cuando salgas fuera, mantén la cabeza alta —me aconsejó Mickey—. Si gritan: «¿Por qué mató a esa niña?», sigue andando hacia el coche. No sonrías, y no dejes que los medios de comunicación te machaquen. No has hecho nada malo. Vete a casa y no respondas al teléfono. Pasaré a verte más tarde.

Había dejado de llover cuando salimos del juzgado a la caída de la tarde. No debería haberme sorprendido al ver que fuera se habían congregado cientos de personas para ver a la policía que había matado a una adolescente.

Mickey y Yuki se separaron de nosotros para atender a la prensa, y sabía que Mickey estaba pensando ahora en cómo iba a defender al Departamento de Policía y a la ciudad de San Francisco.

Joe y yo nos abrimos paso entre la ruidosa multitud hacia el callejón donde nos esperaba el coche. Oí que me llamaban «Asesina de niños» y me lanzaban preguntas como piedras.

—¿En qué estaba pensando, teniente?

—¿Cómo se sintió al disparar a esos niños?

Conocía las caras de los reporteros de televisión: Carlos Vega, Sandra Dunne, Kate Morley, que me habían entrevistado cuando había sido testigo de la acusación. Hice todo lo posible para ignorarlos y para no ver las cámaras y las pancartas en las que ponía «Culpable de brutalidad policial».

Miré hacia delante y seguí los pasos de Joe hasta que llegamos al sedán negro.

En cuanto se cerraron las puertas, el conductor dio marcha atrás y salió rápidamente a la calle Polk. Luego giró el volante y enfiló el coche hacia Potrero Hill.

—El abogado ha acabado conmigo ahí dentro —le dije a Joe cuando ya estábamos en marcha.

—La jueza ha visto el tipo de persona que eres. Es una lástima que creyera que tenía que hacer lo que ha hecho.

—Hay muchos policías observándome, Joe, policías que trabajan para mí y esperan que haga las cosas bien. ¿Cómo me van a respetar después de esto?

—Lindsay, la gente honrada de esta ciudad está contigo. Eres una buena persona, maldita sea, y una buena policía.

Las palabras de Joe me conmovieron mucho más que los dardos de Mason Broyles. Apoyé la cabeza en su hombro y dejé salir las lágrimas contenidas mientras me reconfortaba.

—Estoy bien —dije después de secarme con el pañuelo que me ofreció—. Es la fiebre del heno. El polen me hace llorar.

Molinari se rió y me dio un abrazo mientras el coche subía hacia casa. Después de cruzar la calle Veinte, aparecieron las hileras escalonadas de casas victorianas de color pastel.

—Dejaría mi trabajo ahora mismo —dije—, pero eso sólo haría que pareciese culpable.

—Lindsay, ningún jurado va a estar a favor de esos pequeños asesinos. No puede ser.

—¿Me lo prometes?

Joe volvió a abrazarme, pero no respondió. Sabía que creía en mí, pero no haría una promesa que no podía mantener.

—¿Tienes que volver ya? —pregunté por fin.

—Me gustaría poder quedarme. Pero sí, tengo que irme.

El trabajo de Joe para el Gobierno no solía permitirle tomarse muchos descansos para estar conmigo.

—Algún día tendré una vida —dijo con ternura.

—Sí. Yo también.

¿Era verdad o una estúpida fantasía? Volví a apoyar la cabeza en el hombro de Joe. Nos agarramos las manos y saboreamos lo que podían ser nuestros últimos momentos juntos en varias semanas, y no volvimos a hablar hasta que nos besamos y nos despedimos en la puerta de mi casa.

Después de subir a mi apartamento, me di cuenta de lo agotada que estaba emocionalmente. Me dolían los músculos de la tensión, que de momento no se iba a reducir. En vez de librarme de ese asalto a mi reputación y mi confianza, aquella vista sólo había sido un ensayo general para otro juicio.

Me sentía como un nadador cansado de luchar contra las olas. Me metí en mi cama con *Martha*, me tapé hasta la barbilla y dejé que el sueño me invadiera como una espesa niebla.

23

Un rayo de sol matutino se coló entre las nubes mientras tiraba la última maleta en la parte de atrás del Explorer, me ponía el cinturón de seguridad y salía marcha atrás por el camino. Tenía tantas ganas de salir de la ciudad como *Martha*, que había sacado la cabeza por la ventanilla del copiloto y estaba ya creando una suave brisa al mover la cola.

Los atascos de tráfico eran habituales a esas horas los días laborables, así que puse rumbo al sur y aproveché el tiempo para recordar mi última conversación con el comisario Tracchio.

—Yo en su lugar me iría de aquí, Boxer —me había dicho—. Está suspendida de servicio temporalmente, así que tómeselo como unas vacaciones y descanse un poco.

Comprendí lo que no estaba diciendo. Mientras mi caso estuviera pendiente, era una molestia para el Departamento.

¿Que me pierda?

Sí, señor. Ningún problema, señor.

No podía dejar de dar vueltas a la vista preliminar y al miedo que me daba el próximo juicio.

Luego pensé en mi hermana, Cat, sacando el felpudo de bienvenida y en lo afortunada que era por eso.

En veinte minutos estaba de camino hacia el sur por la Autovía 1, la carretera de no pago que atravesaba riscos de hasta diez metros de altura. Las olas del Pacífico azotaban la pendiente rocosa a mi derecha, y una enorme montaña verde se elevaba a mi izquierda.

—Eh, *Boo* —dije llamando a mi perra por su nombre animal—. Esto es lo que se llama vacaciones. ¿Puedes decir va-ca-cio-nes?

Martha volvió su dulce cara y me lanzó una cariñosa mirada con sus ojos marrones. Luego puso de nuevo la nariz al viento y continuó con su alegre vigilancia de la ruta costera. Se había adaptado al programa, y yo tenía que hacer lo mismo.

Llevaba unas cuantas cosas para que me resultara más fácil: media docena de libros que quería leer, mis vídeos cómicos y mi guitarra, una vieja Seagull acústica que había rasgueado esporádicamente durante veinte años.

Mientras el sol iluminaba la carretera, descubrí que estaba de buen humor. Hacía un día precioso y era todo mío. Encendí la radio y giré el dial hasta que encontré una emisora con un programa de *rock and roll*.

El *disk jockey*, que parecía que me estaba leyendo la mente, puso éxitos de los setenta y los ochenta que me hicieron volver a mi infancia, mi época universitaria, y los recuerdos de aquellas noches tocando con mi banda femenina en bares y cafés.

Volvía a ser junio y se habían acabado las clases, quizá para siempre.

Subí el volumen.

La música se apoderó de mí mientras cantaba a pleno pulmón el rock de LA y otros éxitos de esa época. Tarareé «*Hotel California*» y «*You Make Loving Fun*», y cuando Springsteen entonó «*Born to Run*», yo estaba aporreando el volante, sintiendo la canción en cuerpo y alma.

Incluso animé a *Martha* a aullar mientras sonaba «Running on Empty» de Jackson Browne.

Entonces me di cuenta.

Me había quedado sin gasolina. La luz del panel estaba indicando frenéticamente que tenía el depósito vacío.

24

Llegué a una estación de servicio que estaba justo dentro de los límites de Half Moon Bay. Era una gasolinera independiente que de algún modo había evitado que la absorbieran las grandes compañías petrolíferas; un sitio rústico, con una cubierta de acero galvanizado sobre los depósitos, y un letrero escrito a mano encima de la puerta de la oficina: GARAJE DEL HOMBRE EN LA LUNA.

Un tipo con el pelo rubio rojizo de veintitantos años se limpió las manos con un trapo y se acercó mientras yo salía del coche y me daba un calambre en la pierna herida.

Después de intercambiar unas palabras sobre de cuántos octanos lo quería, fui hacia la máquina de refrescos que había enfrente de la oficina. Al lado había un taller de reparaciones lleno de trastos, torres torcidas de neumáticos desgastados y unos cuantos vehículos viejos.

Cuando me acababa de llevar una lata fría de Diet Coke a los labios, vi un coche en las sombras del garaje que hizo que se me alegrara el corazón.

Era un Pontiac Bonneville del 81 de color bronce, como el que tenía mi tío Dougie cuando yo estaba en el instituto. Me acerqué a él, eché un vistazo al compartimento del copiloto y luego miré debajo del capó abierto. La batería estaba oxidada, y los ratones se habían comido los cables eléctricos, pero por lo demás las tripas del coche parecían estar limpias.

Se me ocurrió una idea.

Mientras le daba mi tarjeta de crédito al empleado de la gasolinera, señalé hacia atrás por encima del hombro y pregunté:

—¿Está en venta ese viejo Bonneville?

—Es bonito, ¿verdad? —El chico me sonrió por debajo de su gorra. Sujetó una pequeña máquina en su pierna, la pasó sobre mi tarjeta y luego dio la vuelta al recibo para que lo firmara.

—Mi tío compró un coche como ése el año que salió.

—¿En serio? La verdad es que es un clásico.

—¿Funciona?

—Lo hará. Estoy trabajando en ello. La transmisión está en buen estado. Necesita un motor de arranque nuevo, un alternador y algunas cosillas más.

—En realidad, me gustaría arreglar yo misma el motor. Es para tener algo que hacer, ya sabes.

El chico de la gasolinera volvió a sonreír y pareció complacido con la idea. Me dijo que le hiciera una oferta, y yo levanté cuatro dedos.

—Ni hablar —respondió—. Ese coche vale por lo menos mil pavos.

Extendí toda la mano con los cinco dedos movidos por la brisa.

—Mi límite por una compra a ciegas es de quinientos dólares.

El chico se lo pensó un rato largo, y yo me di cuenta de lo mucho que quería ese coche. Cuando estaba a punto de subir la apuesta, dijo:

—Muy bien, pero tal y como está. Sin garantías.

—¿Tienes el manual?

—Está en la guantera. Meteré también una llave de tubo y un par de destornilladores.

—Trato hecho —dije.

Entrechocamos las manos arriba y abajo, golpeamos los puños y los agitamos.

—Por cierto, soy Keith Howard.

—Yo soy Lindsay Boxer.

—¿Y adónde quieres que te lleve este trasto, Lindsay?

Entonces me tocó sonreír a mí. Le di a Keith la dirección de mi hermana y le expliqué cómo se llegaba.

—Sube por la colina, luego gira en Miramontes y luego en Sea View. Es una casa azul a la derecha, la segunda desde el final de la calle.

Keith asintió.

—Lo llevaré pasado mañana si te va bien.

—Estupendo —dije, montándome en el Explorer. Keith levantó la cabeza y me lanzó una mirada seductora.

—¿No te conozco de algún sitio, Lindsay?

—No —dije riéndome—. Pero ha sido un buen intento. —¡El chico de la gasolinera quería flirtear conmigo! Si yo tenía edad para ser su... hermana mayor.

El muchacho también se rió.

—De todas formas, llámame si necesitas que te lleve una grúa o lo que sea.

—Muy bien, lo haré —dije, queriendo decir justo lo contrario. Pero seguí sonriendo mientras tocaba el claxon para despedirme.

25

Sea View era una avenida que describía un amplia curva y que enlazaba una serie de callejones sin salida, separados de los brazos de la bahía por una duna de hierba de cuatrocientos metros. Abrí la puerta del coche, y mientras *Martha* salía dando saltos, estuve a punto de quedarme sin aliento con el intenso aroma de las jaras y la fresca brisa del océano.

Me quedé un rato contemplando la alegre casa de Cat, con sus buhardillas, sus porches y los girasoles que crecían junto a la valla del jardín delantero, antes de coger las llaves del hueco que había sobre el dintel de la puerta y entrar en la vida de mi hermana.

Por dentro la casa de Cat era un cómodo batiburrillo de muebles atestados de cosas, estanterías abarrotadas y unas vistas maravillosas de la bahía desde todas las habitaciones. Todo mi cuerpo se relajó, y se me volvió a ocurrir la idea de abandonar el cuerpo de policía.

Podría vivir en un sitio como ése.

Podría acostumbrarme a despertarme por las mañanas pensando en la vida en vez de en la muerte.

¿O no?

Abrí las puertas correderas de la parte de atrás y vi una caseta en el patio. Estaba pintada de azul oscuro como la casa grande y rodeada por una valla de estacas blancas. Bajé por las escaleras traseras detrás de *Martha*, que iba corriendo con la cabeza baja.

Sospeché que estaba a punto de conocer a *Penelope*.

26

Penelope era una gran cerda vietnamita, negra y peluda. Se acercó a mí contoneando su barriga y resoplando, así que me incliné sobre la valla y le acaricié la cabeza.

—Hola, preciosa —dije.

Hola, Lindsay.

En el pequeño *bungalow* de *Penelope* había una nota pegada, así que entré para leer mejor las «Normas de la Pocilga» «escritas» por *Penelope*.

Querida Lindsay:

Esta nota es sobre mí.

Me gustaría tomar una taza de «pig chow» dos veces al día y un cuenco de agua limpia.

También me gustan los tomates pequeños, los *crackers* con mantequilla de cacahuete y los melocotones.

Sal a hablarme todos los días, por favor. Me gustan las adivinanzas y la sintonía de *SpongeBob Square-Pants*.

En caso de emergencia, mi veterinario es el doctor Monghil, y mis cuidadoras Carolee y Allison Brown. Allison es una de mis mejores amigas. Sus números están junto al teléfono de la cocina.

No me dejes entrar en casa, ¿vale? Me lo tienen prohibido.

Si me rascas debajo de la barbilla, puedes pedir tres deseos. Cualquier cosa que desees en el mundo entero.

La nota estaba firmada con una X grande y la huella de una pezuña. ¡Así que ésas eran las Normas de la Pocilga! Muy graciosa, Cat.

Después de ocuparme de las necesidades inmediatas de *Penelope*, me puse unos vaqueros limpios y una sudadera de color lavanda y salí con *Martha* y la guitarra al porche delantero. Mientras tocaba algunos acordes, la fragancia de las rosas y el olor a mar me retrotrajeron a la primera vez que había estado en Half Moon Bay.

Fue en esta misma época del año. En el aire había un aroma similar, y yo estaba trabajando en mi primer homicidio. La víctima era un joven que habíamos encontrado salvajemente asesinado en la habitación trasera de un sórdido hotel de transeúntes del distrito Tenderloin.

Sólo llevaba puesta una camiseta y un calcetín blanco. Tenía el pelo rojo peinado y los ojos azules bien abiertos, y habían estado a punto de decapitarle rajándole la garganta de oreja a oreja. Cuando le dimos la vuelta, vi que le habían dejado la piel del trasero hecha jirones con una especie de látigo.

Le llamamos John Doe n.º 24, y entonces pensé que había encontrado a su asesino. La camiseta de John Doe era del Distillery, un restaurante turístico situado en Moss Beach, al norte de Half Moon Bay.

Era nuestra única pista real, y aunque registré a fondo ese pequeño pueblo y las comunidades vecinas, no nos llevó a ninguna parte.

Diez años después John Doe n.º 24 seguía estando sin identificar, sin reclamar y sin vengar por parte del sistema judicial, pero nunca sería un caso más para mí. Era como una herida que duele cuando llueve.

27

Cuando estaba a punto de ir al pueblo para cenar, cayó en el jardín el periódico de la tarde.

Lo recogí, lo extendí e inmediatamente me enganchó el titular: LA POLICÍA LIBERA AL PRINCIPAL SOSPECHOSO DE LOS ASESINATOS DE CRESCENT HEIGHTS.

Leí el artículo de arriba abajo.

Cuando el 5 de mayo encontraron a Jake y Alice Daltry asesinados en su casa de Crescent Heights, el comisario de policía Peter Stark anunció que Antonio Ruiz se había confesado culpable de los crímenes. Hoy Stark ha declarado que la confesión no concuerda con los hechos. «El señor Ruiz ha sido liberado de los cargos que había contra él», ha dicho.

Según varios testigos, Ruiz, de treinta y cuatro años, trabajador de mantenimiento de California Electric and Gas, no pudo estar en la casa de los Daltry el día de los asesinatos porque estaba trabajando en la planta con sus compañeros de turno.

Al señor y la señora Daltry les cortaron el cuello. La policía no confirmará si fueron torturados antes de ser asesinados.

El artículo continuaba diciendo que Ruiz, que había realizado algunos trabajos para los Daltry, afirmaba que le habían coaccionado para que confesara. Y volvía a citar al comisario Stark, que decía que la policía estaba «investigando otras pistas y otros sospechosos».

Sentí un impulso visceral. «Investigando otras pistas y otros sospechosos» era una forma de decir en clave «Tenemos algo», y la policía que había en mí quería saberlo todo: cómo, por qué, y sobre todo quién. Dónde, ya lo sabía.

Crescent Heights era una de las comunidades que había a lo largo de la Autovía 1. Estaba cerca de Half Moon Bay, a tan sólo ocho o nueve kilómetros de donde me encontraba.

28

Tengo que entrar y salir en menos de cinco minutos. Ni un segundo más.

El Vigilante anotó la hora exacta mientras salía de su furgoneta gris en la calle Ocean Colony. Esa mañana iba vestido de lector de contadores, con un mono de color pardo y un parche rojo y blanco en el bolsillo superior derecho. Después de bajarse la visera de la gorra, se palpó los bolsillos del pantalón, sintiendo la navaja en uno y la cámara en el otro. Cogió su tablilla y un tubo de calafatear y se los metió debajo del brazo.

Su respiración se aceleró al tomar el estrecho camino que bordeaba la casa de los O'Malley. Luego se detuvo en una de las ventanas del sótano, se puso unos guantes de látex y utilizó una punta de diamante para vidrio y una ventosa para recortar y extraer una lámina de cristal de cincuenta por sesenta centímetros.

Se quedó quieto esperando que ladrara algún perro, y luego se deslizó en el sótano metiendo primero los pies.

Estaba dentro. No había ningún problema.

Las escaleras del sótano conducían a la puerta de la cocina, que estaba llena de electrodomésticos de lujo y una cantidad excesiva de aparatos. El Vigilante vio el código de la alarma junto al teléfono y lo memorizó.

Gracias, Doc. Eres un idiota.

Sacó su pequeña cámara, la programó para que sacara tres fotos consecutivas y la enfocó por toda la habitación. *Zum-zum-zum. Zum-zum-zum.*

El Vigilante subió las escaleras a saltos y encontró abierta la puerta de una habitación. Se quedó un momento en el umbral contemplando la cama con dosel, los volantes azules y rosas, los pósters de Creed y de animales en peligro de extinción.

Caitlin, Caitlin... eres una niña muy dulce y bondadosa.

Enfocó con la cámara su tocador para captar imágenes de los lápices de labios, los frascos de perfume, la caja abierta de tampones. Olió los aromas femeninos, pasó el dedo por su cepillo y se metió en el bolsillo un largo mechón de pelo rojo dorado.

Después de salir de la habitación de la niña, el Vigilante entró en el dormitorio principal, que estaba decorado con colores vivos y olía a perfume de pétalos de flores.

A los pies de la cama había una enorme televisión de plasma. El Vigilante abrió el cajón de la mesilla de noche, lo revolvió y encontró media docena de paquetes de fotografías envueltos con gomas.

Desató uno de los paquetes y extendió las fotos como una baraja de cartas. Luego dejó el paquete en su sitio, cerró el cajón y dio una vuelta por la habitación con su cámara.

Entonces se fijó en el pequeño ojo de cristal, más pequeño que el botón de una camisa, que brillaba en la puerta del armario.

Sintió un escalofrío de miedo. ¿Le estaban grabando?

Abrió la puerta del armario y vio una cámara de vídeo en una balda de la parte posterior. El botón estaba en *off*.

La máquina no estaba grabando.

El miedo del Vigilante desapareció. Ahora estaba muy contento. Recorrió con su cámara todas las habitaciones del segundo piso, todos los huecos y las superficies, antes de volver a su salida del sótano. Había estado dentro cuatro minutos y cuatro segundos.

Una vez fuera de la casa, calafateó los bordes del cristal de la ventana y lo volvió a poner en su sitio. Así se mantendría hasta que estuviese preparado para entrar de nuevo... *para torturarlos y matarlos.*

29

Al abrir la puerta principal de la casa de Cat, *Martha* tiró de su correa y me arrastró a la luz del sol. La playa estaba muy cerca, y hacia ella íbamos cuando de repente apareció un perro negro y se lanzó sobre *Martha*, que se soltó de la correa y se escapó.

Dejé de gritar al sentir un fuerte golpe por detrás. Me caí y algo, *alguien*, se echó sobre mí. *¿Qué diablos era aquello?*

Me liberé de la maraña de metal, brazos y piernas y me levanté dispuesta a pelear.

¡Maldita fuera! Un idiota me había atropellado con su bicicleta. El tipo se puso de pie con dificultad. Tenía veintitantos años, con el pelo fino y unas gafas de montura rosa colgando de una oreja.

—*Sophie* —gritó hacia donde estaban los dos perros, que ahora iban corriendo hacia el borde del agua—. ¡*Sophie*, NO!

El perro negro frenó y miró al ciclista, que se ajustó las gafas y se volvió hacia mí con expresión preocupada.

—L-l-lo siento. ¿Estás bien? —preguntó con un leve tartamudeo.

—Te lo diré en un minuto —dije echando humo. Luego fui cojeando hacia *Martha*, que venía corriendo con las orejas caídas y un aspecto lamentable.

Pasé las manos por su cuerpo para ver si tenía algún mordisco, casi sin escuchar mientras el ciclista explicaba que *Sophie* era sólo un cachorro y no pretendía hacerle daño.

—Mira —dijo—. Co-co-cogeré mi coche y te llevaré al hospital.

—¿Qué? No, estoy bien. —Y *Martha* también, pero yo seguía estando furiosa. Quería abofetearle, pero los accidentes ocurren, ¿no?

—¿Qué hay de tu pierna?

—No te preocupes.

—¿Estás segura…?

El tipo de la bici le puso la correa a *Sophie* y después se presentó.

—Bob Hinton —dijo—. Si necesitas un buen abogado, aquí está mi tarjeta. Y lo siento de verdad.

—Lindsay Boxer —dije cogiendo su tarjeta—. Y sí que necesito un buen abogado. Un tipo con un cachorro de rottweiler me ha atropellado con su Cannondale.

El joven sonrió nerviosamente.

—No te he visto nunca por aquí.

—Mi hermana Catherine vive allí —señalé la casa azul. Luego, como todos íbamos en la misma dirección, fuimos juntos por el camino de arena que había a lo largo de la duna de hierba.

Le dije a Hinton que iba a estar en casa de mi hermana mientras me tomaba unas semanas libres de mi trabajo en el Departamento de Policía de San Francisco.

—Así que policía, ¿eh? Has venido al lugar adecuado, con todos esos asesinatos que han ocurrido por aquí.

Sentí frío y calor al mismo tiempo. Me ardían las mejillas, pero por dentro estaba como un bloque de hielo. No quería pensar en asesinatos. Quería desintoxicarme. Y, sobre todo, no quería hablar más con ese abogado corto de vista, aunque parecía simpático.

—Escucha, tengo que irme —dije. Sujeté la correa de *Martha* para que no se apartara de mi lado y aceleré el paso—. Cuídate —añadí por encima del hombro—. Y mira por dónde vas.

Bajé por la ladera de arena a la playa, alejándome de Bob Hinton lo más rápidamente posible.

Lo que no se ve, se olvida.

30

El agua estaba demasiado fría para nadar, pero me senté con las piernas cruzadas cerca del borde de las olas mirando el horizonte, donde la tranquila bahía se encontraba con las aguas encrespadas del Pacífico.

Martha estaba corriendo por la curva de la playa levantando la arena a su paso, y yo estaba disfrutando del calor del sol en mi cara cuando sentí algo duro en la parte posterior del cuello.

Me quedé paralizada.

Ni siquiera me atrevía a respirar.

—*Disparaste a esa niña* —dijo una voz—. No deberías haberlo hecho.

Al principio no reconocí la voz. Mi cabeza dio vueltas buscando un nombre, una explicación, las palabras adecuadas. Cuando eché el brazo hacia atrás para intentar coger el arma, vi su cara durante una fracción de segundo.

Vi el odio en sus ojos. Vi su miedo.

—*No te muevas* —gritó el muchacho clavando la boca de su arma en mis vértebras. El sudor me bajaba por los lados—. *Mataste a mi hermana. La mataste para nada.*

Me acordé de la mirada vacía que tenía Sara Cabot al caer.

—Lo siento mucho —dije.

—No, no lo sientes, pero lo harás. ¿Y sabes qué? A nadie le importa.

Se supone que no oyes la bala que te alcanza, pero eso debe ser un mito. El impacto del disparo que me perforó la columna vertebral sonó como una bomba.

Me caí y me quedé paralizada. No podía hablar ni detener el flujo de sangre que salía de mi cuerpo y encharcaba el agua de la bahía.

Pero ¿cómo había llegado ahí? Había una razón que no acababa de comprender. Algo que debería haber hecho.

Ponerles las esposas. Eso es lo que debería haber hecho.

Eso es lo que estaba pensando cuando abrí los ojos de repente.

Estaba tumbada de costado, con los puños llenos de arena. *Martha* me estaba mirando, respirando sobre mi cara.

Yo le importaba a alguien.

Me incorporé, la abracé y hundí mi cara en su cuello.

La sensación pegajosa del sueño no acababa de desaparecer. No necesitaba ser doctora en psicología para saber lo que significaba. Me seguía atormentando la violencia del último mes.

Estaba metida en ella hasta las cejas.

—No pasa nada —le dije a *Martha*.

Mintiendo descaradamente a mi perra.

31

Mientras *Martha* perseguía aves marinas, dejé volar mi mente y me imaginé que me deslizaba sin esfuerzo por el cielo con las gaviotas. Cuando estaba reflexionando sobre mi pasado reciente y mi futuro incierto, levanté la mirada y le vi.

Me dio un vuelco el corazón. Estaba sonriendo, pero tenía los ojos azules fruncidos por el resplandor de la luz.

—Hola, preciosa —dijo.

—Dios mío, mira qué ha traído la marea.

Dejé que me ayudara a levantarme. Luego nos besamos y sentí un intenso calor que me quemaba por dentro.

—¿Cómo has conseguido tomarte el día libre? —le pregunté abrazándole con fuerza.

—No lo entiendes. Esto es trabajo. Estoy rastreando el litoral para evitar infiltraciones terroristas —dijo en broma—. Puertos y costas, eso es lo que hago.

—Yo pensaba que tu trabajo consistía en elegir el color de la bandera del día.

—Eso también —dijo moviendo su corbata hacia mí—. ¿Ves? Amarilla.

Me gustaba que Joe pudiera bromear con su trabajo, porque de lo contrario habría sido deprimente. Nuestra línea costera era muy porosa, y Joe veía los agujeros.

—No te burles —dijo antes de besarnos de nuevo—. Es un trabajo duro.

Yo me reí.

—Esto no es ningún juego, aunque Joe no sea un tipo aburrido.

—Ah, tengo algo para ti —dijo mientras paseábamos por el malecón. Sacó un paquete de papel de seda de su bolsillo y me lo dio—. Lo he envuelto yo mismo.

El paquete estaba sellado con cinta adhesiva, y Joe había dibujado una hilera de equis y oes donde debería haber un lazo. Rasgué el papel y saqué un medallón y una cadena de plata.

—Se supone que es para protegerte —dijo Joe.

—Cariño, es Kokopelli, el dios de la fertilidad. ¿Cómo lo sabías? —Sostuve el pequeño colgante a la altura de los ojos.

—La cerámica Hopi de tu apartamento me dio una pequeña pista.

—Me encanta. Es más, lo necesito —dije dándome la vuelta para que pudiera atarme la larga cadena de plata alrededor del cuello.

Joe me apartó el pelo de la nuca y me besó justo ahí. Sus labios y la aspereza de sus mejillas en esa zona hicieron que sintiera un escalofrío. Jadeé y me volví de nuevo para abrazarle.

Le besé con suavidad, y el beso se volvió más profundo y más urgente. Finalmente me aparté de él.

—Deberías quitarte esa ropa —dije.

32

El cuarto de invitados de Cat era muy diáfano, de color melocotón, con una cama doble junto a la ventana. La chaqueta de Joe fue volando a la silla, seguida de su camisa azul y su corbata amarilla.

Luego levanté los brazos y me quitó el top de tirantes por encima de la cabeza. Le cogí las manos y las puse sobre mis pechos, y el calor de su tacto hizo que dejara de sentir el peso de mi cuerpo. Para cuando mis pantalones cortos cayeron al suelo, estaba jadeando.

Observé a Joe mientras acababa de desnudarse y subía a la cama conmigo. Era muy atractivo. Luego me hundí entre sus brazos.

—Tengo algo más para ti, Lindsay —dijo Joe. Lo que tenía era evidente. Me reí en el pliegue de su cuello.

—No sólo eso —repuso—. Esto.

Abrí los ojos y vi que estaba señalando unas letras pequeñas escritas con torpeza en su pecho. Había escrito mi nombre sobre su corazón.

Lindsay.

—Eres muy gracioso —dije sonriendo.

—No, soy un romántico —contestó Joe.

33

Con Joe no se trataba sólo de sexo. Era demasiado real y muy buena persona para considerarle simplemente como una diversión. Pero pagaba un precio muy alto por sentir algo más. En momentos como ése, cuando nuestros trabajos lo permitían, teníamos una intimidad indescriptible. Luego amanecía y Joe regresaba a Washington, y yo no sabía cuándo volvería a verle, o si volveríamos a estar tan bien.

Dicen que el amor llega cuando estás preparado.

¿Estaba preparada?

La última vez que había querido tanto a un hombre, se murió de un modo terrible.

¿Y Joe?

Había salido escaldado de un divorcio. ¿Podría volver a confiar en alguien?

Ahora mismo, mientras estaba entre sus brazos, tenía el corazón dividido entre derribar todas las barreras y protegerme del dolor de nuestra inminente separación.

—¿Dónde estás, Linds?

—Estoy aquí.

Abracé a Joe con fuerza obligándome a volver junto a él. Nos besamos y nos acariciamos hasta que nos resultó insoportable estar separados y nos unimos de nuevo en una fusión perfecta. Gimiendo le dije lo bien que me sentía y lo bueno que era.

—Te quiero, Linds —murmuró.

Cuando estaba pronunciando su nombre y diciéndole que le quería, me invadió una oleada de placer y permití que todos mis pensamientos negativos desaparecieran.

Después nos abrazamos durante un largo rato, y mientras estábamos recobrando el aliento, disfrutando de nuestra intimidad, sonó el timbre de la puerta.

—Mierda —dije—. Imagina que no está sucediendo.

—Hay que ir a abrir —dijo Joe con suavidad—. Podría ser para mí.

34

Pasé por encima de Joe, me eché su camisa sobre los hombros y fui hacia la puerta. En el porche delantero había una atractiva mujer de cincuenta y tantos años con una sonrisa expectante en su cara. Iba demasiado moderna con un vestido de punto y un suéter de Lilly Pulitzer para ser testigo de Jehová, y parecía demasiado risueña para ser agente federal.

Dijo que se llamaba Carolee Brown.

—Vivo en la Autovía del Cabrillo, a unos dos kilómetros al norte de aquí. En esa casa victoriana azul con una gran verja de cadenas.

—La conozco. Es una escuela, ¿verdad?

—Sí, ésa es.

No quería ser desagradable, pero me sentía incómoda allí de pie con la cara enrojecida por el roce de la barba y el pelo revuelto.

—¿Qué puedo hacer por usted, señora Brown?

—En realidad, soy la doctora Brown, pero llámeme Carolee, por favor. Lindsay, ¿verdad? Mi hija y yo ayudamos a su hermana con *Penelope*. Esto es para usted. —Me dio una fuente cubierta con papel de aluminio.

—Ah, sí. Cat me ha hablado de usted. Lo siento. La invitaría a pasar, pero…

—No se preocupe. Esto no es una visita. Sólo soy la Dama de las Galletas. Bienvenida a Half Moon Bay.

Le di las gracias a Carolee e intercambiamos unas cuantas palabras más antes de que se despidiera y montara en su coche. Yo me agaché para coger el periódico de la mañana y eché un vistazo a la primera página mientras volvía a la habitación. Día de sol, el NASDAQ baja diez puntos, la investigación de los asesinatos de Crescent Heights no va a ninguna parte. Era casi imposible creer que hubieran matado a alguien en ese bonito lugar.

Le hablé a Joe de los asesinatos y luego quité el papel de aluminio de la fuente.

—Galletas de chocolate —anuncié—. De la Dama de las Galletas.

—La Dama de las Galletas. ¿Como el Conejo de Pascua?

—Supongo que es algo así.

Joe me estaba mirando con su mirada soñadora.

—Estás muy guapa con mi camisa.

—Gracias, camarada.

—Pero estás mucho mejor sin ella.

Sonreí mientras dejaba la fuente en el suelo. Luego desabroché lentamente la camisa azul de Joe y dejé que cayera por mis hombros.

—Yo tenía un cerdo como éste —dijo Joe esa tarde mientras nos inclinábamos sobre la valla de la pocilga.

—¡Venga! Si tú eres de Queens.

—En Queens hay patios, Linds. Nuestro cerdo se llamaba *Alphonse Pignole*, y le dábamos de comer pasta y escarola salteada con un toque de Cinzano. Le encantaba.

—Te lo estás inventando.

—No.

—¿Qué le pasó?

—Nos lo comimos en uno de los famosos asados de la familia Molinari. Con compota de manzana.

Joe vio la expresión de incredulidad en mi cara.

—Bueno, esa parte es mentira. Cuando fui a la universidad, *Al* se trasladó a una casa estupenda al norte de Nueva York. Voy a enseñarte algo.

Cogió un rastrillo que estaba apoyado contra la pocilga, y *Penelope* empezó a gruñir y a resoplar en cuanto lo vio.

Joe también gruñó y resopló.

—Jerga porcina —dijo sonriendo sobre su hombro.

Pasó el rastrillo sobre la valla y le rascó a *Penelope* el lomo con él. La cerda se puso de rodillas, y con un gemido de placer se dio la vuelta con las patas en el aire.

—Tus talentos no conocen límites —dije—. Por cierto, me parece que puedes pedir tres deseos.

El sol se estaba poniendo mientras Joe, *Martha* y yo cenábamos en la terraza que daba a la bahía. Había utilizado la receta de salsa de barbacoa de mi madre para preparar el pollo, que acompañamos con medio litro per cápita de Cherry Garcia y Chunky Monkey.

Estuvimos acurrucados durante horas escuchando a los grillos y la radio, viendo cómo bailaban las llamas de las velas con la suave brisa.

Más tarde dormimos a ratos, despertándonos para abrazarnos, para reírnos, para hacer el amor. Comimos galletas de chocolate, hablamos de nuestros sueños y nos volvimos a dormir entrelazados.

Al amanecer, el móvil de Joe hizo que el resto del mundo entrara de nuevo en nuestra vida.

—Sí, señor. Lo haré —dijo antes de cerrar el teléfono de golpe.

Abrió los brazos y me envolvió con ellos. Yo levanté la cabeza y le besé el cuello.

—¿Cuándo viene el coche a buscarte?

—En un par de minutos.

Joe no estaba exagerando. Tuve ciento veinte segundos para observar cómo se vestía en la habitación oscura, con un solo rayo de luz que entraba por debajo de las persianas para ver cuánto le entristecía dejarme.

—No te levantes —dijo mientras yo apartaba las sábanas. Volvió a taparme hasta la barbilla y me besó unas once veces: en los labios, los ojos, las mejillas.

—Por cierto, he conseguido mis tres deseos.

—¿Cuáles eran?

—No debería decírtelo, pero uno de ellos era el Cherry Garcia.

Me reí y le besé.

—Te quiero, Lindsay.

—Yo también te quiero, Joe.

—Te llamaré.

No le pregunté cuándo.

37

Esa mañana se reunieron los tres en la terraza de piedra del Coffee Bean, con un muro de niebla que les impedía ver la bahía. Estaban solos allí fuera conversando apasionadamente, hablando de asesinatos.

La que respondía al nombre de la Verdad, y que llevaba una chaqueta de cuero negro y unos vaqueros, se volvió hacia los otros y dijo:

—Muy bien. Háganme un resumen rápido.

El Vigilante volvió a consultar sus notas citando los horarios, los hábitos y sus conclusiones sobre los O'Malley.

El Buscador no necesitaba que le convencieran. Era él quien había descubierto a la familia, y se alegraba de que la investigación del Vigilante hubiera confirmado sus presentimientos. Empezó a silbar un viejo *blues* hasta que la Verdad le lanzó una mirada.

La Verdad era de complexión menuda, pero tenía una poderosa presencia.

—Tus razones son buenas —dijo—. Pero no me convencen.

El Vigilante se puso algo nervioso. Tiró de su jersey de cuello barco y removió las fotografías. Señaló los primeros planos con el dedo y después rodeó los detalles con su bolígrafo.

—Es un buen comienzo —dijo el Buscador saliendo en defensa del Vigilante.

La Verdad hizo un gesto despectivo con la mano.

—No es suficiente. Lo que necesitamos son pruebas. Vamos a pedir.

Una camarera llamada Maddie salió dando saltitos a la terraza con unos pantalones finos de talle bajo y un top que dejaba su estómago al descubierto.

—Eso es lo que yo llamo un vientre de vértigo —dijo el Buscador con su encanto ensombrecido por la avidez de sus ojos.

Maddie esbozó una leve sonrisa antes de servirles más café. Luego sacó su libreta y anotó el pedido de la Verdad: huevos revueltos, beicon y un panecillo de canela recién horneado.

El Buscador y el Vigilante también pidieron, pero a diferencia de la Verdad, escasamente probaron su comida cuando llegó. Continuaron hablando en voz baja.

Intentaban plantearlo desde otra perspectiva.

La Verdad estaba contemplando la niebla, escuchando con atención hasta que por fin proyectaron un plan.

En cuanto salió el sol, vi que hacía un día precioso. Era una lástima que Joe no estuviera allí para compartirlo conmigo.

Silbé a *Martha* para que entrara en el coche y fuimos al pueblo a buscar provisiones. Mientras íbamos por la Autovía del Cabrillo, vi la señal: Bayside School, Departamento de Bienestar Infantil, Estado de California.

La gran casa victoriana azul apareció a mi derecha. Siguiendo un impulso entré con el coche en el aparcamiento.

Me quedé un rato allí sentada contemplando la casa, el patio, la alta verja de cadenas. Luego cerré el coche y fui por un camino de grava hasta una pesada puerta de roble.

Una mujer negra muy voluminosa, de unos treinta y cinco años, respondió al timbre.

—Hola —dije—. Estoy buscando a la doctora Brown.

—Pase. Está en la sala de profesores. Soy Maya Abboud, una de las profesoras del centro.

—¿Qué tipo de escuela es ésta? —pregunté mientras la seguía por unos oscuros y estrechos pasillos y dos tramos de escaleras.

—El Estado envía aquí sobre todo fugitivos. Ésos son los afortunados.

Pasamos por delante de varias clases pequeñas y una sala de televisión y nos cruzamos con docenas de niños, desde muy pequeños hasta adolescentes. Aunque había una gran diferencia con *Oliver Twist*, que todos esos niños no tuvieran hogar era triste y preocupante.

La señorita Abboud me dejó en el umbral de una sala luminosa con muchas ventanas. Dentro estaba Carolee Brown, que se levantó de un salto y vino hacia mí.

—Lindsay. Me alegro de verte.

—Pasaba por aquí y, bueno, quería disculparme por ser tan brusca ayer.

—Olvídalo. Te pillé por sorpresa y no me conocías de nada. Me alegro de que hayas venido. Quiero que conozcas a alguien.

Le dije a Carolee que no podía quedarme mucho tiempo, pero ella me aseguró que sólo sería un minuto.

La seguí fuera hasta el patio y vi que nos dirigíamos hacia una guapa niña de pelo oscuro de unos ocho años, que estaba sentada en una mesa bajo la sombra de un árbol jugando con sus Power Rangers.

—Ésta es mi hija Allison —dijo Carolee—. Ali, te presento a Lindsay, la tía de Brigid y Meredith. Es teniente de policía.

La niña tenía los ojos muy brillantes cuando los volvió hacia mí.

—Sé quién eres. Estás cuidando a *Penelope*.

—Así es, Ali, pero sólo unas pocas semanas.

—*Penelope* es fantástica, ¿verdad? Puede leer la mente.

La niña siguió hablando de su amiga mientras ella y su madre me acompañaban al aparcamiento.

—Es estupendo que seas policía —dijo Allison agarrándome la mano.

—¿Ah, sí?

—Claro. Porque eso significa que eres buena para arreglar cosas.

Cuando me estaba preguntando qué querría decir la pequeña, me apretó los dedos entusiasmada y luego fue corriendo a mi coche. *Martha* movió la cola y ladró hasta que la dejé salir. Luego saltó alrededor de Allison y la cubrió de besos húmedos.

Después de separar a la niña y a la perra, Carolee y yo hicimos planes para vernos pronto. Mientras le decía adiós por la ventanilla abierta pensé: *He hecho una nueva amiga.*

39

El Vigilante estaba acariciando nerviosamente el volante mientras esperaba a que Lorelei O'Malley saliera de casa. No le agradaba demasiado tener que volver a entrar en su casa.

La estúpida mujer salió por fin de su casa con un elegante modelo para ir de compras y cerró la puerta detrás de ella. Luego, ya en su pequeño Mercedes rojo, aceleró por la calle Ocean Colony sin mirar atrás.

El Vigilante salió de su coche. Llevaba unos pantalones y una chaqueta deportiva azul y unas gafas de sol oscuras, lo que podría corresponder a un inspector de la compañía telefónica. Fue rápidamente hacia la casa.

Como la vez anterior, el Vigilante se agachó junto a la ventana del sótano y se puso unos guantes. Luego, cortando la zona calafateada con la hoja de su navaja, quitó la lámina de cristal y entró en el sótano.

Se movió con rapidez por la casa y subió por las escaleras al dormitorio de los O'Malley. Una vez allí abrió el armario, apartó un montón de vestidos y examinó la cámara de vídeo de la balda colocada en la pared posterior.

El Vigilante sacó la cinta de la cámara y se la metió en el bolsillo. Cogió otra cinta al azar de una pila que había en la misma balda y resistió el impulso de ordenar las demás. Luego cogió un paquete de fotos del cajón de la mesilla de noche.

Cuando sólo llevaba en la casa dos minutos y veinte segundos, oyó cerrarse de golpe la puerta principal.

Se le quedó la boca seca. En todos los días que había vigilado esa casa nadie había vuelto después de salir por la mañana. El Vigilante fue al armario, se agazapó detrás de una cortina de faldas y cerró la puerta.

La alfombra amortiguó el ruido de pasos, y el Vigilante se sobresaltó cuando el pomo de la puerta giró. No tenía tiempo de pensar. La puerta del armario se abrió, la ropa se apartó y el Vigilante quedó al descubierto, encogido como un ladrón.

Lorelei O'Malley jadeó y se agarró el pecho antes de que se le ensombreciera la cara.

—Yo te conozco —dijo—. ¿Qué estás haciendo aquí?

El Vigilante ya tenía la navaja en la mano. Al verla, Lorelei lanzó un grito desgarrador. El Vigilante pensó que no tenía otra opción. Se lanzó hacia delante reventando los botones del vestido de seda azul con su largo filo mientras se lo clavaba en el vientre.

Lorelei se retorció intentando librarse de la navaja, pero el Vigilante la abrazó con fuerza como si fuera su amante.

—Dios mío. ¿Por qué haces esto? —gimió con los ojos en blanco y una voz cada vez más débil.

Apretando la mano contra la parte inferior de su espalda, el Vigilante rasgó con su navaja los suaves tejidos de la cavidad abdominal de Lorelei hasta romperle la aorta. La sangre no le salpicó; salió del cuerpo de la mujer como el agua de un cubo, hasta que se le doblaron las rodillas y cayó sobre los zapatos que bordeaban el suelo del armario.

El Vigilante se arrodilló y le tocó la arteria carótida con dos dedos. Ella parpadeó un poco. Estaría muerta en unos segundos.

Tenía el tiempo suficiente para hacer lo que había que hacer. Le levantó la falda azul, se quitó el cinturón y azotó las nalgas de Lorelei O'Malley hasta que acabó muerta en su armario.

40

Las cosas sólo podían empeorar, y lo hicieron. El Vigilante estaba sentado en la furgoneta en un aparcamiento de la calle Kelly, enfrente de la casa de dos pisos en la que el doctor tenía su consulta.

Le hizo un gesto con los ojos al Buscador, que parecía desconcertado y aturdido en el asiento de al lado. Después volvió a vigilar el aparcamiento, tomando nota de los compradores y los pocos coches que entraban y salían.

Cuando salió el doctor Ben O'Malley, el Vigilante dio un codazo al Buscador.

—Prepárate —le dijo.

Luego el Vigilante salió de la furgoneta. Fue corriendo hacia el doctor y le alcanzó antes de que llegara a su todoterreno.

—¡Doctor, doctor, gracias a Dios! Necesito ayuda.

—¿Qué sucede, hijo? —preguntó sorprendido y contrariado a la vez.

—Es mi amigo. Le ha ocurrido algo. No sé si es un ataque al corazón o qué.

—¿Dónde está?

—Allí —dijo señalando la furgoneta a unos quince metros—. Dése prisa, por favor.

El Vigilante comenzó a andar mirando hacia atrás para asegurarse de que el doctor le seguía. Cuando llegó a la furgoneta, abrió la puerta del copiloto y se apartó para que pudiera ver al Buscador tirado en el asiento.

El doctor echó un vistazo dentro, levantó uno de los párpados del Buscador y se sobresaltó al sentir el filo de un cuchillo clavado en su cuello.

—Entre —dijo el Vigilante.

—Si dice una palabra —dijo el Buscador con tono cordial e imperturbable—, mataremos a toda su familia.

41

El Vigilante oyó cómo el cuerpo del doctor rodaba y daba golpes en la parte de atrás de la furgoneta mientras subían por la empinada cuesta.

—¿Qué tal aquí? —preguntó el Buscador. Después de mirar por el espejo retrovisor salió de la carretera, entró en un hueco que había entre los árboles y echó el freno.

El Buscador salió de la furgoneta de un salto, abrió la puerta corredera y ayudó al doctor a sentarse.

—Muy bien, Doc, ha llegado la hora —dijo quitándole la cinta adhesiva de la boca—. ¿Quiere decir sus últimas palabras?

—¿Qué quieres que diga? —jadeó el doctor O'Malley—. ¿Queréis dinero? Puedo conseguiros dinero. O drogas. Lo que queráis.

—Eso es una estupidez, Doc —dijo el Buscador—. Incluso para usted.

—No hagáis esto —suplicó—. Ayudadme, por favor.

—*Ayudadme, por favor* —se burló el Vigilante.

—¿Qué os he hecho? —sollozó el doctor O'Malley.

Un fuerte empujón lo envió fuera de la furgoneta y cayó al borde de la carretera.

—Es más fácil de lo que cree —dijo el Buscador amablemente inclinándose sobre él—. Llene su mente de cosas que le gusten… y despídase.

El doctor no vio la piedra que le machacó la base del cráneo.

El Buscador abrió su navaja, levantó la cabeza del doctor cogiendo un puñado de pelo y le cortó el cuello como si fuera una raja de melón.

Después el Vigilante utilizó su cinturón como un látigo, golpeando con fuerza y dejando llenas de marcas las blancas nalgas de O'Malley.

—¿Siente eso? —dijo jadeando sobre el moribundo.

El Buscador limpió sus huellas de la navaja con la camisa del doctor. Luego tiró la navaja y la piedra colina abajo, entre árboles, matorrales y hierbas altas.

Por último, los dos juntos levantaron al doctor por los brazos y las piernas y le llevaron al borde de la carretera. Balancearon el cuerpo sin vida y contando hasta tres lo lanzaron por el acantilado. El cuerpo chocó contra la maleza, rodando hacia abajo hasta un lugar tan remoto que esperaban que permaneciese oculto hasta que los coyotes se pelearan por los huesos.

42

Estaba en el porche delantero tocando mi Seagull cuando un terrible ruido metálico me hizo perder la concentración. Era una grúa que traqueteaba por las pacíficas curvas de Sea View. Fruncí el ceño hasta que me di cuenta de que remolcaba un Bonneville del 81.

Mi Bonneville del 81.

El conductor me saludó al verme.

—Eh, señora. Tengo una entrega especial para usted.

Ah. El hombre en la luna. El chico de la gasolinera. Sonreí mientras Keith manejaba la grúa para bajar el coche. Cuando lo dejó en el suelo, salió de la cabina y vino hacia mí con un leve contoneo.

—¿Qué te hace pensar que puedes poner en marcha este trasto? —preguntó sentándose en el escalón.

—He arreglado unos cuantos motores —le dije—. Sobre todo de coches patrulla.

—¿Eres mecánica? —dijo entre dientes—. Vaya. Sabía que había algo en ti.

—No exactamente. Soy policía.

—Estás mintiendo.

—Yo no miento —dije riéndome de su incredulidad.

Extendió un musculoso brazo hacia mí y con un apresurado «¿Te importa?» me cogió la guitarra.

Tú mismo, colega.

El joven se puso la Seagull en el regazo, tocó unos acordes y luego cantó una estrofa de una canción *country* del tipo «Mi amor me ha abandonado». Su tono era tan exagerado que tuve que reírme de su interpretación.

Keith hizo una reverencia en broma antes de devolverme la guitarra.

—¿Cuál es tu especialidad? —preguntó.

—El rock acústico. El *blues*. Ahora mismo estoy trabajando en una canción. Jugando con algunos fragmentos.

—Tengo una idea. ¿Por qué no hablamos de eso cenando? Conozco un buen restaurante de pescado en Moss Beach —dijo.

—Gracias, Keith. Es una buena idea, pero ya estoy comprometida. —Levanté la mano y agarré la medalla con el Kokopelli que me había dado Joe.

—No me importa decirte que me has partido el corazón.

—Sobrevivirás.

—Lo digo de verdad. Estoy destrozado. Guapa, mecánica en sus ratos libres. ¿Qué más podría pedir un tío?

—Vamos, Keith —dije dándole unas palmaditas en el brazo—. Enséñame mi nuevo coche.

Bajé del porche con Keith detrás mío. Pasé la mano por el parachoques del Bonneville, abrí la puerta del conductor y me senté dentro. El coche era cómodo y espacioso, y el salpicadero estaba lleno de botones y artilugios tal como recordaba.

—Es una buena elección, Lindsay —dijo Keith apoyándose en el techo del coche—. No te vendería una porquería. Mi caja de herramientas de repuesto está en el maletero, pero si tienes algún problema, llámame.

—Lo haré.

Esbozó una tímida sonrisa, se quitó la gorra, se sacudió el pelo rubio rojizo, se volvió a poner la gorra y dijo:

—Cuídate, ¿quieres?

Le dije adiós con la mano mientras se iba. Luego metí la llave en el contacto y la giré.

El motor no arrancó. Ni siquiera zumbó.

Estaba tan muerto como una rana aplastada en medio de la carretera.

43

Hice una lista de las piezas que necesitaba y luego pasé el resto del día sacando brillo al Bonneville con un tubo de cera que encontré en la caja de herramientas de Keith. Estaba encantada transformando un marrón apagado en un color bronce intenso.

Cuando estaba aún admirando mi obra, el periódico de la tarde salió volando por la ventanilla de un coche que pasaba. Corrí hacia atrás y lo atrapé en el aire, consiguiendo una felicitación del repartidor de periódicos.

Abrí las finas páginas de la *Gazette* y me impresionó el titular de la primera página:

ESPOSA DE UN MÉDICO LOCAL
APUÑALADA EN SU CASA.
EL MÉDICO HA DESAPARECIDO

Me quedé clavada en el césped y leí:

Lorelei O'Malley, esposa del doctor Ben O'Malley, fue asesinada esta tarde en su casa de la calle Ocean Colony, aparentemente como consecuencia de un robo frustrado. La hijastra de la víctima, Caitlin, de quince años, encontró el cuerpo de su madrastra en el armario del dormitorio al volver del colegio. El doctor O'Malley, un respetado médico y miembro de la comunidad desde hace mucho tiempo, ha desaparecido.

El comisario de policía Peter Stark ha pedido esta tarde a la multitud congregada ante la comisaría que permanezca tranquila pero alerta.

—Parece que hay similitudes en los recientes homicidios —ha dicho Stark—. Pero no puedo hacer comentarios porque pondría en peligro la investigación general. Lo que sí puedo hacer es darles mi palabra de que este cuerpo de policía no descansará hasta encontrar al asesino.

En respuesta a las preguntas de los periodistas, Stark ha dicho: «El doctor O'Malley fue visto por última vez alrededor del mediodía. Salía a comer, pero no volvió a su consulta ni llamó por teléfono. En este momento no es un sospechoso».

Enrollé el periódico y me quedé mirando las bonitas casas de color pastel de Sea View. Mis instintos estaban gritando. Era una policía sin un caso, sin un trabajo. No quería leer sobre homicidios. Quería información de primera mano.

Después de guardar las herramientas que había utilizado para abrillantar el coche, entré en casa y pedí una conferencia a la compañía telefónica.

De repente echaba de menos a las chicas.

44

La operadora me puso primero con Claire, y su suave voz me animó.

—Hola, muñeca. ¿Estás durmiendo? ¿Tienes ya color en las mejillas?

—Lo intento, pero tengo la cabeza como un hámster en una rueda.

—No pierdas el tiempo, Lindsay, por favor. Dios mío, lo que haría yo por tener unos días libres.

Cindy se unió a la conferencia con el entusiasmo habitual en su voz juvenil.

—Sin ti no es lo mismo, Linds. Es un asco.

—Me gustaría que estuvieseis aquí —le dije a mis amigas—. Todo es cielo azul y arena amarilla. Ah, y el otro día vino Joe y pasó aquí la noche.

Cindy tenía algunas noticias sobre su segunda cita con el jugador de hockey que provocaron silbidos, y yo les conté la historia de Keith, el chico de pelo rubio rojizo de la gasolinera.

—Tiene veintitantos años, del estilo de Brad Pitt. La verdad es que me pone.

—Hacéis que me sienta como una mujer casada aburrida —dijo Claire.

—A mí me gustaría ser tan aburrida como tú lo eres con Edmund —dijo Cindy—. Te lo aseguro.

Las bromas y las risas me hicieron sentir como si estuviésemos alrededor de una mesa poco iluminada en el Susie. Y, como hacíamos siempre en el Susie, hablamos de trabajo.

—¿Habéis oído hablar de esos asesinatos? —preguntó Claire.

—Es terrible. La ciudad está conmocionada. Hace unas semanas mataron a una joven pareja, y esta mañana ha sido asesinada una mujer a un kilómetro de aquí.

—Lo han dado en las noticias —dijo Cindy—. Una escena de lo más sangrienta.

—Sí. Esto parece como si un asesino estuviese de juerga, y ya sabéis que me irrita no poder hacer nada. Quiero estar en el escenario del crimen. Odio tener que mantenerme al margen.

—Entonces te interesará este pequeño detalle —dijo Claire—. Lo vi en el informe forense. ¿Recordáis esa pareja que fue asesinada en Crescent Heights hace unas semanas? Fueron azotados.

Creo que me quedé en blanco un momento mientras mi mente volvía a mi John Doe n.º 24.

Lo habían acuchillado y azotado.

—¿Fueron azotados? ¿Estás segura de eso, Claire?

—Completamente segura. En la espalda y en las nalgas.

Justo entonces se oyó un pitido en la línea, y el nombre que apareció en la pantalla fue como una intromisión del pasado en el presente.

—Un momento, chicas —dije antes de apretar el botón rojo.

—Lindsay, soy Yuki Castellano. ¿Puedes hablar?

Me alegré de estar al teléfono con Claire y Cindy. Necesitaba un poco de tiempo para cambiar de onda y hablar con mi abogada del tiroteo de la calle Larkin. Yuki dijo que volvería a llamar por la mañana, y yo seguí hablando con mis amigas, pero tenía la cabeza en otra parte.

En los últimos días me había alejado de todo… *excepto del juicio de mi vida.*

45

El Vigilante estaba paseando por el camino que recorría la duna de hierba bajo una pálida luna creciente. Llevaba un gorro de lana y una sudadera negra, y tenía en la mano su microcámara con el zoom de 10 aumentos.

Lo utilizó para observar a una pareja que estaba besuqueándose al final de la playa, y luego giró la lente hacia las casas que había a unos cien metros en la parte exterior de Sea View.

Después centró su atención en una casa concreta de color azul, con muchas ventanas y unas persianas correderas que daban a la terraza. A través de ellas podía ver a la teniente Lindsay Boxer andando por la sala de estar.

Tenía el pelo recogido en la nuca y llevaba una fina camiseta blanca. Mientras hablaba por teléfono estaba dando vueltas a una cadena que tenía alrededor del cuello. Bajo esa camiseta podía ver el contorno de sus pechos.

Grandes pero firmes.

Bonitas tetas, teniente.

El Vigilante sabía quién era Lindsay, a qué se dedicaba y por qué decía que estaba en Half Moon Bay. Pero quería saber más.

Se preguntaba con quién estaba hablando por teléfono. Puede que con el tipo de pelo oscuro que se había quedado a dormir la noche anterior y se había marchado en un coche gubernamental negro. Se preguntaba quién era ese tipo y si iba a volver.

Y se preguntaba dónde guardaría Lindsay su arma.

El Vigilante sacó algunas fotos de Boxer sonriendo, frunciendo el ceño, soltándose el pelo. Sujetando el teléfono con el hombro y la barbilla y moviendo los pechos al levantar los brazos para volver a recogerse el pelo.

Mientras estaba vigilando, el perro cruzó la habitación y se sentó cerca de las persianas correderas, mirando por ellas como si estuviese observándole directamente.

El Vigilante bajó a la playa hacia donde se besuqueaban los amantes, y luego cruzó la duna de hierba para ir al aparcamiento donde había dejado su coche. Una vez dentro sacó su libreta de la guantera y buscó la etiqueta en la que había escrito el nombre de Lindsay con una letra meticulosa.

Teniente Lindsay Boxer.

La luz de las farolas era suficiente para completar sus notas.

Escribió: *Herida. Sola. Armada y peligrosa.*

TERCERA PARTE

DE NUEVO EN ACCIÓN

46

El sol era sólo una mancha borrosa en el cielo cuando unos fuertes timbrazos me sacaron del sueño. Busqué a tientas el teléfono y lo cogí al cuarto tono.

—Lindsay, soy Yuki. Espero no haberte despertado. Estoy en el coche y éste es mi único minuto libre, pero puedo contártelo todo en un momento.

Yuki era apasionada e inteligente, y siempre hablaba a ciento cincuenta kilómetros por hora.

—Muy bien. Estoy preparada —dije tumbándome de nuevo en la cama.

—Sam Cabot ha salido del hospital. Le tomé declaración ayer —dijo Yuki con un tono rítmico en su voz—. Se ha retractado de su confesión de los asesinatos del hotel, pero es un problema de la fiscalía. En cuanto a la demanda contra ti, dice que tú disparaste primero, que fallaste y que él y Sara dispararon en defensa propia. Entonces los derribaste. Un montón de mierda. Nosotros lo sabemos y ellos lo saben, pero así es este país. Puede decir lo que quiera.

Mi suspiro salió como un gruñido sofocado. Yuki siguió hablando.

—Nuestro único problema es que ese canalla patológico puede partir el corazón. Paralizado, en esa silla, con un collarín en el cuello y el labio inferior temblando. Parece un querubín atropellado...

—Por una policía depravada —le interrumpí.

—Yo iba a decir por un todoterreno, pero es lo mismo —se rió—. Deberíamos reunirnos para planear una estrategia.

Mi calendario estaba tan despejado que era prácticamente virgen. Por otra parte Yuki tenía declaraciones, reuniones y juicios casi cada hora durante las próximas tres semanas. No obstante, buscamos una fecha unos días antes del juicio.

—Ahora mismo los medios de comunicación están removiendo las aguas —prosiguió Yuki—. Hemos filtrado a la prensa que estás con unos amigos en Nueva York para que no te acosen. ¿Lindsay? ¿Estás ahí?

—Sí. Estoy aquí —dije con los ojos clavados en el abano del techo mientras me zumbaban los oídos.

—Te sugiero que te relajes si puedes. Procura ser discreta y déjame el resto a mí.

Bien.

Me duché, me puse unos pantalones de lino y una camiseta rosa y salí con una taza de café al patio. Y le hice una pregunta a *Penelope* mientras le echaba el desayuno en el pesebre: «*¿Cuánto puede comer un cerdo grande si ese cerdo come pig chow?*»

Una chica de ciudad hablando con un cerdo. ¿Quién lo habría pensado?

Consideré el consejo de Yuki mientras la brisa marina soplaba por la terraza. *Relájate y procura ser discreta.* Parecía sensato, salvo que ardía en deseos de hacer algo. Quería mover cosas, golpear cabezas, enderezar entuertos.

No podía evitarlo.

Silbé a *Martha* y arranqué el Explorer. Luego nos dirigimos hacia una casa de Crescent Heights: el escenario de un doble homicidio.

47

—Eres un perro malo —le dije a *Martha*—. No puedes dejar de meterte en líos, ¿verdad? —*Martha* volvió hacia mí sus tiernos ojos marrones, movió la cola y continuó vigilando la carretera.

Mientras iba hacia el sur por la Autovía 1, estaba henchida de emoción. A unos cinco kilómetros me desvié en Crescent Heights, un peculiar grupo de casas que cubrían la cara de la colina en la punta de Half Moon Bay.

Subí con el Explorer por el camino de grava dejándome llevar por mi intuición hasta que me encontré de repente con el escenario del crimen. Aparqué a un lado y apagué el motor.

La casa de tablas amarillas era una preciosidad, con tres buhardillas en el tejado, un jardín cubierto de flores y una figura de un leñador cortando madera clavada a la valla. El apellido Daltry estaba pintado en el buzón hecho a mano, y alrededor de todo esto, el sueño americano, había aún medio kilómetro de cinta amarilla.

Prohibido el paso por orden policial.

Intenté imaginar que dos personas habían sido brutalmente asesinadas en esa bonita casa, pero las imágenes no encajaban. No debería haber asesinatos en lugares como ése.

¿Qué había llevado al asesino a esa casa concreta? ¿Era un blanco elegido o había sido una casualidad?

—Quédate aquí —le dije a *Martha* mientras salía del coche.

Los crímenes habían ocurrido hacía más de cinco semanas, y para entonces la policía había dejado de custodiar el escenario del crimen. Cualquiera que quisiera curiosear podía hacerlo siempre que no entrara en la casa, y había huellas de curiosos por todas partes: pisadas en los macizos de flores, colillas en la acera, latas de refrescos en el césped.

Pasé por la verja abierta, me agaché por debajo de la cinta y caminé alrededor de la casa registrándolo todo con los ojos.

Debajo de los arbustos había una pelota de baloncesto abandonada, y en las escaleras traseras una zapatilla de niño, húmeda aún del rocío de la noche. Observé que un cristal de una de las ventanas del sótano estaba fuera del marco y se encontraba apoyado en una de las paredes de la casa: el probable punto de entrada.

Cuanto más tiempo llevaba en casa de los Daltry, con más fuerza me latía el corazón. Estaba husmeando alrededor de un escenario del crimen en vez de hacerme cargo de él, y eso hacía que me sintiera mal, como si ese crimen no fuera asunto mío y no debiera estar allí. Al mismo tiempo, me sentía atraída por lo que me había dicho Claire por teléfono la noche anterior.

Los Daltry de Crescent Heights no eran las primeras víctimas que habían sido azotadas. ¿A quién más habían torturado de ese modo? ¿Estaban esos asesinatos relacionados con mi caso sin resolver, John Doe n.º 24?

Relájate y procura ser discreta, había dicho Yuki. Me reí a carcajadas. Entré en el Explorer, di unas palmaditas a mi peluda compañera y luego bajé por el camino de grava a la autovía.

En diez minutos volveríamos a estar en el centro de Half Moon Bay. Quería ver la casa de los O'Malley.

La calle Ocean Colony estaba bordeada de coches patrulla a ambos lados. Las insignias de las puertas de los coches indicaban que la policía local había conseguido por fin la ayuda que necesitaba. Habían llamado a la policía estatal.

Al pasar por delante con el coche, vi que había un agente uniformado vigilando la puerta principal de la casa, y otro entrevistando a un empleado de UPS.

Los detectives y los técnicos del laboratorio de criminología entraban y salían de la casa a intervalos regulares. En el jardín de un vecino habían instalado una carpa para la prensa, y un reportero local estaba retransmitiendo en directo desde Half Moon Bay.

Aparqué el coche calle abajo y fui andando hacia la casa, mezclándome con un grupo de curiosos que estaban viendo, desde la acera de enfrente, cómo trabajaba la policía. Era un buen punto de observación, y mientras estaba allí analicé mis impresiones esperando que se me ocurriera alguna idea.

Para empezar, las casas de las víctimas eran tan diferentes como la noche y el día. Crescent Heights era un barrio obrero con el zumbido de la Autovía 1 entre las casas modestas y su vista de la bahía. Ocean Colony lindaba en la parte posterior con un campo de golf privado. La casa de los O'Malley y las que la rodeaban brillaban con todo lo que el dinero podía comprar. ¿Qué tenían en común los dos hogares y la gente que vivía en ellos?

Examiné la magnífica casa colonial de los O'Malley, con su tejado de pizarra y los boj recortados junto a la puerta, y una vez más revisé las cuestiones preliminares. ¿Qué había llevado allí al asesino? ¿Era un objetivo personal o había sido un asesinato fortuito?

Miré hacia las contraventanas azules del segundo piso, donde Lorelei O'Malley había sido apuñalada en su dormitorio.

¿También la habrían azotado?

Estaba tan concentrada que debía estar llamando la atención. Un joven policía uniformado con la cara colorada y una expresión nerviosa venía hacia mí.

—¿Señorita? ¿Señorita? Me gustaría hacerle unas preguntas.

Maldita fuera. Si tenía que enseñarle mi placa, me localizaría en la base de datos y la noticia no tardaría en extenderse: *La teniente Lindsay Boxer, del Departamento de Policía de San Francisco, estaba en el escenario del crimen.* En veinte minutos los medios de comunicación estarían llamando a la puerta y acampando en el jardín de Cat.

Adopté mi expresión más inocente.

—Sólo pasaba por aquí, agente. Ya me iba.

Hice un pequeño gesto con la mano, me di la vuelta y fui rápidamente hacia el Explorer.

Entonces le vi hacerlo.

Mientras me marchaba, el policía anotó el número de mi matrícula.

49

El pintoresco bar se llamaba el Cormorán, por el ave marina de la cual había un elegante facsímil colgado del techo.

El local tenía una barra larga, seis tipos de cerveza de barril, música alta y el público habitual de un viernes por la noche. Miré alrededor hasta que divisé a Carolee Brown en una mesa cerca de la barra. Llevaba unos pantalones holgados, un jersey rosa, y un crucifijo de oro que brillaba discretamente en su cuello.

La Dama de las Galletas en su noche libre.

Carolee me vio una fracción de segundo después, y sonriendo me hizo un gesto para que me uniera a ella. Me abrí paso entre la multitud y le di un abrazo cuando se levantó para saludarme.

Pedimos Pete's Wicked Ale y linguini con almejas y, como suelen hacer las mujeres, acabamos hablando de cosas personales. Carolee había sido informada por mi hermana, Cat, y sabía lo del tiroteo que me había puesto en manos del sistema judicial de California.

—Juzgué mal la situación porque eran críos —le dije a Carolee—. Cuando nos dispararon a mi compañero y a mí, tuve que derribarlos.

—Es terrible, Lindsay.

—Siempre lo es. Nunca pensé que podría hacer algo así.

—Te obligaron a hacerlo.

—Eran asesinos, Carolee. Habían matado a un par de muchachos, y cuando los detuvimos sólo vieron una salida. Cuesta creer que unos críos con todas las ventajas que tenían esos dos estuvieran tan maleados.

—Sí, lo sé. Pero a juzgar por los cientos de niños que han pasado por mi escuela, los niños con daños psicológicos vienen de todas partes —dijo Carolee.

Cuando habló de niños con daños psicológicos, se disparó algo en mi cerebro. Me vi a mí misma de niña corriendo por mi habitación, refugiándome en mi mesa. *«No me repliques, señorita.»* Mi padre balanceándose en la puerta como el rey de la montaña. *Yo también había sufrido daños psicológicos.*

Hice un esfuerzo para volver al Cormorán.

—¿Y tú qué eres, Lindsay? —estaba diciendo Carolee—. ¿Soltera? ¿Divorciada?

—Divorciada, de un tipo al que considero el hermano que nunca tuve —dije aliviada de que hubiera cambiado de tema—. Pero podrían convencerme para que me enganchara otra vez.

—Ahora lo recuerdo —dijo Carolee con una sonrisa—. Si no me equivoco, estabas acompañada cuando fui con las galletas.

Sonreí al acordarme de que había abierto la puerta con la camisa de Joe. Cuando abrí la boca para hablarle a Carolee de Joe, hubo un movimiento detrás de ella.

Llevaba un rato fijándome en tres tipos que estaban bebiendo sin parar en la barra. De repente, dos de ellos se marcharon. El que se quedó era muy atractivo, con el pelo oscuro ondulado, una cara simétrica, unas gafas con los cristales al aire, unos pantalones impecables y un polo de Ralph Lauren.

El camarero limpió la barra con un trapo y le preguntó:

—¿Quiere otra?

—La verdad es que me gustaría probar un poco de esa morena. Y luego podría seguir con esa rubia alta.

Aunque acompañó este comentario con una sonrisa agradable, había algo en ese tipo que no me gustaba. Parecía un banquero acomodado, pero sonaba como un vendedor que vivía de su suerte.

Mi mandíbula se tensó cuando giró su taburete y se volvió hacia mí.

50

Anoté los rasgos del tipo de forma automática: varón blanco, casi un metro noventa, unos ochenta y cinco kilos, de cuarenta a cuarenta y dos años, sin marcas significativas a excepción de una herida entre el dedo pulgar y el dedo índice de la mano derecha. Como si se hubiese cortado con un cuchillo.

Se bajó del taburete y vino hacia nosotras.

—Es culpa mía —le dije a Carolee en voz baja—. Le he mirado. —Hice todo lo que pude para evitarle volviendo la cara hacia Carolee, pero siguió acercándose.

—¿Cómo estáis esta noche? Sois las dos tan guapas que tenía que saludaros.

—Muchas gracias —respondió Carolee—. Eres muy amable —dijo antes de darle la espalda.

—Soy Dennis Agnew —insistió él—. Ya sé que no me conocéis, pero eso podemos arreglarlo. ¿Por qué no me invitáis a sentarme? La cena corre de mi cuenta.

—Gracias de todos modos, Dennis —dije—, pero lo estamos pasando muy bien solas. Una velada de chicas, ya sabes.

El tipo frunció el ceño de repente, como cuando se va la luz durante un apagón. Una fracción de segundo después reapareció su descaro, al igual que su bonita sonrisa.

—Vamos, no podéis estar pasándolo tan bien. Aunque seáis de las que no les gustan los tíos, conmigo no pasa nada. Es sólo una cena.

Dennis Agnew era una extraña mezcla de suavidad y crudeza, pero en cualquier caso yo había tenido suficiente.

—Eh, Dennis —dije sacando mi placa del bolso y enseñándosela—. Soy oficial de policía y esta conversación es privada, ¿entiendes?

Vi cómo le latía el pulso en la sien mientras intentaba adoptar una pose para salvar la cara.

—No deberías hacer juicios rápidos, *oficial*. Sobre todo de gente que no conoces.

Agnew volvió a la barra, dejó unos billetes y nos lanzó una última mirada.

—Tened cuidado. Nos veremos por ahí.

Luego abrió de golpe la puerta que daba al aparcamiento.

—Buen trabajo, Lindsay. —Carolee hizo una pistola con la mano y sopló un humo imaginario en la punta del dedo.

—Menudo idiota —dije—. ¿Has visto cómo miraba? Como si no pudiera creer que le estuviésemos rechazando. ¿Quién se piensa que es? ¿George Clooney?

—Sí —dijo mi nueva amiga—. Su mamá y su espejo le han dicho toda su vida que es irresistible.

¡Muy gracioso! Nos reímos a carcajadas y entrechocamos los vasos. Era estupendo estar con Carolee; tenía la impresión de que la conocía desde hacía muchos años. Gracias a ella dejé de pensar en Dennis Agnew, en asesinos y cadáveres e incluso en mi próximo juicio.

Levanté la mano y pedí otra ronda de Pete's Wicked.

51

El Buscador guardó su cuchillo nuevo debajo del asiento delantero de su coche. Luego salió y abrió la puerta de la tienda, donde sintió el frescor del aire acondicionado y los grandes refrigeradores llenos de cerveza y refrescos.

Se alegró especialmente al ver a una mujer pequeña de pelo oscuro que llevaba un caro chándal de Fila en la cola de la caja registradora.

Se llamaba Annemarie Sarducci, y el Buscador sabía que acababa de terminar su carrera nocturna. Después de comprar su botella de agua mineral importada iría andando a casa y cenaría con su familia en su chalé con vistas a la bahía.

El Buscador sabía ya muchas cosas sobre Annemarie: que estaba muy orgullosa de pesar cincuenta kilos y de usar la talla 34; que se tiraba a su entrenador personal; que su hijo vendía drogas a sus compañeros de clase; y que estaba terriblemente celosa de su hermana Juliette, que tenía un papel largo en una telenovela que se rodaba en Los Ángeles.

También sabía que escribía un diario en Internet con el nombre de Rosa Torcida. Probablemente había sido su lector más atento durante meses. Incluso había firmado en su «libro de visitas» con su nombre artístico.

—Me gusta cómo piensas. EL BUSCADOR.

El Buscador llenó un vaso de papel con café negro de la cafetera que había en la esquina de la tienda y luego se puso en la cola detrás de la señora Sarducci. La empujó un poco y le rozó el pecho como si fuera un accidente.

—Lo siento. Vaya, Annemarie —dijo.

—Sí, hola —respondió ella, desdeñándolo con una mirada aburrida y una inclinación de cabeza. Le dio un billete de cinco dólares a la chica de tez cetrina de la caja registradora, aceptó el cambio por el agua embotellada y se marchó sin decir adiós.

El Buscador observó cómo salía de la tienda, contoneando su pequeño culo porque tenía la costumbre de hacerlo. En un par de horas él estaría leyendo su diario *online*, con todas las cosas raras que ella no quería que supiera la gente de su vida real.

Hasta luego, Rosa Torcida.

52

Cuando llamó Carolee para preguntarme si podía cuidar a Allison un par de horas, intenté suplicarle: «*No me pidas eso, por favor*». Pero Carolee me convenció antes de que esas palabras salieran de mi boca.

—Ali echa de menos a ese cerdo —dijo—. Si le dejas ir a ver a *Penelope*, ella se entretendrá y yo podré arreglarme la muela. Me harías un gran favor, Lindsay.

Media hora más tarde Allison salió de la camioneta de su madre y fue corriendo hasta la puerta principal. Tenía el brillante pelo oscuro en dos mechones, uno a cada lado de la cabeza, y todo lo que llevaba, incluidas las zapatillas, era rosa.

—Hola, Ali.

—He traído unas manzanas —dijo empujándome para entrar en casa—. Espera y verás.

—Oh —exclamé fingiendo un poco de entusiasmo.

En cuanto abrí la puerta trasera, *Penelope* se acercó trotando a la valla y empezó a gruñir y resoplar, y Allison también gruñó y resopló. Cuando pensaba que los vecinos iban a llamar a la sociedad protectora de animales, Allison me sonrió y dijo:

—Esto es lo que llamamos cerdiano.

—Eso me han dicho —dije sonriendo.

—Es un idioma real —insistió Allison. Rascó el lomo del cerdo con el rastrillo y *Penelope* se dio la vuelta con las patas en el aire—. Cuando *Penelope* era pequeña vivía en una casa grande cerca del mar con cerdos de todo el mundo —me dijo Ali—. Por las noches solía hablar con los otros cerdos en cerdiano, y durante el día hacía pedicuras, que se llaman cerdicuras.

—¿Es eso cierto?

—Los cerdos son mucho más inteligentes de lo que la gente cree —afirmó Ali—. *Penelope* sabe muchas cosas. Más de lo que nadie se imagina.

—No tenía ni idea —dije.

—Mira —continuó Ali—. Tú vas a darle las manzanas mientras yo le pinto las uñas.

—¿De veras?

—Es lo que ella quiere. —Allison me aseguró que no pasaba nada porque el cerdo estuviese en la terraza trasera, así que sostuve las manzanas para que *Penelope* las mordisqueara mientras Allison charlaba y le pintaba las pezuñas con un esmalte de color rosa.

—Ya está, *Penny*. —Ali sonrió con orgullo—. Ahora tenemos que dejar que se sequen. ¿Y qué sabe hacer *Martha*? —me preguntó.

—Bueno, la verdad es que los border collies también tienen un idioma. *Martha* está adiestrada para cuidar ovejas.

—¡Enséñamelo!

—¿Ves alguna oveja por aquí?

—Qué tonta eres.

—Sí, pero ¿sabes qué es lo que más me gusta de *Martha*? Que me hace compañía y me protege de los tipos malos, e incluso de las cosas que aparecen de repente por la noche.

—Y tienes un arma, ¿verdad? —preguntó Ali con una expresión de cautela en su dulce cara.

—Sí. Tengo un arma.

—Vaya. Un arma y un perro. Cómo molas, Lindsay. Eres la persona más guay que conozco.

Eché la cabeza hacia atrás y me reí. Ali era una niña muy lista e imaginativa. Me sorprendía que yo le hubiese caído tan bien en tan poco tiempo. Había venido a Half Moon Bay para revisar toda mi vida, y de repente me había asaltado una fantasía que incluía a Joe, una casa y una niña pequeña.

Cuando estaba dando vueltas a esta terrible idea, apareció Carolee en el patio con una sonrisa torcida de Novocaína. No podía creer que hubiesen pasado dos horas, y sentía muchísimo que Ali tuviera que marcharse.

—Vuelve pronto —dije dándole un abrazo de despedida—. Vuelve cuando quieras, Ali.

53

Me quedé en la calle hasta que la camioneta de Carolee desapareció en la curva de Sea View. Pero cuando se fue, una idea que había estado rondando por la periferia de mi conciencia pasó al primer plano de mi cerebro.

Llevé mi ordenador portátil a la sala de estar, me acomodé en una butaca y entré en la base de datos de la policía. En unos minutos me enteré de que el doctor Ben O'Malley, de cuarenta y ocho años, había sido citado unas cuantas veces por exceso de velocidad y le habían detenido por conducir borracho hacía cinco años. Se había casado y había enviudado dos veces.

Su primera mujer era Sandra, la madre de su hija Caitlin, que se había ahorcado en su garaje de dos plazas en 1994. La segunda señora O'Malley, de soltera Lorelei Breen, asesinada ayer a los treinta y nueve años, había sido arrestada por robar en una tienda en el noventa y ocho. Tras pagar una multa fue liberada.

Hice la misma búsqueda con Alice y Jake Daltry, y en mi pantalla apareció un montón de información. Jake y Alice habían estado ocho años casados, y dejaron unos hijos gemelos de seis años cuando fueron degollados en su casa amarilla de Crescent Heights. Me imaginé ese bonito lugar con su vista recortada de la bahía, la pelota de baloncesto abandonada y la zapatilla de niño.

Luego volví a centrarme en la pantalla.

Jake había sido un chico malo antes de casarse con Alice. Revisé su ficha policial: había abordado a una prostituta y falsificado la firma de su padre en los cheques de la Seguridad Social, por lo cual cumplió una pena de seis meses, pero durante los últimos ocho años había estado limpio y tenía un trabajo de jornada completa en una pizzería.

Su mujer, Alice, de treinta y dos años, no tenía antecedentes penales. No se había saltado ningún semáforo ni había rozado ningún coche en el supermercado.

Sin embargo, estaba muerta.

No tenía ningún sentido.

Llamé por teléfono a Claire, que respondió a la primera llamada. Fuimos directas al grano.

—Claire, ¿puedes hacerme un favor? Estoy buscando algún tipo de conexión entre el asesinato de O'Malley y los de Alice y Jake Daltry.

—Por supuesto, Lindsay. Llamaré a unos cuantos colegas para ver qué puedo averiguar.

—¿Podrías preguntar también por Sandra O'Malley? Murió en 1994. Se ahorcó.

Hablamos unos minutos más sobre el marido de Claire, Edmund, y una sortija de zafiros que le había regalado por su aniversario. Y hablamos sobre una niña llamada Ali que sabía comunicarse con los cerdos.

Después de colgar el teléfono me sentí como si respirara un aire más puro. Cuando estaba a punto de cerrar mi ordenador, algo me llamó la atención. Cuando Lorelei O'Malley fue a juicio por robar unos pendientes de veinte dólares, la había representado un abogado local llamado Robert Hinton.

Conocía a Bob Hinton.

Su tarjeta seguía estando en el bolsillo de mis pantalones cortos desde la mañana en la que me atropelló con su bicicleta de diez velocidades.

Y, según recordaba, me debía un favor.

54

El despacho de Bob Hinton era una caja de zapatos en la calle Main, encajada entre un Starbucks y un banco. Sin saber si estaría allí un sábado, abrí la puerta de cristal y vi a Bob sentado detrás de una gran mesa de madera con su incipiente calva inclinada sobre el *San Francisco Examiner*.

Al levantar la cabeza, extendió el brazo y tiró su café, que se derramó sobre el periódico. Antes de que se convirtiera en un charco de café vi en la primera página un primer plano de un niño rubio en una silla de ruedas.

Sam Cabot. Mi peor pesadilla.

—Lo siento, Bob, no quería asustarte.

—No hay nada q-q-que sentir —dijo Bob tartamudeando un poco. Se ajustó las gafas de montura rosa y sacó del cajón de su mesa unas servilletas de papel para empapar el café—. Siéntate, por favor.

—Gracias.

Bob me preguntó cómo me iba en Half Moon Bay, y le dije que me las arreglaba para mantenerme ocupada.

—Estaba leyendo sobre ti, teniente —dijo secando la primera página con un taco de servilletas.

—No hay secretos en un mundo informatizado —respondí con una sonrisa. Luego le dije a Bob que me interesaban los homicidios que estaban ocurriendo en la zona y me preguntaba si podía decirme algo.

—Conocía a Lorelei O'Malley —dijo—. La representé en un caso y conseguí que la liberaran —dijo encogiéndose de hombros—. A Ben le conozco muy poco. La gente dice que debe tener algo que ver con la muerte de Lorelei, pero yo no le veo matando a la madrastra de Caitlin. La niña se quedó traumatizada con el suicidio de su verdadera madre.

—La policía siempre mira primero al cónyuge.

—Ya lo sé. Tengo amigos en el cuerpo. Crecí en Half Moon Bay —explicó—, y empecé a trabajar aquí después de estudiar Derecho. Me gusta ser un pez pequeño en un estanque pequeño.

—Eres demasiado modesto, Bob. —Señalé con un gesto las fotos que había en las paredes de Bob estrechando la mano al gobernador y otros dignatarios. También había algunos diplomas cuidadosamente enmarcados.

—Ah, eso —dijo Bob volviéndose a encoger de hombros—. Bueno, a veces actúo como tutor de niños abandonados o víctimas de abusos. Ya sabes, los represento en los tribunales y me aseguro de que se respeten sus derechos.

—Muy loable —dije. Estaba empezando a simpatizar con aquel tipo, y me di cuenta de que él se encontraba cada vez más cómodo conmigo. No había tartamudeado desde el incidente del café.

Bob se reclinó en su silla y señaló una foto de una entrega de premios en el ayuntamiento en la que alguien le estaba dando una placa.

—¿Ves a este tipo? —preguntó apuntando a uno de los hombres que estaba sentado en el estrado—. Es Ray Whittaker. Él y su mujer, Molly, vivían en Los Ángeles, pero veraneaban aquí. Los asesinaron en su cama hace un par de años. Lindsay, ¿sabes que toda esa gente fue azotada y acuchillada?

—Lo he oído —dije. Me abstraje un momento mientras mi mente intentaba asimilar que hubiese habido otros dos asesinatos un par de años antes. *¿Qué significaban los azotamientos? ¿Cuánto tiempo llevaba trabajando el asesino?*

Cuando volví a la realidad, Bob seguía hablando de los Whittaker.

—... simpáticos y muy populares. Él era fotógrafo y ella era actriz en Hollywood. No tiene sentido. Eran todos buena gente, y es una tragedia que los niños acaben con padres adoptivos o con parientes que apenas conocen. Me preocupan los niños. —Movió la cabeza de un lado a otro y suspiró—. Intento dejar estas cosas en la oficina al final del día, pero nunca lo consigo.

—Sé a qué te refieres —dije—. Si tienes unos minutos te contaré una historia que me he llevado a casa en los últimos diez años.

55

Bob se levantó, se acercó a una máquina de café que había sobre un fichero y sirvió una taza de café para cada uno.

—Tengo todo el tiempo del mundo —dijo—. No me gustan los precios de Starbucks —sonrió hacia mí—. Ni ese ambiente de *yuppies*.

Mientras tomaba un café tibio con leche en polvo, le hablé a Bob de mi primer caso de homicidio.

—Le encontramos en un sórdido hotel en el distrito de Mission. Había visto cadáveres antes, pero no estaba preparada para eso, Bob. Era joven, entre diecisiete y veintiún años, y cuando entré en la habitación le encontré tumbado boca arriba, descomponiéndose en un charco de su propia sangre. Estaba cubierto de moscas. Un manto brillante de moscas.

Se me hizo un nudo en la garganta al recordar la imagen, tan clara como si estuviese en ese instante en la habitación del hotel pensando: *Dios mío, sácame de aquí*. Tomé unos sorbos del terrible café hasta que pude seguir hablando.

—Sólo llevaba dos prendas: un calcetín Hanes, que era idéntico a los cientos de miles que se vendieron ese año por todo el país, y una camiseta del Distillery. ¿Conoces esa tienda?

Bob asintió.

—Apostaría a que todos los turistas que han pasado por Half Moon Bay desde 1930 han comido allí.

—Sí. Una mierda de pista.

—¿Cómo murió?

—Le rajaron la garganta con un cuchillo. Y tenía marcas de latigazos en las nalgas. ¿Te resulta familiar?

Bob volvió a asentir. Estaba escuchando atentamente, así que continué. Le dije que habíamos rastreado la ciudad y Half Moon Bay durante varias semanas.

—Nadie conocía a la víctima, Bob. Sus huellas no estaban archivadas, y la habitación en la que murió estaba tan sucia que era un caso típico de contaminación inmediata. No teníamos ninguna pista.

—Nadie reclamó el cuerpo. No es tan poco frecuente; ese año ya habíamos tenido veintitrés «John Does». Pero aún me acuerdo de la inocencia de su cara. Tenía los ojos azules y el pelo rojo claro. Y ahora, todos estos años después, más asesinatos con la misma firma.

—¿Sabes qué es lo que más me impresiona, Lindsay? Pensar que ese asesino puede ser alguien que vive en este pueblo…

En ese momento sonó el teléfono y Bob dejó la frase a medias.

—Robert Hinton —respondió.

Luego se quedó pálido en medio de un silencio interrumpido sólo por sus interjecciones:

—Ajá, ajá. Gracias por informarme —dijo antes de colgar.

—Un amigo mío que trabaja en la *Gazette* —explicó—. Unos niños que estaban paseando por el bosque han encontrado el cuerpo de Ben O'Malley.

56

Los padres de Jake Daltry vivían en una urbanización de Palo Alto, a treinta minutos al sudeste de Half Moon Bay. Aparqué el Explorer enfrente de su rancho de color crema, similar a los del resto de la calle Brighton.

Un hombre corpulento con el pelo cano despeinado, que llevaba una camisa de franela y unos pantalones azules sujetos con un cordón, abrió la puerta.

—¿Richard Daltry?

—No queremos nada —dijo dando un portazo. *He traspasado portazos más fuertes que ése, colega.* Saqué mi placa y volví a llamar al timbre. Esta vez abrió una mujer pequeña con el pelo teñido con *henna* y las raíces blancas, que llevaba una bata con dibujos de conejitos.

—¿Qué puedo hacer por usted?

—Soy la teniente Lindsay Boxer, del Departamento de Policía de San Francisco —dije enseñándole mi placa—. Estoy investigando un caso de homicidio que ha estado en nuestros archivos durante años.

—¿Y qué tiene eso que ver con nosotros?

—Creo que hay similitudes entre mi antiguo caso y las muertes de Jake y Alice Daltry.

—Soy Agnes, la madre de Jake —dijo abriendo la puerta—. Perdone a mi marido, por favor. Hemos soportado una presión horrorosa. La prensa es terrible.

Seguí a la mujer al interior de una casa que olía a Lemon Pledge y una cocina que no parecía haber cambiado desde que Hinckley disparó sobre Reagan. Nos sentamos en una mesa de formica roja; a través de la ventana se veía el patio, en el que había dos niños jugando con camiones en un cajón de arena.

—Mis pobres nietos —dijo la señora Daltry—. ¿Por qué ha tenido que pasar esto?

La angustia de Agnes Daltry estaba escrita en las arrugas de su cara y sus hombros encorvados. Era evidente que necesitaba hablar con alguien que no lo hubiese oído todo antes.

—Dígame qué ocurrió —la insté—. Dígame todo lo que sepa.

—Jake era un niño travieso —dijo—. No era malo, ya sabe, pero sí testarudo. Cuando conoció a Alice, creció de la noche a la mañana. Estaban muy enamorados y querían tener hijos. Cuando nacieron los niños, Jake prometió ser un padre al que pudieran respetar. Quería a esos niños, teniente, y cumplió su promesa. Era un buen hombre, y él y Alice tenían un buen matrimonio...

Se puso la mano sobre el corazón y movió la cabeza de un lado a otro. No podía seguir, y no había dicho nada de los asesinatos.

Agnes miró hacia abajo mientras su marido entraba en la cocina. Me miró, cogió una cerveza del frigorífico, cerró la puerta de golpe y se marchó.

—Richard sigue enfadado conmigo —dijo.

—¿Por qué, Agnes?

—Hice algo mal.

Yo estaba casi desesperada por saberlo. Al ponerle la mano sobre su brazo desnudo, se le llenaron los ojos de lágrimas.

—Cuénteme —dije en voz baja. Ella cogió unos pañuelos de una caja y se apretó los ojos con ellos.

—Iba a recoger a los niños a la escuela —explicó—. Pasé antes por casa de Jake y Alice para ver si necesitaban leche o zumo. Jake estaba desnudo, tirado en el vestíbulo. Alice estaba en las escaleras.

Miré fijamente a Agnes para animarla a continuar.

—Limpié la sangre —dijo con un suspiro. Luego me miró como si esperase que la azotaran a ella—. Y los vestí. No quería que nadie los viera de esa manera.

—Destruyó el escenario del crimen —comenté.

—No quería que los niños vieran toda esa sangre.

Un mes antes no habría hecho eso. Habría estado demasiado ocupada pensando en lo que tenía que hacer. Me levanté y abrí mis brazos a Agnes Daltry.

Ella apoyó la cabeza sobre mi hombro y lloró como si no fuera a parar nunca. Entonces comprendí que no recibía el consuelo que necesitaba de su marido. Le temblaban tanto los hombros que podía sentir su sufrimiento como si la conociera, como si hubiese querido a su familia tanto como ella.

El dolor de Agnes me conmovió tanto que recordé a los seres queridos que había perdido: mi madre, Chris, Jill.

Entonces oí el sonido distante del timbre de la puerta. Mientras aún estaba abrazando a Agnes, su marido volvió a entrar en la cocina.

—Aquí hay alguien que quiere verla —me dijo soltando su ira como si fuese un olor rancio.

—¿A mí?

El hombre que estaba esperando en la sala de estar era como un estudio de color marrón. Llevaba una chaqueta de sport y unos pantalones marrones y una corbata de rayas marrones. Tenía el pelo castaño, un grueso bigote también castaño y unos severos ojos marrones.

Pero su cara estaba roja. Parecía furioso.

—¿Teniente Boxer? Soy Peter Stark, comisario de policía de Half Moon Bay. Tiene que venir conmigo.

Aparqué el Explorer en el espacio reservado para las «visitas» enfrente de la comisaría de tablillas grises con aspecto de cuartel. El comisario Stark salió de su vehículo e hizo crujir la grava mientras iba hacia el edificio sin mirar atrás ni una sola vez para ver si le seguía.

¿Dónde estaba la cortesía profesional?

Lo primero que vi al entrar en el despacho del comisario fue el lema enmarcado que había detrás de su mesa: *HAZ LO CORRECTO Y HAZLO BIEN*. Luego me fijé en los montones de papeles que había por todas partes, el viejo fax y las fotocopiadoras, las fotos torcidas y polvorientas de Stark posando con animales muertos, medio sándwich de queso sobre un fichero.

El comisario se quitó la chaqueta, dejando al descubierto un pecho imponente y unos brazos enormes, y la colgó en un gancho detrás de la puerta.

—Siéntese, teniente. No hago más que oír hablar de usted —dijo hojeando un montón de mensajes telefónicos. No me había mirado a la cara desde que salimos de casa de los Daltry. Quité un casco de motocicleta de una silla, lo dejé en el suelo y me senté—. ¿Qué diablos cree que está haciendo? —preguntó.

—¿Perdone?

—¿Quién le ha dado derecho de venir aquí y ponerse a husmear? —dijo taladrándome con los ojos—. Está suspendida de servicio, ¿verdad, teniente?

—Con el debido respeto, comisario, no le entiendo.

—No me joda, Boxer. Su reputación de imprudente la precede. Es posible que disparase a esos niños sin motivo...

—Eh, mire...

—Es posible que se asustara o se pusiera nerviosa. Y eso la convertiría en una policía peligrosa. *¿Entiende eso?*

Su mensaje estaba claro. Tenía más rango que yo, y un informe suyo en el que dijese que había infringido el reglamento policial o había desobedecido órdenes directas podría perjudicarme. Sin embargo mantuve una expresión neutra.

—Creo que esos asesinatos están relacionados con un antiguo homicidio que me tocó investigar —dije—. La firma del asesino parece la misma. Podríamos ayudarnos el uno al otro.

—No hable en plural conmigo, Boxer. Está fuera de servicio. No se entrometa en mis casos. Deje en paz a mis testigos. Pasee. Lea un libro. Lo que sea. Pero manténgase alejada de mí.

Cuando volví a hablar tenía la voz tan tensa que un equilibrista podría haber pasado por ella al otro lado de la habitación.

—¿Sabe, comisario? Yo en su lugar me preocuparía más por ese *psicópata* que anda por sus calles y pensaría: ¿cómo puedo encerrarle para siempre? Incluso podría dar la bienvenida a una inspectora de homicidios condecorada que quiere ayudarle. Pero supongo que no pensamos del mismo modo.

Mi pequeño discurso le dejó paralizado durante un par de segundos, así que aproveché la oportunidad para salir de allí con dignidad.

—Ya sabe cómo localizarme —dije antes de marcharme.

Casi podía oír a mi abogada susurrándome al oído: *Relájate y procura ser discreta.* Maldita sea, Yuki. ¿Por qué no me recomiendas que toque el arpa?

Arranqué el coche y salí a toda prisa del aparcamiento.

59

Mientras iba por la calle Main murmurando entre dientes, pensando en lo que me gustaría haberle dicho al comisario, me di cuenta de que el piloto de la gasolina estaba prácticamente gritando: *¡Lindsay! ¡Tienes el depósito vacío!*

Entré en el Hombre en la Luna, pasé el Explorer por el dispositivo acústico y, como Keith no aparecía, crucé al otro lado y me adentré en las profundidades de su tienda.

Cuando abrí la puerta del taller de reparaciones, estaba sonando «*Riders on the Storm*» de The Doors.

En la pared había un calendario de Miss Junio que sólo llevaba una onda en el pelo. Sobre ella había una vista espléndida: raros y bonitos adornos de capós de Bentleys, Jaguars y Maseratis montados sobre bloques de madera lacada como trofeos. Y acurrucado en un neumático había un gato atigrado de color naranja echando una cabezada.

Admiré el Porsche rojo aparcado en el taller y reconocí los vaqueros y las botas de trabajo de Keith en el foso que había debajo.

—Bonito trasto —dije.

Keith se asomó por debajo del coche con una sonrisa en su cara manchada de grasa.

—Sí, ¿verdad? —Salió del foso, se limpió las manos con un trapo y bajó la música.

—¿Has tenido problemas con el Bonneville, Lindsay?

—Para nada. He cambiado el alternador y las bujías. El motor ronronea como este gatito.

—Es *Hairball* —dijo Keith rascando al gato debajo de la barbilla—. Hace un par de años viajó en el carburador de una furgoneta.

—Auch.

—Desde Encino. Se quemó las patas, pero ahora está como nuevo, ¿verdad, socio?

Keith me preguntó si necesitaba gasolina, y le dije que sí. Entonces salimos juntos al suave sol de la tarde.

—Te vi anoche en la tele —me dijo mientras el carburante borboteaba en el espacioso depósito del Explorer.

—¿Ah, sí?

—Bueno, no. Tu abogada salió en las noticias, y mostraron una foto tuya de uniforme —dijo sonriéndome—. Eres una poli de verdad.

—¿No me creíste?

El joven se encogió de hombros.

—Supongo que sí. Pero daba lo mismo, Lindsay. O eras policía o tenías mucha labia.

Lancé un silbido y Keith se echó a reír. Al cabo de un rato le hablé del caso Cabot sin entrar en detalles personales. Keith se mostró comprensivo, y era mucho más divertido hablar con él que con el comisario Stark. Incluso estaba disfrutando de su atención. Así que Brad Pitt, ¿eh?

Levantó el capó del Explorer, sacó la varilla del aceite y me miró con sus radiantes ojos azules. Yo me quedé mirándolos el tiempo suficiente para darme cuenta de que sus iris tenían un borde azul marino y unas pecas marrones, como si hubiera polvo de oro en ellos.

—Necesitas aceite —le oí decir mientras me sonrojaba.

—Sí, claro.

Keith abrió una lata de Castrol y la echó en el motor. Luego se metió la otra mano en el bolsillo posterior de sus vaqueros, adoptando una postura de estudiada indiferencia.

—Satisfaz mi curiosidad —dijo—. Háblame de tu novio.

60

Me zafé de lo que estuviera pasando entre nosotros y le hablé a Keith de Joe, de lo estupendo, amable, divertido e inteligente que era.

—Trabaja en Seguridad Nacional en Washington.

—Madre mía —dijo Keith.

Luego tragó saliva antes de preguntar:

—¿Estás enamorada de él?

Yo asentí imaginándome la cara de Joe, pensando cuánto le echaba de menos.

—Ese Manicotti es un tipo afortunado.

—Molinari —dije sonriendo.

—Se llame como se llame, es afortunado —dijo Keith cerrando el capó. Justo en ese momento entró en el garaje un sedán negro con matrícula de vehículo de alquiler.

—Maldita sea —murmuró Keith—. Aquí viene míster Porsche, y su coche no está listo.

Mientras le daba a Keith mi MasterCard, «míster Porsche» salió de su coche de alquiler y entró en mi ángulo de visión periférica.

—Eh, Keith —gritó—. ¿Cómo va mi coche, tío?

Un momento. *Le conocía*. Parecía mayor a plena luz del día, pero era ese tipo desagradable que nos había dado la lata a Carolee y a mí en el Cormorán. Dennis Agnew.

—Déme cinco minutos —respondió Keith.

Antes de que pudiera preguntarle por ese capullo, Keith fue hacia la oficina y Agnew vino directo hacia mí. Cuando llegó a medio metro de distancia se detuvo, puso la mano sobre el capó de mi coche y me lanzó una mirada que me dio justo entre los ojos.

Luego esbozó una sonrisa lenta e insinuante.

—¿Visitando los barrios bajos, oficial? ¿O le gusta la carne fresca?

Mientras estaba pensando en una respuesta apareció Keith por detrás.

—¿Me está llamando carne? —dijo poniéndose a mi lado y contrarrestando la sonrisa sarcástica de Agnew con una de las suyas—. Supongo que debería considerar que lo dice un viejo verde.

Parecía un duelo de sonrisas en el que ambos se mantenían firmes. Tras un largo momento de tensión, Agnew quitó la mano de mi capó.

—Vamos, carne. Quiero ver mi coche.

Keith me guiñó un ojo y me devolvió la tarjeta.

—Mantente en contacto, Lindsay. ¿Vale?

—Claro. Tú también.

Me monté en el coche y arranqué el motor, pero me quedé sentada un rato viendo cómo Agnew seguía a Keith al taller de reparaciones. No me gustaba nada ese tipo, pero no sabía por qué.

61

Había dormido mal. Me desperté muchas veces con sueños entrecortados. Ahora estaba inclinada sobre el lavabo del cuarto de baño lavándome los dientes con ánimo de venganza.

Estaba nerviosa y furiosa, y sabía por qué.

Al amenazarme, el comisario Stark había impedido que siguiera investigando pistas que podrían haber resuelto finalmente el homicidio de John Doe n.º 24. Si estaba en lo cierto, el asesino de Doe seguía estando activo en Half Moon Bay.

Di un montón de golpes a los cacharros de la cocina para dar de comer a *Martha*, hacer café y comer mis cereales.

Cuando estaba viendo a medias el programa *Today* en la televisión pequeña de la cocina, apareció en la pantalla una bandera roja.

Boletín informativo.

Una joven sombría, reportera de la televisión local, estaba enfrente de una casa de madera con el cordón policial detrás de ella separando la casa de la calle. Su voz se elevó sobre el ruido de una multitud visible a los lados de la pantalla.

—Esta mañana, a las siete y media, Annemarie y Joseph Sarducci han aparecido muertos en su casa de Outlook Road. Sus cuerpos acuchillados y parcialmente desnudos han sido encontrados por su hijo de trece años, Anthony, que no ha sufrido ningún daño. Hace tan sólo unos minutos hemos hablado con el comisario de policía Peter Stark.

Entonces apareció un plano de Stark frente a un grupo de periodistas delante de la comisaría. La gente se empujaba para tomar posiciones. En algunos micrófonos había siglas de cadenas estatales de televisión. Era un auténtico acoso.

Subí el volumen.

—Comisario Stark. ¿Es cierto que los Sarducci fueron degollados como animales?

—¡Aquí, comisario! ¿Los encontró Tony Sarducci? ¿Encontró el niño a sus padres?

—Eh, Pete. ¿Tiene algún sospechoso?

Observé atónita cómo sorteaba Stark el obstáculo más grande de su vida. Di la verdad, o miente y paga por ello más tarde, pero tranquiliza a la gente y no des al asesino ninguna información que pueda utilizar. Había visto la misma mirada en la cara del comisario Moose cuando andaba suelto el francotirador de la zona de Washington.

—Esto es todo lo que puedo decir —dijo Stark—. Han muerto dos personas más, pero no les puedo decir nada de carácter probatorio. Estamos en ello. Y les informaremos en cuanto tengamos algo sustancial que comunicarles.

Cogí una silla, la acerqué a la televisión y me desplomé en ella. Aunque había visto mucha gente asesinada, este caso me había llegado al alma.

No pensaba que podría tener una reacción como aquella. Me indignaba tanto el atrevimiento del asesino que estaba temblando.

Me uní por delegación a la multitud congregada delante de la comisaría y me encontré hablando a la Sony de trece pulgadas y la imagen encogida del comisario Stark.

—¿Quién está haciendo esto, comisario?

—¿Quién diablos está matando a toda esa gente?

CUARTA PARTE

JUICIOS Y TRIBULACIONES

62

Cuando llegué, estaban sacando los cuerpos de la casa. Aparqué en el césped entre dos coches patrulla, y al mirar hacia arriba vi un impresionante edificio contemporáneo de cristal y madera de secuoya.

La multitud se apartó mientras los sanitarios bajaban con las camillas por las escaleras y metían las bolsas de los cadáveres en la parte trasera de la ambulancia. Aunque no conocía a Annemarie y Joseph Sarducci, me invadió una tristeza indescriptible.

Me abrí paso entre la gente hasta la puerta principal, donde había un policía uniformado haciendo guardia con las manos detrás de la espalda.

Me di cuenta de que era un profesional porque me miró con frialdad y esbozó una cálida sonrisa. Me arriesgué y le mostré mi placa.

—El comisario está dentro, teniente.

Cuando llamé al timbre, un minicarillón tocó los primeros acordes de *Las cuatro estaciones* de Vivaldi.

Abrió la puerta el comisario Stark, y al verme tensó la mandíbula.

—¿Qué diablos está haciendo aquí? —dijo mordiendo sus palabras. Yo respondí de corazón, porque era verdad.

—Quiero ayudar, maldita sea. ¿Puedo entrar?

Nos miramos el uno al otro a través del umbral hasta que Stark parpadeó.

—¿Le han dicho alguna vez que usted es como un dolor persistente en el culo? —dijo apartándose para que pudiera entrar.

—Sí. Y gracias.

—No me lo agradezca. He llamado a un amigo mío del Departamento de Policía de San Francisco. Charlie Clapper dice que usted es una buena policía, y suele tener razón. No haga que lo lamente.

—¿Cree sinceramente que puede lamentarlo más de lo que lo lamenta ahora?

Pasé junto a él por el vestíbulo a la sala de estar con su pared de ventanas sobre la bahía. El mobiliario era de tipo escandinavo: líneas rectas, alfombras lisas, arte abstracto, y aunque los Sarducci estaban muertos, se notaba su presencia en las cosas que habían dejado atrás.

Mientras estaba catalogando mentalmente todo lo que veía, me di cuenta de lo que faltaba. En la planta baja no había conos, marcas ni etiquetas. *¿Por dónde había entrado el asesino?*

Me volví hacia el comisario.

—¿Le importa hacerme un breve resumen?

—Ese hijo de puta ha entrado por la claraboya del piso de arriba —dijo Stark.

63

Más que frío, parecía que el dormitorio principal estaba hueco, como si estuviera sufriendo la terrible pérdida.

Las ventanas estaban abiertas, y las persianas verticales repiqueteaban con la brisa como los huesos de los muertos. Las arrugadas sábanas de color azul hielo estaban manchadas de sangre, y eso hacía que la habitación pareciese más fría aún.

Media docena de técnicos del laboratorio de criminología estaban recogiendo cosas de las mesillas de noche, aspirando la alfombra y buscando huellas. Salvo por la sangre, la habitación parecía estar intacta.

Pedí unos guantes quirúrgicos y luego me acerqué para mirar una foto de estudio de los Sarducci que había sobre la cómoda. Annemarie era guapa y pequeña. Joe tenía aspecto de «gigante bondadoso», y abrazaba con orgullo a su mujer y a su hijo.

¿Por qué querría alguien que esa pareja muriera?

—Annemarie tenía el cuello rajado —dijo Stark interrumpiendo mis pensamientos—. Han estado a punto de cortarle la cabeza.

Indicó la alfombra empapada de sangre que había junto a la cama.

—Cayó ahí. Joe no estaba en la cama cuando ocurrió.

Stark señaló que la mancha de sangre de Annemarie se extendía por toda la cama sin interrupción alguna.

—No hay signos de pelea —dijo el comisario—. A Joe le mataron en el cuarto de baño.

Seguí a Stark por la alfombra dorada a un cuarto de baño de mármol blanco. La sangre estaba concentrada a un lado, con un reguero lateral contra la pared a la altura de la rodilla, que al resbalar se había unido al charco del suelo. Vi la silueta del cuerpo de Joe donde había caído y me agaché para verlo mejor.

—El intruso ha debido encontrar a la mujer sola en la cama —dijo el comisario para explicarme su hipótesis—. Puede que le tapara la boca con la mano y le preguntara: «¿Dónde está tu marido?» O que oyera la cisterna del baño. Acaba con Annemarie rápidamente y luego sorprende a Joe en el retrete. Joe oye que se abre la puerta y dice: «¿Cariño…?» Entonces mira hacia arriba. «Un momento. ¿Quién es usted? ¿Qué quiere?»

—Esta sangre es de la herida del cuello —dije indicando la mancha baja de la pared—. El asesino tuvo que arrodillar a Joe para poder controlarle. Joe era el más grande.

—Sí —afirmó Stark con tono cansado—. Parece que le arrodilló, se puso detrás de él, le echó la cabeza hacia atrás por el pelo y… —Se pasó un dedo por la garganta.

El comisario fue respondiendo a mis preguntas: no han robado nada. El hijo no ha oído nada. Los amigos y los vecinos han venido para decir que los Sarducci eran felices, que no tenían ningún enemigo en el mundo.

—Igual que los Daltry —continuó el comisario Stark—. Y los O'Malley. Ni armas, ni pistas, nada raro en sus finanzas, ningún motivo aparente. Las víctimas no se conocían entre sí. —El comisario arrugó la cara. Durante una fracción de segundo fue vulnerable y vi su dolor.

—Lo único que tenían en común las víctimas es que estaban casadas —agregó—. ¿Adónde nos lleva eso? El ochenta por ciento de los habitantes de Half Moon Bay están casados.

—Todo el pueblo está aterrorizado, incluido yo.

El comisario terminó su discurso. Miró hacia un lado, se metió la parte trasera de la camisa dentro de los pantalones y se arregló el pelo. Recobró la compostura para no parecer tan desesperado como se debía sentir y luego me miró a los ojos.

—¿Qué le parece, teniente? ¿Por qué no me aplaude?

64

No había visto los cuerpos, y las pruebas de este salvaje doble homicidio tardarían unos cuantos días en llegar. Sin embargo, ignoré el sarcasmo del comisario y le dije lo que ya me había dicho mi intuición.

—Había dos asesinos.

Stark echó la cabeza hacia atrás.

—Qué tontería —exclamó.

—Mire —dije—. No hay señales de pelea, ¿verdad? ¿Por qué no intentó Joe defenderse de su agresor? Era un tipo grande. Era como un oso.

—Intente verlo así —continué—. A Joe le sacaron de la habitación a punta de navaja, y colaboró porque no le quedaba otro remedio. *El segundo asesino estaba en el dormitorio con Annemarie.*

El comisario miró a su alrededor imaginándose la escena desde ese nuevo ángulo.

—Me gustaría ver la habitación del niño —dije.

Cuando crucé el umbral, vi por sus cosas que Anthony Sarducci era un niño listo. Tenía buenos libros, terrarios llenos de espeluznantes reptiles, y un potente ordenador sobre su mesa. Pero lo que más me llamó la atención fueron las marcas de la alfombra donde estaba normalmente la silla. *¿Por qué la habían movido?*

Giré la cabeza y la vi al lado de la puerta.

Entonces pensé en el policía que estaba haciendo guardia delante de la casa de los Sarducci e hice un salto mental.

El niño no había oído nada.

Pero de ser así, ¿qué habría ocurrido?

Señalé la silla al comisario.

—¿Ha movido alguien esta silla? —pregunté.

—Nadie ha estado en esta habitación.

—He cambiado de idea —le dije—. Aquí no ha habido dos intrusos, sino tres. Dos para los asesinatos y uno para controlar al niño si se despertaba. Ha estado sentado en esa silla.

El comisario se dio la vuelta rápidamente, bajó al vestíbulo y volvió con una joven técnica del laboratorio de criminología, que esperó en la puerta con su rollo de cinta hasta que salimos de la habitación. Después la acordonó.

—No me lo puedo creer, teniente. Ya teníamos suficiente con un solo psicópata.

Sostuve su mirada. Luego, durante un breve segundo, sonrió.

—No repita mis palabras —dijo—, pero creo que he hablado en plural.

65

Cuando salí de casa de los Sarducci ya era tarde. Mientras me dirigía hacia el sudeste por la autovía del Cabrillo, iba pensando en los detalles del crimen y en mi conversación con el comisario. Cuando confirmó que los Sarducci habían sido azotados, como las víctimas de los otros dobles homicidios, le dije que yo también me había cruzado con esos asesinos.

Le hablé de mi John Doe n.º 24.

Aunque no estaban conectados aún todos los puntos entre los asesinatos de Half Moon Bay y mi John Doe, estaba bastante segura de que tenía razón. Diez años en Homicidios me habían enseñado que, aunque el *modus operandi* podía cambiar con el tiempo, la firma no variaba. La combinación de cuchilladas y azotamientos era una firma rara, posiblemente única.

El semáforo estaba en rojo en el cruce que había a unas manzanas de casa de los Sarducci. Después de frenar, eché un vistazo al espejo retrovisor y vi un coche deportivo rojo que venía por detrás como una bala. Esperaba que se detuviera, *pero ni siquiera redujo la velocidad.*

Lo que vi después me pareció increíble. Tenía los ojos clavados en el retrovisor mientras el coche continuaba su carrera hacia mí cada vez más rápido.

Toqué la bocina, pero el coche era cada vez más grande en mi espejo. ¿Qué diablos pasaba? ¿Estaba el conductor hablando por el móvil? ¿No me veía?

Se me disparó la adrenalina mientras el tiempo se fragmentaba. Pisé el acelerador, y al dar un volantazo para evitar la colisión, me salí de la carretera y entré en un jardín, llevándome por delante una carretilla antes de detenerme en la base de un pino de Oregón.

Di marcha atrás levantando el césped antes de volver a la carretera. Luego salí corriendo detrás del maniaco que había estado a punto de empotrarse contra mi coche. Que no se había parado para ver qué había sucedido. Ese cabrón podía haberme matado.

Sin perder de vista el coche rojo, me acerqué lo suficiente para reconocer su elegante forma. Era un Porsche.

Mi cara enrojeció al mezclarse el miedo y la ira. Aceleré mi coche para seguir al Porsche, que sorteaba el tráfico cruzando reiteradamente la doble línea amarilla.

La última vez que había visto ese coche, Keith le estaba cambiando el filtro del aceite.

Era el coche de Dennis Agnew.

Después de conducir unos veinte kilómetros, pasamos por las colinas de San Mateo y fuimos hacia el sur por el Camino Real, una carretera secundaria que bordeaba los campos de Caltrain. Luego, sin poner el intermitente, el Porsche giró bruscamente a la derecha por la entrada de un centro comercial.

Le seguí, chirriando en la curva, y llegué a un aparcamiento casi desierto. Apagué el motor y, mientras mi corazón se calmaba, eché un vistazo alrededor.

El pequeño centro comercial era un grupo de tiendas al por menor: recambios de automóviles, un Dollar Store, una licorería. Al fondo del aparcamiento había un edificio de bloques de cemento con un letrero de neón rojo en la ventana: Playmate Pen. Chicas XXX.

Aparcado enfrente de la fachada cubierta de carteles estaba el coche de Dennis Agnew.

Cerré el Explorer y caminé veinte metros hasta el local porno. Abrí la puerta y entré.

66

El Playmate Pen era un lugar desagradable, iluminado por unas luces siniestras y unos neones intermitentes. A mi izquierda había estanterías con juguetes eróticos: vibradores y consoladores de colores llamativos y partes del cuerpo de plástico moldeado. A mi derecha había máquinas de aperitivos y refrescos, para los amantes del cine que estaban en las diminutas cabinas de vídeo, con sus sesos enganchados en sus fantasías, y las manos en sus *joysticks*.

Sentí que me vigilaban mientras caminaba por los estrechos pasillos alineados de vídeos. Yo era la única mujer que andaba suelta por allí, y supongo que llamaba más la atención con mis pantalones y mi chaqueta que si hubiera estado desnuda.

Cuando estaba a punto de acercarme al empleado del mostrador, sentí una oscura presencia a mi lado.

—¿Lindsay?

No sabía qué decir, pero Dennis Agnew parecía encantado de verme.

—¿A qué debo el honor, teniente?

Aunque estaba atrapada en un laberinto de estanterías de penes y mujeres desnudas, pensé, como un novillo en un matadero, que la única salida era seguir hacia delante.

La oficina de Agnew era un cubículo sin ventanas con una luz muy intensa. Cogió una silla que había detrás de una mesa de formica y me indicó dónde debía sentarme yo: en un sofá de cuero negro que había conocido días mejores.

—Me quedaré de pie. Esto no va a durar mucho —dije, pero mientras estaba junto a la puerta aproveché para echar un vistazo alrededor.

En todas las paredes había fotos enmarcadas dedicadas a «Randy Long» por chicas en tanga, y carteles publicitarios de películas porno con cópulas increíbles realizadas por Randy Long y sus parejas. También vi unas cuantas instantáneas de Agnew posando con unos tipos sonrientes enfundados en elegantes trajes.

Las alarmas empezaron a sonar mientras asociaba las caras de esos jóvenes prometedores con los gánsteres en los que se habían convertido. Al menos dos de ellos estaban muertos.

Tardé otro par de segundos en darme cuenta de que Dennis Agnew y el Randy Long más joven de pelo largo de las fotos eran el mismo. *Agnew había sido una estrella del porno.*

67

—¿Qué puedo hacer por usted, teniente? —dijo Dennis Agnew sonriendo, ordenando sus papeles, reuniendo un montón de aros sueltos, pasándolos de una mano a otra como
monedas antes de dejarlos sobre la mesa.

—No sé qué pretendes —dije—, pero de donde yo ven-
go, obligar a un coche a salirse de la carretera es un delito.

—En serio, Lindsay. No te importa que te llame Lindsay,
¿verdad? —Agnew entrelazó las manos y esbozó una de sus
relucientes sonrisas—. No sé de qué estás hablando.

—Eso es mentira. Hace veinte minutos me has sacado de
la carretera. Podría haber habido muertos. Podría haberme
matado.

—No he podido ser yo —dijo Agnew frunciendo el
ceño y moviendo la cabeza de un lado a otro—. Supongo
que me habría dado cuenta. No, creo que has venido aquí
porque quieres verme.

Era exasperante. Lo que más me indignaba no era que
Agnew fuera un capullo con un coche rápido al que todo le
daba lo mismo, sino su actitud burlona.

—¿Ves a esas chicas? —dijo señalando con el pulgar su
«galería de la fama»—. ¿Sabes por qué hacen esas películas? Tienen la autoestima tan baja que creen que rebaján-
dose con los hombres se sentirán más poderosas. ¿No es ri-

dículo? Y mírate a ti, rebajándote al venir aquí. ¿Hace que te sientas poderosa?

Me estaba atragantando con tanta porquería, y cuando estaba a punto de mandarle a la mierda, oí una voz que decía:

—Vaya, dime que quieres trabajar aquí, por favor.

En la puerta de la oficina apareció un hombre pequeño con una chaqueta verde barata abrochada sobre su barriga cervecera. Se apoyó en el marco a medio metro de donde estaba yo y me recorrió con una mirada con la que podía haberme arrancado la piel.

—Rick Monte, ésta es la teniente Lindsay Boxer. Es policía de Homicidios de San Francisco —dijo Agnew—. Está aquí de vacaciones, o eso es lo que dice.

—¿Disfrutando de su tiempo libre, teniente? —preguntó Rick a mi pecho.

—Me está gustando mucho, pero podría convertirlo en una visita oficial en cualquier momento.

En cuanto dije esas palabras me arrepentí de haberlo hecho.

¿Qué estaba haciendo?

Estaba suspendida de servicio y fuera de mi jurisdicción. Había perseguido a un ciudadano en mi propio coche. No tenía ninguna excusa, y si alguno de aquellos idiotas ponía una demanda, me abrirían un expediente disciplinario.

Era lo último que necesitaba antes de mi juicio.

—Si no te conociera, pensaría que estás enfadada —dijo Agnew con su voz zalamera—. Pero yo no te he hecho ningún daño.

—La próxima vez que me veas —dije apretando los dientes—, date la vuelta y vete por otro lado.

—Perdona. He debido entenderlo mal. Creía que eras tú la que me había seguido.

Habría dado cualquier cosa por rebatirle, pero esta vez me contuve. Tenía razón. En realidad, no me había hecho nada. Ni siquiera me había insultado.

Salí de la oficina de Agnew fustigándome por haber entrado en ese tugurio.

Cuando me dirigía a la parte delantera del local con la intención de dejar atrás esa horrible escena, me bloqueó el paso un joven musculoso con mechas rubias en el pelo y unas flamas tatuadas que sobresalían por el cuello de su camiseta.

—Fuera de mi camino —dije, intentando pasar a su lado.

El tipo extendió los brazos mientras permanecía inmóvil en mitad del local sonriendo y desafiándome.

—Vamos, mamá. Ven con Rocco —dijo.

—Está bien, Rocco —intervino Agnew—. Esta señora es mi invitada. Te acompañaré a la salida, Lindsay.

Fui a abrir la puerta, pero Agnew se apoyó en ella. Estaba tan cerca que sólo podía ver su cara: todos los poros y los vasos capilares de sus ojos inyectados en sangre. Me puso una cinta de vídeo en las manos.

En la portada se anunciaba la gran interpretación de Randy Long en *A Long Hard Night*.

—Échale un vistazo cuando puedas. He anotado mi número de teléfono en la parte de atrás.

Me aparté de Agnew y el vídeo cayó al suelo.

—Muévete —le dije.

Retrocedió un poco, despejando la puerta lo suficiente para que pudiera abrirla. Mientras me iba, Agnew tenía una sonrisa en la cara y una mano en la entrepierna.

68

A la mañana siguiente me desperté pensando en Dennis Agnew, ese baboso. Saqué el café al porche, y antes de que se enfriara lo suficiente para tomarlo me encontré trabajando en el motor del Bonneville.

Cuando estaba ajustando las válvulas, con un calibrador en la mano, llegó un coche y aparcó en el camino de entrada.

Las puertas se cerraron de golpe.

—¿Lindsay? Holaaa.

—Parece que se la ha tragado ese barco dorado.

Salí de debajo del capó, me limpié las manos grasientas con un paño y envolví a Cindy y Claire en un abrazo gigante. Brincamos y gritamos, y *Martha*, que había estado durmiendo en el porche, se unió a nosotras.

—Estábamos en el barrio —dijo Claire cuando nos separamos—. Y se nos ha ocurrido pasar para ver en qué lío te has metido. ¿Qué es esto, Lindsay? Pensaba que estos devoradores de gasolina estaban prohibidos.

—No hables mal de mi pequeño —dije riéndome.

—¿Anda?

—No, señorasss. Es una mariposa. Vuela.

Las chicas me dieron una cesta con un lazo de Nordstrom llena de productos de baño estupendos para mejorar el ánimo, y después de una votación unánime a mano alzada nos montamos en el Bonneville para dar un paseo.

Accioné el mando eléctrico de las ventanillas, y mientras los grandes neumáticos con banda blanca del coche ablandaban la carretera, el viento que venía de la bahía nos alborotaba el pelo. Recorrimos las curvas del barrio de Cat, y cuando estábamos subiendo a la montaña, Claire me enseñó un sobre.

—Casi lo olvido. Jacobi te manda esto.

Miré el sobre de papel manila de veinte por treinta centímetros que tenía en la mano. La noche anterior había llamado a Jacobi y le había pedido que me enviara cualquier cosa que pudiera encontrar sobre Dennis Agnew, alias Randy Long.

Les hablé a Cindy y Claire sobre mi primer encuentro accidental con Agnew en el Cormorán y el enfrentamiento en el garaje de Keith. Luego les conté mi tortuosa visita al Playmate Pen con todo detalle.

—¿Te dijo eso? —exclamó Cindy cuando cité el comentario de Agnew sobre «las mujeres que se rebajan con los hombres para poder sentirse poderosas». Estaba tan furiosa que se puso roja hasta las cejas—. Me parece que hay alguien al que se debería machacar y declararlo fuera de la ley.

Me reí y le dije:

—Agnew tiene una «galería de la fama», como la que podríais ver en la oficina de Tony en el Bada Bing, con todas esas fotos firmadas por actrices porno. Es increíble. Claire, ¿puedes abrir eso, por favor?

Claire sacó del sobre tres hojas grapadas con una nota de Jacobi en un *Post-it*.

—Si no te importa, léelo en voz alta —dijo Cindy apoyándose en el respaldo del asiento delantero.

—Hay algunas cosas de poca importancia: alcohol al volante, amenazas, violencia doméstica, consumo de drogas y un tiempo en la prisión de Folsom. Pero escucha esto, Linds. Dice que hace cinco años fue acusado de homicidio en primer grado. Caso desestimado.

Extendí la mano y cogí la nota de Jacobi:

—La víctima era la novia de Agnew. Su abogado fue Ralph Brancusi.

No tenía que decir más. Las tres sabíamos que Brancusi era un abogado defensor de alto nivel. Sólo los ricos podían permitírselo.

Brancusi era también el abogado de la Mafia.

69

Cuando volvimos a casa de Cat, había un coche patrulla en el camino de entrada, y el comisario Stark venía hacia nosotras. Estaba tan serio como siempre, con la frente arrugada y una mirada atormentada que resultaba muy contagiosa.

—¿Qué pasa, comisario? ¿Qué ha ocurrido ahora?

—El forense va a comenzar ya con las autopsias de los Sarducci —dijo entrecerrando los ojos por el sol—. Es una invitación formal.

Sentí un arrebato de emoción que disimulé por consideración al comisario. Luego le presenté a Cindy y Claire.

—La doctora Washburn es la jefa de medicina forense de San Francisco —dije—. ¿Podría venir también?

—Claro, ¿por qué no? —gruñó el comisario—. Tengo que aceptar toda la ayuda que me ofrezcan. Estoy aprendiendo, ¿verdad?

Cindy nos miró a los tres y vio que no estaba incluida en la invitación. Al fin y al cabo trabajaba para la prensa.

—Lo comprendo —dijo de buen humor—. No hay ningún problema, me quedaré aquí. Tengo mi ordenador portátil y un plazo de entrega. Además, soy una leprosa.

Claire y yo volvimos a montarnos en el Bonneville y seguimos al comisario hasta la autovía.

—Es estupendo —dije llena de entusiasmo—. Me está incluyendo en el caso.

—¿Qué estoy haciendo? —dijo Claire moviendo la cabeza de un lado a otro—. Ayudándote a implicarte cuando las dos sabemos que deberíamos estar en el porche con una copa en la mano, el trasero en una silla y las piernas sobre la barandilla.

—Reconócelo —dije riéndome—. Tú también estás enganchada y no puedes olvidarte de esto.

—Estás chiflada —refunfuñó. Luego me miró y acabó sonriendo.

—Eres incorregible, Lindsay. Pero es tu culo, no el mío.

Diez minutos después salimos de la autovía detrás del coche de Stark a Moss Beach.

70

El depósito de cadáveres estaba en el sótano del Seton Medical Center. Era un recinto de azulejos blancos tan fresco y prístino como la sección de congelados de un supermercado. Al fondo se oía el suave zumbido de un refrigerador.

Saludé con la cabeza a dos técnicos del laboratorio de criminología que se estaban quejando de los procedimientos burocráticos mientras metían la ropa de las víctimas en bolsas de papel.

Luego me fijé en las mesas de las autopsias que había en medio de la sala, donde el joven ayudante del forense estaba pasando una esponja y una manguera por los cuerpos de los Sarducci. Cuando me acerqué, cerró el agua y se apartó.

Joseph y Annemarie yacían desnudos y expuestos bajo las intensas luces. Sus brillantes cuerpos estaban en perfecto estado salvo por las desagradables heridas del cuello, con las caras tan tersas como si fuesen niños.

Al llamarme, Claire rompió mi silenciosa comunión con la muerte.

Cuando me di la vuelta, me presentó a un hombre con una bata azul, un delantal de plástico y una redecilla sobre su pelo cano. Estaba un poco encorvado y tenía una sonrisa torcida, como si tuviera una parálisis facial o le hubiese dado un ataque.

—Lindsay, le presento al doctor Bill Ramos, patólogo forense. Bill, la teniente Lindsay Boxer, del Departamento de Homicidios de la Policía de San Francisco. Podría haber una relación entre estos asesinatos y un antiguo caso suyo.

Mientras le estaba dando la mano a Ramos se acercó el comisario Stark.

—Doctor, dígale lo que me ha dicho por teléfono.

—¿Por qué no se lo enseño? —dijo Ramos antes de dirigirse a su ayudante—: Eh, Samir, quiero echar un vistazo a la espalda de la mujer. Ayúdame a ponerla de lado.

Samir cruzó el tobillo izquierdo de Annemarie sobre el derecho y el doctor la agarró por la muñeca izquierda. Luego tiraron del cuerpo entre los dos para que quedara de costado.

En las nalgas de la mujer muerta había siete marcas amarillentas cruzadas, de dos centímetros de ancho aproximadamente y ocho centímetros de longitud.

—En estos golpes hay mucha fuerza —dijo Ramos—. Sin embargo, apenas se distinguen. Samir, ahora vamos a dar la vuelta al señor Sarducci.

El doctor y su ayudante pusieron al varón de lado con la cabeza colgando hacia atrás patéticamente.

—Mire —dijo Ramos—. Aquí están otra vez. Múltiples marcas rectangulares superficiales y abrasiones de presión. No tienen el color marrón rojizo que vería si le hubieran golpeado mientras estaba vivo aún, y no son las típicas abrasiones amarillas que habría si los golpes se hubiesen dado ya muerto.

El doctor miró hacia arriba para asegurarse de que lo entendía.

—Si me da un puñetazo en la cara y luego me dispara dos veces en el pecho, no habrá suficiente tensión sanguínea para que me salga un moratón en la cara, pero si mi corazón late un momento, habrá algo de tensión.

El doctor acercó un escalpelo a una de las marcas de la espalda del varón y cortó entre el tejido ileso y la pálida marca.

—Este color parduzco que hay debajo de las abrasiones es lo que en términos científicos se denomina una «acumulación focal de sangre bien circunscrita».

—Supongo que estará de acuerdo, doctora Washburn —continuó Ramos—. El profundo corte de la arteria carótida y los nervios vagos hizo que el corazón se detuviera casi al instante, pero no inmediatamente. Este hombre tuvo un último latido cuando le azotaron.

—Esos golpes se dieron *cum-morte*: justo antes o en el momento de la muerte. La intención del asesino era que la víctima sintiera los latigazos.

—Parece algo personal —dijo Stark.

—Sí. Yo diría que los asesinos odiaban a sus víctimas.

Las palabras del doctor causaron una profunda impresión.

—Las marcas de Joe son más angostas que las de Annemarie —señaló Claire.

—Sí —volvió a confirmar Ramos—. Diferentes instrumentos.

—Como un cinturón —dije yo—. ¿Se podrían haber hecho esas marcas con dos cinturones diferentes?

—No puedo asegurarlo categóricamente, pero es muy posible —dijo Ramos.

Además de concentrada, Claire parecía estar triste.

—¿Qué estás pensando? —le pregunté.

—Siento decirlo, Lindsay, pero esas marcas me recuerdan a las de tu John Doe.

71

Poco después de medianoche, el Vigilante salió de la playa. Subió por la pendiente de arena y luego siguió el camino que atravesaba los cardos y la espesa hierba de las dunas al este de los acantilados. A unos cuatrocientos metros pudo distinguir por fin la sinuosa carretera de la bahía.

Mientras estaba fijándose en una casa concreta, se tropezó con un tronco del camino. Extendió los brazos para frenar la caída y cayó sobre su estómago, arrancando con las manos trozos de arena y hierba.

El Vigilante se puso de rodillas rápidamente y se palpó el bolsillo de su chaqueta: su cámara había desaparecido.

—¡Joder, joder! —gritó lleno de frustración.

Comenzó a gatear tanteando la arena, sintiendo cómo se secaba el sudor de su labio superior con el aire frío.

Su desesperación iba en aumento mientras pasaba el tiempo. Finalmente encontró su preciada cámara en la arena con la lente hacia abajo.

Sopló sobre la cámara para quitar la arena, la enfocó hacia las casas, y al mirar a través del visor vio un montón de rayas en la lente de plástico.

Maldiciendo para sus adentros, el Vigilante comprobó la hora —las 12.14 de la noche— y se dirigió hacia la casa en la que se alojaba Lindsay.

Ahora que su *zoom* se había estropeado tendría que acercarse más, y a pie.

El Vigilante pasó por encima de la barandilla al final del camino y se quedó parado en la acera con una farola sobre su cabeza.

A dos casas del final de la calle, la de Cat Boxer estaba iluminada.

Se ocultó entre las sombras y se acercó a ella oblicuamente atravesando patios traseros, agachándose por fin junto al seto que bordeaba la sala de estar de Boxer.

Con el corazón latiendo a toda velocidad, se levantó y miró a través del ventanal.

Toda la pandilla estaba allí: Lindsay, con unas mallas y su camiseta del Departamento de Policía de San Francisco; Claire, la forense negra de la ciudad, con un caftán dorado; y Cindy, con su pelo rubio recogido en lo alto de la cabeza y una bata afelpada que le cubría todo excepto las perneras de su pijama rosa y los pies.

Las mujeres charlaban apasionadamente, a veces se reían a carcajadas y luego se volvían a poner serias. Si pudiera entender qué coño estaban diciendo.

El Vigilante revisó los hechos, los sucesos recientes, las circunstancias. *La silla de la habitación del niño*. No los relacionaba a ninguno de ellos con nada, pero era un error que él había cometido.

¿Era seguro seguir adelante?

Había tantas cosas que hacer.

El Vigilante sintió en su cuerpo los efectos acumulativos del estrés. Le estaban temblando las manos violentamente y le ardía el pecho por la acidez. No podía quedarse allí más tiempo.

Miró a su alrededor para asegurarse de que no había nadie paseando a un perro o sacando la basura y luego salió de detrás del seto. Saltó la barandilla y comenzó a andar por el camino oscuro hacia la playa.

Había que tomar una decisión respecto a Lindsay Boxer. Una decisión difícil, porque era policía.

72

Por la mañana me desperté pronto con una idea que brotaba en la superficie de mi mente como una marsopa rompiendo las olas.

Dejé salir a *Martha* al patio, puse la cafetera y encendí mi ordenador portátil.

Recordaba que Bob Hinton había dicho que dos años antes otras dos personas habían sido asesinadas en Half Moon Bay: Ray y Molly Whittaker. Hinton había dicho que eran veraneantes. Ray era fotógrafo, y Molly una actriz que trabajaba como extra en Hollywood.

Entré en la base de datos de la policía y consulté su historial. Todavía estaba conmocionada cuando fui a despertar a las chicas.

Cuando se sentaron con un café y unos bollos delante, les dije lo que había averiguado sobre Ray y Molly Whittaker.

—Los dos eran pornógrafos. Ray estaba detrás de la cámara, y Molly actuaba con niños y niñas, no parecía importar —dije—. Fueron acusados y absueltos de ese delito. ¿Y quién fue su abogado? *Brancusi nuevamente.*

Las chicas me conocían demasiado bien. Me advirtieron que tuviera cuidado y me recordaron que a todos los efectos era una civil y, aunque parecía lógico comprobar una posible conexión entre los Whittaker y Dennis Agnew, estaba fuera de mi territorio, no tenía ningún respaldo y podía meterme en un buen lío.

Debí decir «Lo sé, lo sé» media docena de veces, y mientras nos despedíamos junto al coche, les prometí que sería una buena chica.

—Deberías pensar en volver a casa, Lindsay —dijo Claire agarrándome la cara y las manos.

—Muy bien —respondí—. Prometo pensar en ello.

Las dos me abrazaron como si pensaran que no iban a volver a verme, y francamente eso me conmovió. Mientras Claire daba marcha atrás, Cindy se asomó por la ventanilla.

—Te llamaré esta noche. Piensa en lo que hemos hablado. *Piensa*, Lindsay.

Les lancé unos besos y entré en casa. Encontré mi bolso colgado en el pomo de una puerta y rebusqué en él hasta que tanteé el teléfono, mi placa y mi arma.

Un minuto después arranqué el Explorer y fui al pueblo dándole vueltas a la cabeza, hasta que aparqué el coche delante de la comisaría de policía.

El comisario estaba en su despacho mirando su ordenador, con una taza de café en la mano y una caja de donuts en la silla lateral.

—Esas cosas le matarán —dije mientras él apartaba los donuts para que pudiera sentarme.

—Pensándolo bien, no es una mala manera de morirse. ¿Qué le trae por aquí, teniente?

—Esto —dije. Desplegué el historial de Dennis Agnew y lo puse sobre el montón de papeles que había en la mesa del comisario—. Ray y Molly Whittaker fueron azotados, ¿verdad?

—Sí, fueron los primeros.

—¿Encontró al culpable de sus asesinatos?

El comisario asintió.

—No pude probarlo entonces, y tampoco lo puedo probar ahora, pero hemos estado vigilando a este tipo durante mucho tiempo.

Cogió el historial de Agnew y me lo devolvió.

—Lo sabemos todo sobre Dennis Agnew. Es nuestro principal sospechoso.

73

Cuando estaba en el porche al anochecer, tocando una pequeña melodía en mi guitarra, unos focos subieron lentamente por la calle y se detuvieron enfrente de la casa de Cat.

Mientras iba hacia el coche, el conductor salió del asiento delantero y abrió la puerta trasera del lado opuesto.

—Ya lo sé —dije con el brillo suficiente en los ojos para iluminar la oscuridad—. Pasabas por aquí por casualidad.

—Exactamente —dijo Joe poniéndome un brazo alrededor de la cintura—. Esperaba sorprenderte.

Apoyé la mano en la parte delantera de su impecable camisa blanca.

—Te ha llamado Claire.

—Y Cindy. —Joe se rió un poco avergonzado—. Vamos a cenar fuera.

—Mmm. ¿Y si hago la cena aquí?

—Trato hecho.

Joe dio unos golpecitos en el techo y acto seguido el sedán se marchó.

—Ven aquí —dijo abrazándome, besándome, sorprendiéndome una vez más de que un beso pudiese provocar esa conflagración. Mientras el calor invadía mi cuerpo, tuve una idea relativamente sensata: *Otro interludio romántico en la vertiginosa aventura de mi vida.*

Joe me rodeó la cara con las manos y me volvió a besar, y mi corazón se rindió a su débil protesta. Entramos en casa y cerré la puerta de una patada.

Me quedé de puntillas con los brazos alrededor del cuello de Joe y dejé que me llevara hacia atrás hasta que me tumbó en la cama y empezó a quitarme la ropa. Comenzó por los zapatos y fue besando todo lo que iba desnudando hasta llegar a los labios.

Dios mío, lo derritió todo excepto mi Kokopelli.

Jadeé e intenté abrazarle, pero se había ido.

Abrí los ojos y observé cómo se desvestía. Era muy atractivo. Fuerte, bronceado, musculoso, y todo para mí.

Sonreí encantada. Cinco minutos antes esperaba ver un maratón de *Law & Order*, ¡y ahora esto! Abrí los brazos y Joe cubrió mi cuerpo con los suyos.

—Eh —dijo—. Te he echado mucho de menos.

—Calla —dije. Le mordí el labio inferior con suavidad y luego uní mi boca a la suya y le envolví con los brazos y las piernas.

Cuando salimos de la habitación una hora después, descalzos y despeinados, fuera estaba completamente oscuro. *Martha* dio unos golpes con su cola para que le diera de comer y le puse su comida.

Luego preparé una exquisita ensalada tricolor con una vinagreta de mostaza y parmesano rallado, y puse un poco de pasta a hervir mientras Joe echaba albahaca, ajo y orégano a la salsa de tomate. El aire se llenó enseguida de un delicioso aroma.

Comimos en la mesa de la cocina intercambiando las noticias de la semana anterior. Las de Joe eran como las de la CNN. Terroríficos coches bomba, infiltraciones en aeropuertos y peleas políticas que no eran secreto de Estado. Mientras fregábamos juntos los platos, le conté a Joe la versión más corta y suave de mis encuentros con Agnew.

Él fue tensando cada vez más la mandíbula.

—Imagina que no te lo he dicho —dije besándole la frente mientras le servía más vino.

—Imagina que no estoy furioso contigo por ponerte en peligro.

Un momento, ¿se había olvidado todo el mundo de que era policía? Y muy buena, por cierto. La primera mujer teniente de San Francisco y muchas otras cosas.

—¿Te apetece ver a Cary Grant? —le pregunté—. ¿Y a Katharine Hepburn?

Nos acurrucamos en el sofá y vimos *La fiera de mi niña*, una de mis comedias favoritas. Me reí como siempre en la escena en la que Cary Grant va gateando detrás de un terrier con un hueso de dinosaurio en la boca, y Joe se rió conmigo rodeándome con sus brazos.

—Si me pillas alguna vez haciendo eso con *Martha*, no preguntes nada.

Lancé una carcajada.

—Te quiero mucho, Lindsay.

—Yo también te quiero mucho.

Más tarde me quedé dormida en la curva del cuerpo de Joe pensando: *Esto está muy bien. Es sólo que no puedo conseguir lo suficiente de este hombre.*

74

Joe hizo huevos revueltos con beicon bajo la deslumbrante luz que entraba por las ventanas de la cocina, y mientras yo llenaba las tazas de café, leyó en mi mirada la pregunta tácita.

—Estaré aquí hasta que me llamen. Si quieres, te ayudaré con lo de los asesinatos.

Nos montamos en el Explorer con Joe al volante y *Martha* sobre mi regazo, y le hablé de los Sarducci mientras pasábamos por delante de su casa de cristal junto a la bahía.

Luego subimos a Crescent Heights y tomamos el sinuoso camino de tierra hasta la puerta de la casa abandonada de los Daltry.

Los asesinatos la habían dejado devastada. El jardín estaba muy deteriorado, había tablas clavadas en las ventanas y las puertas, y los trozos de cinta policial revoloteaban por los arbustos como pájaros amarillos.

—Una clase socioeconómica muy distinta de la de los Sarducci —dijo Joe.

—Sí. No creo que estos asesinatos tengan nada que ver con el dinero.

Enfilamos el Explorer montaña abajo y en unos minutos llegamos a Ocean Colony, la comunidad bordeada por un campo de golf donde habían vivido y muerto los O'Malley.

Señalé la casa blanca colonial con las contraventanas azules al acercarnos a ella. Ahora había un cartel de SE VENDE en el jardín y un Lincoln en el camino de entrada.

Aparcamos en la curva y vimos a una mujer rubia con un vestido rosa de Lilly Pulitzer salir de la casa y cerrar la puerta. Cuando nos vio, ensanchó la cara en una coloreada sonrisa.

—Hola —dijo—. Soy Emily Harris, de la inmobiliaria Pacific Homes. Lo siento; la apertura es el domingo. No puedo enseñarles la casa ahora porque tengo una cita en…

Mi cara debía tener una expresión de decepción, porque vi que la señora Harris nos miraba como posibles compradores.

—Escuchen. Dejen la llave en el buzón al salir. ¿De acuerdo?

Después de bajar del coche, agarré a Joe del brazo. Con aspecto de pareja casada en busca de nuestra nueva casa, Joe y yo subimos las escaleras y abrimos la puerta principal de los O'Malley.

75

El interior de la casa había sido saneado y repintado; lo que hiciese falta para conseguir un buen precio por una propiedad muy atractiva. Me quedé un momento en el vestíbulo, y luego seguí a Joe por la escalera de caracol.

Cuando llegué al dormitorio principal, le encontré mirando la puerta del armario.

—Aquí había un pequeño agujero a la altura de los ojos, ¿ves, Linds? Lo han tapado —raspó con una uña la escayola aún maleable.

—¿Una mirilla?

—Una mirilla en un armario —dijo Joe—. Es muy raro, ¿no crees? A no ser que los O'Malley hicieran vídeos caseros.

Mi mente comenzó a dar vueltas mientras consideraba una posible conexión entre el porno casero y el de Randy Long. ¿Había visto la policía la posición de la cámara?

¿Y qué si había sido así?

No era ilegal que unos adultos se grabaran de mutuo acuerdo.

Entré dentro del armario recién pintado, aparté las perchas de alambre y luego las sujeté para que dejaran de tintinear.

Entonces vi otro parche de escayola debajo de la pintura fresca.

Le di un golpe con la punta del dedo y sentí que se me aceleraba el corazón. *En la parte posterior del armario había otra mirilla que atravesaba la pared.*

Cogí una de las perchas de la barra y la estiré para hacer con ella un alambre largo que metí en el agujero.

—Joe, ¿puedes ir a ver dónde sale esto?

Parecía que el alambre estaba vivo mientras esperaba el tirón que llegó por fin del otro lado. Joe volvió unos segundos después.

—Pasa a otra habitación. Deberías ver esto, Lindsay.

La habitación de al lado estaba amueblada a medias con una cama con dosel, un tocador a juego y un recargado espejo de cuerpo entero sujeto a la pared. Joe señaló el agujero que habían disimulado como un detalle floral en el marco de madera tallada del espejo.

—Mierda, Joe. Es el dormitorio de la niña. ¿Espiaban esos bastardos a Caitlin? ¿La grababan?

Estuve mirando por la ventanilla del coche mientras volvíamos a casa de Cat. No podía dejar de pensar en esa segunda mirilla. ¿Qué tipo de gente habían sido los O'Malley? ¿Por qué le habían puesto una cámara a su hija?

¿Había sido ésa la habitación de la niñera en algún momento?

¿O era algo mucho más siniestro?

Mi cabeza daba vueltas a esa mirilla mientras consideraba todas las posibilidades. Pero todas se reducían a una pregunta: *¿tenía algo que ver con los asesinatos?*

Cuando volvimos a casa de Cat, aún era mediodía. Joe y yo fuimos a la habitación de mis sobrinas para poder usar su tablero de corcho y hacer un esquema de lo que sabíamos sobre los asesinatos.

Después de encontrar rotuladores y hojas de papel, acerqué dos taburetes de plástico rojo para sentarnos.

—Muy bien, ¿qué sabemos? —preguntó Joe cubriendo el tablero de papel amarillo.

Las pruebas circunstanciales sugieren que hay tres asesinos. El forense dice que, a su parecer, se utilizaron varios cuchillos y cinturones, lo cual respalda mi teoría de que había varios autores, pero en realidad no hay nada más. Ni un cabello, ni una fibra, ni una huella, ni una partícula de ADN. Es como trabajar en un caso en los años cuarenta. El laboratorio de criminología no puede hacer nada.

—¿Ves alguna pauta? Explícamela.

—No está muy claro —dije moviendo las manos sobre una bola de cristal imaginaria—. Stark me dijo que las víctimas estaban todas casadas. Pero luego dijo que eso no significaba nada. El ochenta por ciento de la gente que vive aquí está casada.

Joe escribió los nombres de las víctimas en las hojas de papel.

—Continúa —dijo.

—Todas las parejas tenían hijos excepto los Whittaker. Los Whittaker hacían porno infantil, y Caitlin O'Malley pudo ser una víctima. Pura especulación. El aspecto del porno me hace pensar que podría haber alguna conexión con los tipos del porno local, y a través de ellos con el crimen organizado… pura especulación una vez más. Y por último, mi John Doe no parece encajar en el perfil de víctima.

—Es posible que el primer asesinato fuera impulsivo —dijo Joe—, y que los siguientes fueran premeditados.

—Mmm —dije mirando hacia la ventana, donde crecían batatas en vasos de cristal desplegando sus hojas verdes sobre el alféizar.

—Eso tiene sentido. Puede que mi John Doe fuera víctima de un crimen pasional. En ese caso, el o los asesinos no volvieron a sentir el impulso durante mucho tiempo. La misma firma. Pero ¿cuál es la conexión?

—No lo sé aún. ¿Puedes hacerme un resumen?

—Tenemos ocho asesinatos relacionados en un radio de dieciséis kilómetros. Todas las víctimas tenían el cuello cortado, excepto Lorelei O'Malley, a la que rajaron el estómago. Las ocho, además de John Doe, fueron azotadas por motivos desconocidos. Y hay un sospechoso que es ex actor porno y un personaje siniestro muy bien presentado por fuera.

—Voy a hacer algunas llamadas —dijo Joe.

77

Cuando Joe acabó de hablar por teléfono con el FBI, cogí el rotulador mientras él resumía sus notas.

—Ninguna de las víctimas tenía ninguna bandera roja en su historial: nada de delitos graves, nombres cambiados o relaciones con Dennis Agnew. En cuanto a los tipos del Playmate Pen —dijo Joe—, Ricardo Montefiore, alias Rick Monte, ha sido condenado por proxenetismo, escándalo público y amenazas.

—Rocco Benuto, el gorila del local porno, es un peso ligero. Un cargo por posesión y otro más por asaltar una tienda de New Jersey cuando tenía diecinueve años. No va armado.

—No es el perfil típico de un asesino en serie.

Joe asintió antes de continuar.

—Los tres acabaron siendo «socios» de varios gángsteres de poca monta. Asistieron a unas cuantas fiestas privadas y les proporcionaron chicas. En cuanto a Dennis Agnew, ya sabes lo de la acusación de asesinato en 2000 que fue desestimada.

—El abogado que le liberó fue Ralph Brancusi.

Joe volvió a asentir.

—La víctima era una actriz porno de Urbana, Illinois. Veintitantos años, adicta a la heroína, arrestada unas cuantas veces por prostitución. Y antes de que desapareciera para siempre fue una de las novias de Agnew.

—¿Desapareció? ¿No encontraron el cuerpo?

—No, Lindsay. Lo siento.

—Así que no sabemos si le cortaron el cuello.

—No.

Apoyé la barbilla sobre las manos. Era frustrante estar tan cerca del fondo de ese terrible caso y no tener ninguna pista decente que seguir.

Pero había una pauta clara. El intervalo de tiempo entre los asesinatos era cada vez menor. Mi John Doe había sido asesinado hacía diez años, los Whittaker ocho años después, los Daltry hacía un mes y medio. Y ahora dos homicidios dobles en una semana.

Joe se sentó en el pequeño taburete a mi lado. Me agarró la mano y miramos juntos las notas clavadas en el tablero de corcho. Cuando hablé, mi voz pareció resonar en el dormitorio de las niñas.

—Están acelerando su ritmo, Joe. Ahora mismo están pensando en volver a hacerlo.

—¿Estás segura? —dijo Joe.

—Sí. Puedo sentirlo.

78

Me despertó el sonido discordante del teléfono que había al lado de la cama. Mientras lo cogía a la segunda llamada, me di cuenta de que Joe se había ido y de que había una nota en la silla donde había dejado su ropa.

—¿Joe?

—Soy Yuki, Lindsay. ¿Te he despertado?

—No, estoy levantada —mentí.

Hablamos durante cinco minutos a la velocidad característica de Yuki, y después de colgar no pude seguir durmiendo. Leí la dulce nota de despedida de Joe, me puse un chándal, le até la correa a *Martha* y fuimos a pasear a la playa.

Una refrescante brisa entraba por la bahía mientras íbamos hacia el norte. No habíamos llegado muy lejos cuando oí que alguien gritaba mi nombre. Una figura pequeña venía corriendo hacia mí.

—¡Lindsay, Lindsay!

—¡Hola, Allison!

La niña de ojos oscuros me abrazó con fuerza por la cintura y luego se arrodilló en la arena para abrazar a *Martha*.

—¿Estás sola, Ali?

—Hemos venido de excursión —dijo señalando un grupo de gente y sombrillas. Mientras nos acercábamos, oí la sintonía de *Supervivientes* y vi que Carolee venía hacia mí.

Después de abrazarnos, Carolee me presentó a «sus» niños.

—¿Qué clase de perro mestizo es ése? —me preguntó un chaval de once o doce años con rastas en el pelo rubio rojizo.

—No es un perro mestizo. *Martha* es una border collie.

—No se parece a *Lassie* —dijo una niña con unos rizos de color fresa y un ojo morado.

—No. Los border collies son de una raza diferente. Proceden de Inglaterra y Escocia, y tienen un trabajo muy serio —dije—. Cuidan ovejas y ganado.

Había captado toda su atención, y *Martha* me miraba como si supiera que estábamos hablando de ella.

—Los border collies tienen que aprender las órdenes de sus dueños, por supuesto, pero son unos perros muy inteligentes a los que, además de gustarles trabajar, creen que los animales del rebaño son suyos y que son responsables de ellos.

—¡Dale las órdenes! Enséñanos cómo lo hace, Lindsay —me suplicó Ali. Yo le sonreí.

—¿Quién quiere ser una oveja? —pregunté.

Muchos niños se rieron disimuladamente, pero cuatro de ellos, incluida Ali, se presentaron como voluntarios. Les dije a las «ovejas» que se dispersaran y corrieran por la playa, y luego solté a *Martha*.

—*Martha*, ve —grité, y *Martha* corrió hacia el pequeño grupo de niños. Ellos chillaron e intentaron esquivarla, pero no lo consiguieron. Era rápida y ágil, y con la cabeza agachada y los ojos centrados en ellos les ladraba a los talones y los obligaba a avanzar juntos en una formación cerrada.

—Abajo —ordené, y *Martha* llevó a los niños en el sentido de las agujas del reloj hacia la bahía—. Arriba —dije, y *Martha* los condujo otra vez hacia la cuesta mientras se reían alegremente.

—Ya basta —grité, y mi perro blanco y negro mantuvo a los niños juntos dando vueltas a su alrededor, y los llevó de nuevo a las mantas mareados y sin aliento.

—Quieta, *Martha* —dije—. Buen trabajo, preciosa.

Martha ladró para felicitarse. Los niños silbaron y aplaudieron, y Carolee repartió vasos de zumo de naranja para brindar. Cuando *Martha* y yo dejamos de ser el centro de atención, me senté junto a Carolee y le hablé de mi conversación con Yuki.

—Necesito un favor —dije.

—Lo que quieras —respondió Carolee Brown. Luego se sintió obligada a decir—: Lindsay, serías una madre estupenda.

79

Unos minutos después de despedirnos de Carolee y los niños, *Martha* y yo subimos por la cuesta de arena y cruzamos el sendero de hierba hacia la calle Miramontes. Cuando acababa de poner un pie en la acera, vi a un hombre a unos cien metros enfocando una cámara pequeña en mi dirección.

Estaba tan lejos que solamente veía el reflejo de la lente, una sudadera naranja y una gorra de béisbol sobre sus ojos. No me permitió acercarme más. Cuando se dio cuenta de que le había visto, se dio la vuelta y se marchó rápidamente.

Puede que el tipo estuviera simplemente sacando fotografías del paisaje, que la prensa sensacionalista me hubiera encontrado por fin, o que el silbido de mi pecho fuese una paranoia, pero mientras volvía a casa me sentí incómoda.

Alguien estaba vigilándome.

Alguien que no quería que le viera.

Al llegar a casa de Cat, deshice la cama y recogí mis cosas. Luego di de comer a *Penelope* y le cambié el agua.

—Buenas noticias, *Penny* —le dije a la cerda fantástica—. Carolee y Allison han prometido que pasarán más tarde. Veo manzanas en tu futuro, pequeña.

Metí la nota de despedida de Joe en mi bolso y, después de echar un vistazo alrededor, fui hacia la puerta principal.

—Vamos a casa —le dije a *Martha*.

Nos montamos en el Explorer y volvimos a San Francisco.

80

Esa misma tarde, a las siete, abrí la puerta del Indigo, un nuevo restaurante que estaba en la calle McAllister a dos manzanas del Palacio de Justicia, lo cual debería haberme quitado el apetito. Pasé por el bar y sus paneles de madera, al restaurante propiamente dicho con su elevado cielo raso. Allí el *maître* me marcó en su lista y me acompañó a un banco de terciopelo azul donde estaba Yuki hojeando unos papeles.

Cuando se levantó para abrazarme, me di cuenta de lo mucho que me alegraba ver a mi abogada.

—¿Cómo va, Lindsay?

—Fabuloso, excepto cuando me acuerdo de que mi juicio empieza el lunes.

—Vamos a ganar —dijo—. Así que deja de preocuparte por eso.

—Es una tontería, ¿verdad? —respondí.

Esbocé una sonrisa, pero estaba más nerviosa de lo que quería aparentar. Mickey Sherman había convencido a las autoridades pertinentes de que a todos nos iría mejor si me representaba una abogada, y de que Yuki Castellano era «estupenda para ese cometido».

Yo no estaba tan segura.

Aunque la había pillado al final de un largo día de trabajo, Yuki parecía llena de energía. Pero sobre todo parecía *joven*. Agarré mi Kokopelli movida por un impulso mientras mi abogada de veintiocho años y yo pedíamos la cena.

—¿Qué me he perdido desde que me fui de la ciudad? —le pregunté a Yuki. Aparté la lubina a la cazuela con puré de chirivía del chef Larry Piaskowy a un lado del plato y picoteé la ensalada de hinojo con piñones y una vinagreta de zanahoria y estragón.

—Me alegro de que hayas estado fuera, Lindsay, porque los tiburones estaban hambrientos —dijo Yuki. Me di cuenta de que, aunque me miraba a los ojos, no dejaba de mover las manos.

—La cobertura de la prensa y la televisión de los indignados padres ha sido continua. ¿Viste *Saturday Night Live*?

—No lo veo nunca.

—Bueno, simplemente para que lo sepas, hubo una parodia. Te han apodado Harriet la Sucia.

—Será una broma —dije haciendo una mueca—. Supongo que alguien hizo el agosto conmigo.

—Va a ser peor —dijo Yuki alisándose un mechón de su melena—. La jueza Achacoso ha permitido que haya cámaras de televisión en la sala. Y acabo de recibir la lista de testigos de la acusación. Sam Cabot va a declarar.

—Eso está bien, ¿no? Sam confesó haber participado en esos homicidios con electrocución. Podemos utilizarlo.

—Me temo que no, Lindsay. Sus abogados han presentado una solicitud para anularlo porque sus padres no estaban allí cuando hizo esa confesión a la enfermera de urgencias.

»Mira —dijo Yuki cogiéndome las manos al ver que me había quedado paralizada—. No sabemos qué va a decir Sam. Le pondré contra las cuerdas; puedes contar con eso.

Pero no podemos apoyarnos en su confesión. Es tu palabra contra la suya; y él tiene trece años y tú eres una policía borracha.

—¿Y me dices que no me preocupe porque…?

—Porque la verdad se descubrirá. Los jurados están compuestos por seres humanos, la mayoría de los cuales han tomado alguna copa en su vida. Yo creo que van a descubrir que tienes derecho a tomarte unas copas de vez en cuando, y que incluso se *espera* que lo hagas una que otra vez.

—Intentaste ayudar a esos niños, Lindsay. Y eso, está claro, no es un crimen.

81

—No olvides que van a juzgarte desde el momento en que llegues al Palacio de Justicia —dijo Yuki mientras caminábamos por la noche fresca y oscura. Entramos al garaje del Opera Plaza en Van Ness y bajamos en el ascensor a donde Yuki había aparcado su Acura gris oscuro de dos puertas.

Luego fuimos por la Golden Gate Avenue hacia mi bar de copas favorito, aunque esa noche yo iba a Coca-Colas por razones de seguridad.

—Ven en un coche normal, no en un coche de policía, en un todoterreno nuevo o algo así.

—Tengo un Explorer de cuatro años con un golpe en la puerta. ¿Qué te parece?

—Es perfecto —Yuki se rió—. Y lo que llevaste a la vista preliminar estaba bien. Traje oscuro, una insignia del Departamento de Policía de San Francisco en la solapa, ninguna otra joya. Cuando la prensa se abalance sobre ti, puedes sonreír educadamente, pero no respondas a ninguna de sus preguntas.

—Todo eso te lo dejo a ti.

—Bingo —dijo mientras llegábamos al Susie.

Al entrar sentí un arrebato de alegría. La banda de calipso había puesto de buen humor a la gente que había cenado allí, e incluso Susie, que llevaba un *sarong* rosa, estaba bailando en el centro de la pista. Mis dos mejores amigas nos hicieron señas para que nos acercáramos a «nuestro» reservado del fondo.

—Claire Washburn, Yuki Castellano; Yuki, Cindy Thomas —dije, y las chicas extendieron las manos para saludarla. Por la expresión de su cara vi que estaban tan preocupadas por mi juicio como yo.

Cuando Claire le dio la mano a Yuki, dijo:

—Soy amiga de Lindsay, y no hace falta que te diga que también soy testigo de la acusación.

Cindy le dijo muy seria:

—Yo trabajo para el *Chronicle* y te haré preguntas bruscas fuera de los tribunales.

—Y la despedazarás si la historia va así —añadió Yuki.

—Por supuesto.

—Cuidaré bien de ella —dijo Yuki—. Vamos a tener una pelea muy desagradable, pero vamos a ganar.

Como si hubiéramos sabido con antelación que íbamos a hacerlo, unimos nuestras manos por encima de la mesa.

—Por la victoria —dije.

Me apetecía reírme, y me alegré de que Yuki se quitara la chaqueta y Claire sirviera margaritas para todo el mundo aunque no para mí.

—Es la primera vez que tomo una —dijo Yuki con tono indeciso.

—Ya era hora, abogada. Pero bébela despacio, ¿de acuerdo? —dijo Claire—. Ahora háblanos de ti. Comienza por el principio.

—Ya sé, os contaré de dónde viene mi nombre —dijo Yuki lamiendo la sal de su labio superior—. En primer lugar deberíais saber que los japoneses y los italianos son como polos opuestos. Por ejemplo, con la comida: arroz y calamares crudos frente a una marinara de *scungilli* sobre linguini.

—Yuki se rió con un bonito sonido de campanillas.

—Cuando mi pequeña y recatada madre japonesa conoció a mi fuerte y apasionado padre italoamericano en un intercambio de estudiantes, fue puro magnetismo —nos contó Yuki con su articulación rápida y divertida—. Mi padre dijo: «Vamos a casarnos mientras aún estamos enamorados», y eso hicieron unas tres semanas después de conocerse. Yo llegué nueve meses más tarde.

Yuki explicó que en Japón había muchos prejuicios contra los «mestizos», y que su familia se trasladó a California cuando ella tenía seis años. Pero recordaba bien lo que había sufrido en la escuela por ser de raza mixta.

—Quise ser abogada desde que tuve la edad suficiente para saber lo que hacía Perry Mason en televisión —dijo con los ojos brillantes—. No me gusta presumir, pero saqué la carrera de Derecho con sobresalientes, y he estado en la vía rápida con Duffy y Rogers desde que me gradué. Creo que los motivos de la gente influyen de manera decisiva en su forma de actuar, así que deberíais comprender los míos.

»Siempre he tenido que demostrarme algo a mí misma: que ser muy buena no es suficiente. Tengo que ser la mejor. En cuanto a Lindsay, vuestra vieja y mi nueva amiga, sé que es inocente.

»Y también lo voy a demostrar.

82

A pesar de todo lo que me había dicho Yuki sobre la avidez de los medios de comunicación, me quedé asombrada al ver el despliegue que había en la plaza del Civic Center a la mañana siguiente. La calle Polk estaba repleta de furgonetas con antenas de televisión a ambos lados de McAllister, y una multitud cambiante y malévola se extendía en todas direcciones, bloqueando el tráfico al Ayuntamiento y el Palacio de Justicia.

Aparqué en el garaje de Van Ness, a sólo tres manzanas del juzgado, e intenté mezclarme entre la gente que iba andando. Pero no lo conseguí. Cuando me reconocieron, los reporteros se abalanzaron sobre mí, me pusieron cámaras y micrófonos en la cara y gritaron preguntas que no podía entender, y mucho menos contestar.

Las acusaciones de «brutalidad policial», el acoso y el desagradable ruido de la multitud hicieron que me sintiera mareada y dolida. *Era una buena policía, maldita sea. ¿Qué había pasado para que la gente a la que había prometido servir se volviera contra mí de esa manera?*

Carlos Vega, de KRON-TV, era uno de los que estaba cubriendo el «Juicio a Harriet la Sucia». Era un hombre pequeño con un estilo cruel, famoso por entrevistar a la gente con tanta cortesía que apenas se daban cuenta de que los estaba destripando. Pero yo conocía a Carl —me había entrevistado antes—, y cuando preguntó: «¿Culpa a los Cabot por emprender esta acción legal contra usted?», estuve a punto de saltar.

Cuando estaba pensando en darle al señor Vega un buen mordisco para las noticias de las seis, alguien me sacó de la multitud por el codo. Tiré hacia el otro lado hasta que vi que mi rescatador era un amigo con uniforme.

—Conklin —dije—. Gracias a Dios.

—No te apartes de mí, Lou —dijo llevándome entre la gente a un cordón policial que formaba un camino estrecho hacia el juzgado. Se me hinchó el corazón mientras mis compañeros, con las manos agarradas para que el paso fuera seguro, inclinaban la cabeza o me hablaban al pasar.

—*A por ellos, teniente.*

—*Manténgase firme.*

Vi a Yuki en las escaleras del juzgado y fui directa hacia ella. Relevó a Conklin y juntas abrimos las pesadas puertas de vidrio y acero del Palacio de Justicia. Subimos unas escaleras de mármol y poco después entramos en la impresionante sala de madera de cerezo del segundo piso.

Las cabezas se volvieron hacia nosotras. Arreglé el cuello recién planchado de mi traje, me pasé una mano por el pelo y fui con Yuki por el suelo enmoquetado a las mesas de los abogados de la parte delantera. En los últimos minutos había conseguido mantener la compostura, pero por dentro me hervía la sangre.

¿Por qué me estaba ocurriendo eso a mí?

83

Yuki se quedó a un lado mientras yo pasaba por detrás de la mesa y me sentaba junto a Mickey Sherman con su pelo cano y su lengua de plata. Se levantó a medias y me dio la mano.

—¿Qué tal, Lindsay? Tienes un aspecto fabuloso. ¿Estás bien?

—Nunca he estado mejor —respondí.

Pero los dos sabíamos que ninguna persona sana se sentiría «bien» en mi lugar. Toda mi carrera estaba en juego, y si el jurado se ponía en mi contra, mi vida se iría al garete. Los Cabot pedían 50 millones de dólares en concepto de daños, y aunque recibieran 49,99 millones de la ciudad de San Francisco, me quedaría hundida económicamente y me conocerían como Harriet la Sucia el resto de mi vida.

Mientras Yuki se sentaba a mi lado, el comisario Tracchio se inclinó sobre la barandilla para darme un apretón en el hombro en señal de apoyo. No esperaba aquello, y me conmovió. Luego se extendieron unas voces por la sala mientras el equipo de abogados de la acusación entraba en fila y ocupaba sus asientos enfrente de nosotros.

Un momento después entraron en la sala el doctor y la señora Cabot y se sentaron detrás de sus abogados. El enjuto doctor Cabot y su rubia y afligida esposa clavaron sus ojos en mí inmediatamente.

Andrew Cabot era una roca temblorosa de angustia y rabia contenida. Y el rostro de Eva Cabot era un cuadro de desolación infinita. Era una madre que inexplicablemente había perdido a su hija por mí, y que tenía un hijo lisiado también por mi causa. Cuando me miró con sus ojos grises enrojecidos, lo único que pude ver fue su terrible furia.

Eva Cabot me odiaba.

Me quería ver muerta.

La mano fría de Yuki sobre mi muñeca rompió mi contacto visual con la señora Cabot, pero no antes de que la imagen del cruce de miradas fuera captada por una cámara.

—Todos en pie —vociferó el alguacil.

Hubo un crujido ensordecedor mientras todo el mundo se levantaba y la pequeña figura con gafas de la jueza Achacoso subía al estrado. Luego me senté aturdida.

Mi juicio estaba a punto de comenzar.

84

La selección del jurado duró casi tres días. Después del primer día, como no podía soportar más el teléfono y la multitud de periodistas que había delante de mi casa, *Martha* y yo nos trasladamos al apartamento de dos habitaciones de Yuki en Crest Royal, un lugar muy seguro.

El acoso de los medios de comunicación era cada día mayor. La prensa alimentaba el morbo de la gente detallando la procedencia étnica y el nivel socioeconómico de las personas elegidas para el jurado, y por supuesto nos acusaba de racismo. De hecho, a mí me resultaba desagradable ver cómo ambos lados elegían o rechazaban a los jurados potenciales basándose en prejuicios perceptibles o imaginarios contra mí. Cuando excluimos a cuatro personas negras y latinas seguidas se lo planteé a Yuki en el siguiente descanso.

—¿No me dijiste el otro día que sabes lo que se siente cuando te discriminan por tu raza?

—Esto no tiene nada que ver con la raza, Lindsay. Todos los que hemos excluido tenían sentimientos negativos hacia la policía. A veces la gente no es consciente de sus propias tendencias hasta que se lo preguntamos. En un caso tan público como éste, la gente suele mentir para poder tener sus quince minutos de fama.

»Estamos realizando el proceso según las normas establecidas. Confía en nosotros, por favor. Si no jugamos bien, estamos acabados antes de empezar.

Ese mismo día, más tarde, la oposición hizo tres recusaciones perentorias para rechazar a dos funcionarias blancas de mediana edad —que podrían haberme visto con cariño, como una hija—, y a un bombero llamado McGoey, al que no le habría importado que hubiese tomado cuatro litros de margaritas.

Al final ningún lado se quedó contento, pero ambos aceptaron a los doce hombres y mujeres del jurado y los tres suplentes. A las dos de la tarde del tercer día, Mason Broyles se levantó para hacer su exposición inicial.

Ni en mis peores sueños me habría imaginado que un ser humano tan poco digno de ese nombre presentaría el caso Cabot contra mí.

85

Mason Broyles parecía haber dormido bien la noche anterior, con la piel impecable, un clásico traje de Armani azul marino, y una elegante camisa azul que hacía juego con sus ojos. Se levantó y, sin utilizar notas, se dirigió al tribunal y al jurado.

—Su Señoría. Damas y caballeros del jurado. Para comprender lo que sucedió la noche del diez de mayo hay que entrar en la cabeza de dos niños que tuvieron una idea. Sus padres no estaban en casa. Encontraron las llaves del Mercedes nuevo de su padre y decidieron ir a dar un paseo.

»No estaba bien, pero eran niños. Sara tenía quince años. Sam Cabot, que está en octavo curso, sólo tiene trece.

Broyles dio la espalda al jurado y miró a sus clientes como si quisiera decir: *Miren a esta gente. Miren el sufrimiento que causa la brutalidad policial.*

Luego se volvió de nuevo hacia el jurado y continuó con su exposición.

—Esa noche iba al volante Sara. Los Cabot iban conduciendo por un barrio peligroso, una zona conflictiva conocida como el distrito Tenderloin, y llevaban un coche caro. De repente otro coche empezó a perseguirles.

»Oirán a Sam Cabot decirles que él y su hermana estaban aterrados por el coche de policía que les seguía. La sirena metía un ruido terrible. Los focos y las luces intermitentes iluminaban la calle como si fuera una discoteca infernal.

»Si Sara Cabot estuviese aquí, declararía que tenía tanto miedo que huyó y luego perdió el control del coche que conducía y lo estrelló. Diría que cuando se dio cuenta de que los perseguía la policía, se asustó muchísimo porque había huido de ellos, porque había destrozado el coche de su padre y porque estaba conduciendo sin permiso. Y porque su hermano pequeño había resultado herido en el accidente.

»*Y tenía miedo porque la policía tenía armas.*

»Pero Sara Cabot, que iba dos cursos por delante de otros niños de su edad, una niña con un coeficiente intelectual de ciento sesenta y una gran promesa, no nos puede decir nada porque está muerta. Murió porque la acusada, la teniente Lindsay Boxer, cometió un grave error de juicio y disparó a Sara dos veces a través del corazón.

»La teniente Boxer disparó también a Sam Cabot, apenas un adolescente, un chico muy popular, capitán de su equipo de fútbol, campeón de natación, un atleta extraordinario.

»Sam Cabot nunca volverá a jugar al fútbol o a nadar. Tampoco volverá a andar o a vestirse y bañarse solo. *Ni siquiera podrá coger un tenedor o un libro con sus manos.*

Unos jadeos amortiguados resonaron en la sala mientras la gente asimilaba el trágico cuadro que había pintado Broyles. El abogado se quedó un largo rato en el círculo que había creado alrededor de sí mismo y sus afligidos clientes, una especie de suspensión del tiempo, la realidad y la verdad que había perfeccionado durante decenios como litigante.

Se metió las manos en los bolsillos, mostrando unos tirantes azul marino, y se miró las puntas de los relucientes zapatos negros como si él también estuviera absorbiendo la terrible tragedia que acababa de describir.

Casi parecía que estaba rezando, aunque yo estaba segura de que en su vida lo había hecho.

Lo único que podía hacer era quedarme allí sentada en silencio, con los ojos clavados en la cara inmóvil de la jueza, hasta que Broyles nos liberó mirando hacia la tribuna del jurado.

Después de haber enrollado la cuerda la soltó con rapidez.

—Damas y caballeros, oirán declarar que la teniente Boxer no estaba de servicio la noche de este incidente y que había estado bebiendo. Sin embargo, decidió montarse en un coche de policía y disparar un arma.

»También oirán que Sara y Sam Cabot iban armados. El hecho es que la teniente Boxer tenía suficiente experiencia para desarmar a dos niños asustados, pero esa noche se saltó todas las normas.

»Por esa razón la teniente Boxer es responsable de la muerte de Sara Cabot, una joven prometedora cuya vida se hizo pedazos en un momento. Y la teniente Boxer es también responsable de que Sam Cabot esté inválido para el resto de su vida.

»Les pedimos que, después de escuchar los testimonios, declaren a la teniente Lindsay Boxer culpable de uso excesivo de la fuerza y de negligencia policial, con el resultado de la muerte injustificada de Sara Cabot y la invalidez de Sam Cabot.

»Debido a esta irreparable pérdida, les pedimos que concedan a los demandantes cincuenta millones de dólares por los gastos médicos de por vida de Sam Cabot, por su dolor y su sufrimiento, y por la desgracia de su familia. También pedimos otros cien millones en daños punitivos para transmitir a esta comunidad policial y a todas las comunidades policiales del país un mensaje: que este comportamiento no es aceptable.

»*Que no anden por nuestras calles cuando estén borrachos.*

Cuando oí que describían a Sam Cabot, ese pequeño psicópata despiadado, como el próximo gran héroe deportivo, estuve a punto de vomitar. *¿Campeón de natación? ¿Capitán del equipo de fútbol? ¿Qué diablos tenía eso que ver con los asesinatos que había cometido o con las balas que había disparado a Warren Jacobi?*

Hice un esfuerzo para mantener una expresión neutra mientras Yuki se levantaba y tomaba la palabra.

—La noche del diez de mayo era un viernes por la noche y el final de una dura semana para la teniente Boxer —dijo Yuki con su melódica voz resonando por la sala—. Dos jóvenes habían sido asesinados en el distrito Tenderloin, y la teniente Boxer estaba muy preocupada por la brutalidad y la falta de pruebas.

Yuki se acercó a la tribuna y pasó la mano por la barandilla mientras miraba a cada uno de los miembros del jurado, que siguieron a la joven delgada con la cara en forma de corazón y unos luminosos ojos marrones inclinándose hacia delante con cada palabra.

—Como jefe de la brigada de Homicidios del Departamento de Policía de San Francisco, la teniente Boxer tiene la responsabilidad de investigar todos los homicidios de la ciudad. Pero estaba especialmente preocupada porque las víctimas de esos asesinatos eran muy jóvenes.

»Esa noche en cuestión —prosiguió Yuki—, la teniente Boxer estaba fuera de servicio, tomando una copa antes de cenar con unas amigas, cuando recibió una llamada de Warren Jacobi, inspector de primer grado. El inspector Jacobi había sido antes compañero de la teniente Boxer, y como ése era un caso especial, estaban trabajando juntos en él.

»El inspector Jacobi declarará que llamó a la teniente Boxer para decirle que su única pista —un Mercedes-Benz que habían visto previamente en las proximidades de ambos homicidios— había sido localizado de nuevo al sur de la calle Market.

»Mucha gente en la situación de la teniente Boxer habría dicho: "Olvídalo. No estoy de servicio. No quiero pasarme toda la noche sentada en un coche de policía". Pero era su caso, y quería detener a quien hubiera matado a esos dos chicos antes de que volviera a hacerlo.

»Cuando la teniente Boxer se montó en el coche de policía con el inspector Jacobi, le dijo que había estado bebiendo pero que se encontraba bien.

»Damas y caballeros, los demandantes van a utilizar mucho la palabra *borracha*. Pero están distorsionando la realidad.

—Protesto, Señoría. Es especulativo.

—Denegado. Por favor siéntese, señor Broyles.

—De hecho —continuó Yuki poniéndose delante de la tribuna del jurado—, aunque la teniente había tomado un par de copas, no estaba ebria, no se tambaleaba y no tenía dificultades para hablar.

»Y la teniente Boxer no se puso al volante. Las copas que tomó no tienen absolutamente nada que ver con lo que ocurrió esa noche.

»Esta oficial de policía está acusada de matar brutalmente a una niña con su pistola. Pero no era la única persona en el escenario del crimen con un arma en la mano. Las «víctimas» —Yuki hizo el gesto universal de las comillas con las manos— no sólo tenían armas, sino que dispararon primero y *con intención de matar.*

87

Mason Broyles se levantó furioso.

—Protesto, Señoría. La abogada defensora se está burlando de las víctimas y desviándose del tema. Aquí no se está juzgando a Sam y Sara Cabot. Se está juzgando a la teniente Boxer.

—Y no debería ser así —insistió Yuki—. Mi cliente no ha hecho nada malo. Nada. Está aquí porque los demandantes están sufriendo y quieren que alguien pague por su pérdida, esté bien o mal.

—¡Protesto, Señoría! Es especulativo.

—Se admite la protesta. Señorita Castellano, cíñase a los hechos, por favor.

—Sí, Señoría. Lo siento. —Yuki se acercó a la mesa, miró sus notas y luego se dio la vuelta como si no la hubieran interrumpido.

—La noche de autos, esos niños tan *ejemplares* huyeron de la policía conduciendo a más de ciento veinte kilómetros por hora por calles muy concurridas, poniendo en peligro la seguridad pública; eso es un delito. Estaban armados, otro delito, y cuando Sara Cabot estrelló el coche de su padre, a ella y a su hermano les ayudaron a salir del vehículo dos oficiales de policía preocupados, con las armas enfundadas, que estaban cumpliendo con su deber de servir y proteger, y sobre todo de prestar ayuda.

»Oirán la declaración de un experto en balística que les dirá que las balas que extrajeron quirúrgicamente a la teniente Boxer y al inspector Jacobi fueron disparadas por las armas de Sara Cabot y Sam Cabot respectivamente. Y también oirán que Sara y Sam Cabot dispararon a esos oficiales sin que hubiera ninguna provocación.

»La noche de autos, mientras la teniente Boxer estaba en el suelo perdiendo casi una tercera parte de su sangre y muy cerca de haber muerto, ordenó a los demandantes que tiraran sus armas, pero no lo hicieron. En lugar de eso Sara Cabot disparó tres balas más, que afortunadamente no dieron a mi cliente.

»Sólo entonces disparó la teniente Boxer para defenderse.

»Si cualquier otra persona: un banquero, un panadero, incluso un corredor de apuestas, hubiese disparado contra alguien en defensa propia, no estaríamos celebrando un juicio. Pero si una oficial de policía se defiende, todo el mundo se echa sobre ella.

—¡Protesto!

Pero era demasiado tarde para protestas. La expresión pétrea del doctor Andrew Cabot se había transformado en un arrebato de ira. Se levantó de un salto y se acercó a Yuki como si fuera a estrangularla. Mason Broyles contuvo a su cliente, pero en la sala se produjo un gran revuelo aunque la jueza Achacoso golpeó su mazo una y otra vez.

—He terminado, Su Señoría —dijo Yuki.

—Oh, no. No voy a permitir que este juicio se convierta en una batalla campal. Alguacil, despeje la sala. Veré a los dos letrados en mi despacho —dijo la jueza.

88

Cuando prosiguió el juicio, Yuki tenía los ojos brillantes, como si la reprimenda de la jueza hubiese merecido los puntos que se había anotado en la exposición inicial.

Broyles presentó a su primer testigo: Betty D'Angelo, la enfermera de urgencias que me había atendido la noche que me dispararon. D'Angelo repitió de mala gana lo que había dicho durante la vista preliminar: que mi tasa de alcoholemia era de 0,67, que no podía decir que estuviese borracha, pero que con ese nivel se consideraba que uno estaba «bajo los efectos del alcohol».

Luego Broyles llamó a mi amiga Claire Washburn, que se identificó como jefa de medicina forense de San Francisco y reconoció haber realizado la autopsia de Sara Cabot.

—Doctora Washburn, ¿pudo determinar la causa de la muerte de Sara Cabot?

Utilizando un dibujo de una figura humana, Claire señaló dónde habían impactado mis balas en el cuerpo de Sara.

—Sí. Encontré dos heridas de bala en el pecho. El primer disparo entró por la parte superior izquierda del pecho, por aquí. Esa bala penetró en la cavidad torácica de Sara Cabot entre la tercera y la cuarta costilla del lado izquierdo, perforó el lóbulo superior del pulmón izquierdo, entró en el saco pericárdico, atravesó el ventrículo izquierdo y se detuvo en la parte izquierda de su caja torácica.

»El segundo disparo —dijo Claire golpeando la lámina con un puntero—, fue a través del esternón, doce centímetros por debajo del hombro izquierdo. Le atravesó el corazón y terminó en la cuarta vértebra torácica.

Los miembros del jurado estaban absortos mientras escuchaban lo que le habían hecho mis disparos al corazón de Sara Cabot, pero cuando Broyles acabó de interrogar a Claire, le tocó el turno a Yuki.

—¿Puede hablarnos de los ángulos de penetración, doctora Washburn? —preguntó Yuki.

—Las balas fueron disparadas hacia arriba, desde unos centímetros por encima del suelo.

—Doctora, ¿murió Sara Cabot inmediatamente?

—Sí.

—Entonces, ¿se podría decir que Sara estaba demasiado muerta para disparar a nadie después de que le dispararan a ella?

—¿Demasiado muerta, señorita Castellano? Que yo sepa, sólo se puede estar muerto.

Yuki se sonrojó.

—Lo plantearé de otro modo. Teniendo en cuenta que la teniente Boxer recibió dos disparos del arma de Sara Cabot, es evidente que Sara Cabot disparó primero, porque murió inmediatamente después de que la teniente Boxer le disparara.

—Sí. La señorita Cabot murió al instante cuando le dispararon.

—Una pregunta más —dijo Yuki como si se le acabara de ocurrir—. ¿Hizo un análisis toxicológico de la sangre de la señorita Cabot?

—Sí. Unos días después de la autopsia.

—¿Y qué resultados obtuvo?

—Sara Cabot tenía metanfetamina en su organismo.

—¿Mucha?

—En medicina no utilizamos ese término, pero sí, tenía veintitrés miligramos de metanfetamina por litro de sangre. Y eso se puede considerar mucho.

—¿Y cuáles son los efectos de la metanfetamina? —preguntó Yuki a Claire.

—La metanfetamina es un poderoso estimulante del sistema nervioso central que produce una gran variedad de efectos. El positivo es una sensación agradable, pero los consumidores a largo plazo sufren muchos de los efectos negativos, que incluyen paranoias e ideas suicidas y homicidas.

—¿Y *actos* homicidas?

—Efectivamente.

—Gracias, doctora Washburn. He terminado con esta testigo, Su Señoría.

89

Cuando Claire concluyó estaba contenta, pero no por mucho tiempo.

Mason Broyles llamó al doctor Robert Goldman, y después de prestar juramento, el hombre con bigote y un traje azul claro empezó a describir las terribles heridas que le había producido a Sam mi pistola.

Utilizando un dibujo similar al que había usado Claire anteriormente, el doctor Goldman explicó que mi primera bala había atravesado la cavidad abdominal de Sam y se había alojado en la octava vértebra torácica, donde aún permanecía.

—Esa bala paralizó a Sam de cintura para abajo —dijo el doctor atusándose el bigote—. La segunda bala entró por la base del cuello, pasó por la tercera vértebra cervical y paralizó todo del cuello hacia abajo.

—Doctor —preguntó Broyles—. ¿Podrá Sam Cabot volver a andar?

—No.

—¿Podrá tener relaciones sexuales?

—No.

—¿Podrá respirar por sí mismo o disfrutar plenamente de su vida?

—No.

—Estará en una silla de ruedas el resto de su vida, ¿no es así?

—Así es.

—Su testigo —le dijo Broyles a Yuki mientras regresaba a su asiento.

—No hay preguntas para este testigo —dijo Yuki.

—La acusación llama a Sam Cabot —dijo Broyles.

Miré a Yuki con ansiedad antes de que las dos nos volviésemos hacia la parte posterior de la sala. Cuando se abrieron las puertas, entró una joven asistente empujando una silla de ruedas, una Jenkinson Supreme cromada, el Cadillac de su clase.

Sam Cabot parecía pequeño y frágil con su chaqueta y su corbata, tan diferente al monstruo cruel que había asesinado a dos personas antes de disparar a Jacobi. Si no hubiese sido por su mirada malévola, no le habría reconocido.

Cuando volvió hacia mí esos ojos marrones sentí horror, culpa e incluso lástima.

Bajé la vista hacia el ventilador respiratorio que había debajo del asiento de su silla. Era una caja grande de metal con ruedas y botones, y un fino tubo de plástico que iba de la máquina a la mejilla izquierda de Sam.

Enfrente de la boca tenía un pequeño amplificador de voz electrónico.

Sam puso los labios alrededor del tubo. Mientras el aire comprimido entraba en sus pulmones, salió un sonido terrible del ventilador. Era un sonido que se repetía cada tres o cuatro segundos, cada vez que Sam Cabot necesitaba respirar.

Observé cómo la asistente llevaba a Sam al banquillo de los testigos.

—Su Señoría —dijo Mason Broyles—, como no sabemos cuánto tiempo tendrá que declarar Sam nos gustaría enchufar su ventilador a la red eléctrica para no quedarnos sin batería.

—Por supuesto —dijo la jueza.

La asistente insertó un largo cable naranja en un enchufe de la pared y luego se sentó detrás de Andrew y Eva Cabot.

Cuando Sam se quedó solo, no podía mirar hacia otro lado.

Tenía el cuello tieso y la cabeza sujeta al respaldo de su silla con una correa atada alrededor de la frente. Parecía un aparato de tortura medieval, y estoy segura de que él lo sentía así.

El alguacil, un joven alto con un uniforme verde, se acercó a Sam.

—Levante la mano derecha, por favor.

Sam Cabot miró frenéticamente de un lado a otro. Aspiró un poco de aire y habló al pequeño amplificador de voz. La voz que salió era un extraño y desconcertante sonido mecánico.

—No puedo —dijo Sam.

90

La voz de Sam no era completamente humana, pero su joven rostro y su pequeño cuerpo le hacían parecer más frágil y vulnerable que cualquier otra persona de la sala. Entre el público se extendió un murmullo de simpatía mientras el alguacil se volvía hacia la jueza Achacoso.

—¿Jueza?

—Tómele juramento, alguacil.

—¿Jura decir la verdad con la ayuda de Dios?

—Lo juro —dijo Sam Cabot.

Broyles sonrió a Sam, dando al jurado suficiente tiempo para fijarse en el lamentable estado de Sam Cabot e imaginar el infierno en el que se había convertido su vida.

—No tengas miedo —le dijo Broyles—. Simplemente di la verdad. Dinos lo que ocurrió esa noche, Sam.

Broyles le hizo a Sam varias preguntas para entrar en calor, esperando a que el muchacho cerrara la boca alrededor del tubo de aire. Sus respuestas salían en frases cortadas, cuya longitud estaba determinada por la cantidad de aire que podía contener en sus pulmones antes de volver a succionar por la boquilla.

Broyles le preguntó a Sam cuántos años tenía, dónde vivía y a qué colegio iba antes de llegar al meollo de su interrogatorio.

—Sam, ¿recuerdas lo que ocurrió la noche del diez de mayo?

—Nunca lo olvidaré… mientras viva —dijo Sam aspirando aire del tubo, emitiendo ráfagas de palabras a través del amplificador—. No pienso en otra cosa… y por mucho que lo intento… no me lo puedo quitar de la cabeza… Ésa es la noche en la que ella mató a mi hermana… y me arruinó la vida.

—Protesto, Señoría —dijo Yuki levantándose.

—Jovencito —dijo la jueza—, sé que es difícil, pero intente limitar sus respuestas a las preguntas, por favor.

—Vamos a retroceder, Sam —dijo Mason Broyles amablemente—. ¿Puedes contarnos qué ocurrió esa noche paso a paso?

—Ocurrieron muchas cosas —dijo Sam. Luego tomó aire antes de proseguir—. Pero no me acuerdo de todo… Sé que cogimos el coche de papá… y que nos asustamos… Oímos las sirenas que se acercaban… Sara no tenía su permiso de conducir. Después se abrió el airbag… Lo único que recuerdo… es que vi a esa mujer… disparar a Sara… No sé por qué lo hizo.

—Está bien, Sam.

—Vi un fogonazo —continuó el muchacho con sus ojos clavados en mí—. Y luego mi hermana… estaba muerta.

—Sí. Lo sabemos. Sam, ¿te acuerdas de cuando la teniente Boxer te disparó?

Sam movió la cabeza de un lado a otro en el pequeño arco que le permitían sus limitaciones. Y luego empezó a llorar. Sus angustiosos sollozos fueron interrumpidos por la succión de aire e intensificados por la transmisión mecánica de sus gemidos a través del amplificador.

Era un sonido horrible, que no se parecía a nada de lo que había oído en mi vida. Sentí un escalofrío que estaba segura de que era general.

Mason Broyles se acercó rápidamente a su cliente, sacó un pañuelo del bolsillo de su chaqueta y le limpió a Sam los ojos y la nariz.

—¿Necesitas un descanso, Sam?

—No, señor… Estoy bien —respondió.

—Su testigo, letrada —dijo Mason Broyles lanzándonos una mirada desafiante.

91

Yuki se acercó al asesino de trece años, que parecía más joven y daba aún más pena ahora que tenía la cara enrojecida de llorar.

—¿Te encuentras un poco mejor, Sam? —preguntó Yuki poniendo las manos sobre sus rodillas y agachándose un poco para mirarle a los ojos.

—Supongo que sí —dijo Sam.

—Me alegro de oír eso —dijo Yuki levantándose y dando unos pasos hacia atrás—. Procuraré que mis preguntas sean breves. ¿Por qué estabas en el distrito Tenderloin el diez de mayo?

—No lo sé... Conducía Sara.

—Vuestro coche estaba aparcado delante del hotel Balboa. ¿Por qué?

—Estábamos comprando un periódico... Me parece que íbamos a ir al cine.

—¿Hay un quiosco dentro del Balboa?

—Creo que sí.

—Sam, ¿comprendes la diferencia entre una mentira y la verdad?

—Por supuesto.

—¿Y sabes que has prometido decir la verdad?

—Claro.

—Muy bien. Entonces, ¿puedes decirnos por qué Sara y tú llevabais armas esa noche?

—Eran de papá —dijo el muchacho antes de hacer una pausa para respirar y quizá también para pensar—. Saqué una pistola de la guantera... porque creía que esa gente... iba a matarnos.

—¿No sabías que la policía estaba intentando apartaros a un lado?

—Estaba asustado... Yo no conducía... y todo fue muy rápido.

—Sam, ¿estabas colgado esa noche?

—¿Cómo dice?

—Metanfetamina. Ya sabes, tréboles, delfines, peces.

—No estaba drogado.

—Ya veo. ¿Recuerdas el accidente?

—La verdad es que no.

—¿Recuerdas que la teniente Boxer y el inspector Jacobi os ayudaron a salir del coche después de que chocara?

—No, porque tenía sangre en los ojos... Se me rompió la nariz... De repente vi armas... y lo siguiente que sé es que nos dispararon.

—¿Recuerdas que disparaste al inspector Jacobi?

El muchacho abrió los ojos de par en par. ¿Le sorprendía la pregunta? ¿O estaba simplemente recordando el momento?

—Pensaba que iba a hacerme daño —dijo por fin.

—Entonces, ¿te acuerdas de que le disparaste?

—¿No iba a detenerme?

Yuki se mantuvo en sus trece mientras esperaba a que los pulmones de Sam se llenaran de aire.

—¿Por qué disparaste al inspector Jacobi, Sam?

—No recuerdo haber hecho eso.

—Dime. ¿Estás en tratamiento psiquiátrico?

—Sí... porque lo estoy pasando mal. Porque estoy paralizado... y porque esa mujer mató a mi hermana.

—Muy bien, vamos a hablar de eso. Dices que la teniente Boxer mató a tu hermana. ¿No viste a tu hermana disparar primero a la teniente Boxer? ¿No viste a la teniente tendida en el suelo?

—Yo no lo recuerdo así.

—Sam, ¿recuerdas que estás bajo juramento?

—Estoy diciendo la verdad —respondió sollozando otra vez.

—Muy bien. ¿Has estado alguna vez en el hotel Lorenzo?

—Protesto, Señoría. ¿Adónde pretende llegar?

—¿Señorita Castellano?

—Quedará claro en un segundo, Su Señoría. Sólo tengo una pregunta más.

—Entonces continúe.

—Sam, ¿no es cierto que en este momento eres el principal sospechoso en la investigación de varios homicidios?

Sam desvió su cabeza de Yuki unos cuantos grados y bramó con su desgarradora voz mecánica:

—*¿Señor Broyles?*

La voz de Sam se fue apagando a medida que se quedaba sin aire.

—¡Protesto! No tiene ningún fundamento, Su Señoría —gritó Broyles sobre los murmullos que se extendían por la sala y los golpes del mazo de la jueza Achacoso.

—Quiero que se elimine esa pregunta de las actas —gritó Broyles—, y pido a Su Señoría que ordene al jurado que no tenga en cuenta...

Antes de que la jueza pudiera tomar una decisión, los ojos de Sam empezaron a dar vueltas frenéticamente.

—Me acojo a la enmienda —dijo el chico tomando una nueva infusión de aire antes de seguir hablando—. Me acojo a la quinta enmienda por motivos...

Y con eso comenzó a sonar una estrepitosa alarma situada debajo de la silla de ruedas. Se oyeron gritos entre el público y el jurado mientras los niveles del ventilador bajaban a cero.

Andrew Cabot se levantó de un salto y empujó a la asistente hacia delante.

—*¡Haga algo! ¡Haga algo!*

Todo el mundo contuvo el aliento mientras la asistente se arrodillaba, manipulaba los botones y volvía a conectar el ventilador. Finalmente la alarma dejó de sonar.

Mientras Sam aspiraba su preciado aire, se oyó un profundo suspiro de alivio en la sala.

—He terminado con este testigo —dijo Yuki gritando sobre el murmullo del público.

—Se levanta la sesión —dijo la jueza Achacoso golpeando su mazo—. Continuaremos mañana a las nueve.

92

Mientras la sala se vaciaba, Yuki dirigió hacia la jueza toda la presencia de su metro cincuenta y cinco de altura.

—¡Su Señoría! Quiero presentar una petición para que el juicio se declare nulo —dijo.

La jueza le indicó que se acercara al estrado, y ella y Mickey junto con Broyles y uno de sus ayudantes se reunieron en la parte delantera.

—El jurado tiene que haber quedado predispuesto con esa escandalosa alarma —le oí decir a Yuki.

—No está acusando al demandante de haber activado esa «escandalosa» alarma deliberadamente, ¿verdad? —preguntó la jueza.

—Por supuesto que no, Su Señoría.

—¿Señor Broyles?

—Perdone mi lenguaje, Señoría, pero los problemas ocurren, y lo que ha visto el jurado es algo habitual en la vida de Sam. A veces el ventilador falla y el niño podría morir. Eso es lo que ha visto el jurado. No creo que sea más grave que el hecho de que Sam esté en esa silla y su hermana esté muerta.

—Estoy de acuerdo. Petición denegada, señorita Castellano. Seguiremos mañana por la mañana según lo previsto.

93

No sé quién estaba más conmocionada, si Yuki o yo. Logramos llegar a la salida de incendios, bajamos por las escaleras de hormigón y abrimos la puerta lateral de la calle Polk, dejando que Mickey se ocupara de la prensa.

Yuki parecía realmente aturdida, y mortificada.

—La declaración de Sam ha sido peor que una pesadilla —dijo con la voz quebrada—. Cuando ha sonado esa alarma, mi interrogatorio se ha ido al garete. Ha sido como si todo el mundo estuviera pensando: «¿Qué diablos le ha hecho a ese niño?»

Tomamos el camino más largo y menos interesante para ir al garaje. Tuve que agarrar a Yuki por la cintura para evitar que cruzara el túnel de Van Ness con el semáforo en rojo.

—Dios mío —repitió una y otra vez extendiendo las manos con las palmas hacia el cielo—. Dios mío. ¡Menuda parodia!

—Pero Yuki —dije—, conseguiste lo que querías. Lo dijiste todo. Los hermanos Cabot estaban aparcados en el distrito Tenderloin sin que tuvieran nada que hacer allí. Tenían armas. Dijiste que Sam era el principal sospechoso en una investigación de homicidio, y será acusado por esos asesinatos.

—Sus huellas se encontraron en el borde de la bañera donde fue electrocutado ese pobre muchacho. Él y Sara mataron a esos niños, Yuki. Sam Cabot es terrible. El jurado tiene que saberlo.

—No sé lo que saben. No puedo volver a decir que es sospechoso porque no ha sido acusado. El jurado puede haber pensado que estaba poniéndole una trampa, intentando provocarle, que es aparentemente lo que he hecho.

Atravesamos el Opera Plaza, un centro comercial con restaurantes, una librería y cines en la planta baja. Evitando las miradas de la gente bajamos en el ascensor al garaje, y después de dar varias vueltas entre las filas de coches aparcados encontramos el Acura de Yuki.

Nos montamos en él, y cuando Yuki giró la llave y el motor se puso en marcha, yo ya estaba pensando en el día siguiente.

—¿Estás segura de que es una buena idea que yo testifique? —le pregunté a mi abogada.

—Por supuesto. Mickey y yo estamos completamente de acuerdo en eso. Tenemos que conseguir que atraigas la simpatía del jurado. Y para eso tienen que ver y oír de qué estás hecha.

—Por eso tienes que testificar.

94

A la mañana siguiente se veía todo gris desde la cocina de Yuki mientras la lluvia se preparaba para caer sobre la ciudad. Curiosamente, ése era el San Francisco que me gustaba, húmedo y tempestuoso.

Después de tomar un café y dar de comer a *Martha*, fuimos a dar un paseo rápido por la calle Jones.

—Tenemos que darnos prisa, *Boo* —dije sintiendo ya la bruma en el aire—. Hoy es un día importante. Van a lincharme.

Veinte minutos más tarde Mickey nos recogió en su coche. Llegamos al Palacio de Justicia a las ocho menos cuarto, evitando así el acoso de la multitud.

Dentro de la sala B, Mickey y Yuki se sentaron al lado y hablaron en voz baja mientras las manos de Yuki revoloteaban como pájaros. Yo me quedé mirando por la ventana cómo caía la lluvia mientras pasaban los minutos en el reloj eléctrico que había en la pared.

De repente sentí que me tocaban el brazo.

—Seré sincero. Esa alarma es una de las cosas peores que me han ocurrido en un tribunal —dijo Mickey apoyándose sobre Yuki para hablar conmigo—. Me repugna pensar que Broyles organizara ese incidente, pero no me extrañaría que hubiese manipulado el cable.

—¿Estás hablando en serio?

—No lo sé, pero tenemos que controlar los riesgos. Nos toca a nosotros plantear nuestro caso, y tenemos que transmitir dos mensajes. Ese niño es un diablo incluso en una silla de ruedas, y tú eres una policía estupenda.

—No te preocupes por tu declaración, Lindsay —añadió Yuki—. Si estuvieses más preparada, no parecería natural. Cuando llegue el momento simplemente cuenta la historia. Tómate tu tiempo y párate a pensar si no estás segura de algo. Y no parezcas culpable. Sé la magnífica policía que eres.

—Muy bien —dije, y para más seguridad, lo volví a repetir.

Pocos instantes después los espectadores llenaron la sala con sus impermeables mojados, algunos de ellos sacudiendo aún sus paraguas. Luego entró la oposición dejando sus carteras sobre la mesa de golpe. Broyles nos saludó con la cabeza educadamente sin ocultar su alegría. El hombre se encontraba en su elemento. La prensa, las televisiones. Todo el mundo quería hablar con Mason Broyles.

Por el rabillo del ojo vi que le daba la mano a Andrew Cabot y besaba a Eva Cabot en la mejilla. Incluso ayudó a la asistente a colocar bien la silla de ruedas de Sam Cabot. Si lo controlaba *todo*, ¿por qué no esa alarma el día anterior?

—¿Has dormido bien, Sam? Estupendo —le dijo Broyles al muchacho.

Para mí continuaba la pesadilla.

El sonido que producía Sam al aspirar aire a través del tubo del ventilador cada pocos segundos era un recuerdo tan doloroso de lo que había hecho que incluso me costaba respirar.

De repente se abrió la puerta lateral de la sala y entraron los doce miembros del jurado y los tres suplentes. Por último ocupó su asiento la jueza con una taza de café en la mano y dio comienzo a la sesión.

95

Con aspecto tranquilo, y sensacional con un traje gris y un collar de perlas, Yuki comenzó llamando al estrado a la veterana radioperadora Carla Reyes. Yuki le hizo a Carla algunas preguntas generales sobre su trabajo y cómo había transcurrido su turno del diez de mayo.

Luego puso la cinta de mis transmisiones de radio de esa terrible noche: cuatro minutos y medio de mi voz comunicando nuestras posiciones además de las llamadas de los coches patrulla.

Las transmisiones entrecortadas y rodeadas de interferencias hicieron que mi adrenalina se disparara y mi mente regresara otra vez a esa noche oscura y volviera a perseguir a unos sospechosos desconocidos en un Mercedes negro.

La voz de Jacobi pidiendo asistencia médica para los ocupantes del coche accidentado fue interrumpida por unos disparos que le cortaron a mitad de frase.

Al oír las detonaciones me sobresalté en mi asiento. Me empezaron a sudar las manos y me di cuenta de que estaba temblando.

Un momento después oí mi voz cada vez más débil pidiendo dos ambulancias. *«Dos oficiales y dos civiles heridos.»*

Y la voz preocupada de Carla Reyes. «*¿Estás bien, teniente? Lindsay. Contéstame.*»

—Pensaba que la habíamos perdido —dijo Carla a Yuki desde el banquillo de los testigos—. Lindsay es una de las mejores.

Después del tibio interrogatorio de Mason, Yuki llamó a nuestro siguiente testigo, Mike Hart, de balística, que confirmó que las balas extraídas de mi cuerpo correspondían al arma de Sara, y que las de Jacobi habían sido disparadas por el arma que se encontró junto a Sam Cabot.

Broyles no tenía preguntas para Mike, así que Yuki llamó a Jacobi al estrado.

Se me llenaron los ojos de lágrimas mientras mi viejo amigo y compañero iba hacia la parte delantera de la sala. Jacobi andaba pesadamente aunque había adelgazado mucho. Al subir al banquillo de los testigos tuvo que hacer un pequeño esfuerzo.

Yuki le dio tiempo para servirse un vaso de agua antes de hacerle algunas preguntas rutinarias sobre cuánto tiempo llevaba en el cuerpo y en la brigada de Homicidios.

Luego le preguntó:

—Inspector Jacobi, ¿cuánto hace que conoce a la teniente Boxer?

—Unos siete años.

—¿Había trabajado alguna vez con ella antes de esa noche?

—Sí. Hemos sido compañeros durante tres años.

—¿Ha estado con ella en otras situaciones en las que tuviera que usar su arma?

—Sí. Un par de veces.

—¿Y cómo diría que reacciona bajo presión?

—Es fabulosa. Y cada vez que sales a la calle estás bajo presión, porque las cosas ocurren de repente sin previo aviso.

—Inspector, cuando recogió a la teniente Boxer la noche del diez de mayo, ¿le olía el aliento a alcohol?

—No.

—¿Sabía que había estado bebiendo?

—Sí, porque ella me lo mencionó.

—Y ¿por qué se lo mencionó?

—Porque quería que lo supiera para que la echara del coche si quería hacerlo.

—En su opinión, después de haber trabajado con ella durante tanto tiempo, ¿estaba en plenas facultades mentales?

—Por supuesto. Estaba bien, como siempre.

—Si hubiera tenido algún problema, ¿habría ido con ella en esa misión?

—De ningún modo.

Yuki llevó a Warren por la noche del diez de mayo desde el momento en que me recogió en el Susie hasta el último detalle que recordaba.

—Me alegré de haber sacado a esos niños del coche. Me preocupaba que el depósito de gasolina estuviera goteando y el vehículo pudiera explotar. Yo estaba hablando con nuestra radioperadora, Carla Reyes, diciéndole que Sam Cabot se había roto la nariz con el airbag y que esos niños podían tener lesiones internas. No podía imaginarme.

—¿Cómo dice, inspector?

—No podía imaginarme de que mientras estaba pidiendo una ambulancia, ese capullo iba a dispararme.

Mason Broyles protestó, por supuesto, y la jueza amonestó a Jacobi. Me sorprendió que hubiera tenido agallas para llamar capullo a Sam Cabot. Cuando se restableció el orden, Yuki hizo una última pregunta a mi antiguo compañero.

—Inspector, ¿cuál es la reputación de la teniente Boxer en la comunidad policial?

—¿En una palabra? Es una policía estupenda.

96

Broyles no sacó mucho a Jacobi en su turno de preguntas. Respondió con monosílabos y no mordió el anzuelo cuando le insinuó que no había realizado su trabajo según el reglamento del Departamento de Policía de San Francisco.

—Hice todo lo que pude por esos dos niños, y me alegro de que su cliente no fuera mejor tirador —dijo Jacobi—. Si no, estaría muerto en vez de estar hablando aquí y ahora con usted.

Cuando se levantó la sesión a la hora del almuerzo, encontré un lugar tranquilo en el tercer piso entre una máquina de Coca-Cola y la pared y hablé con Joe por teléfono. Mientras nuestro abrazo virtual ocupaba una zona tres veces mayor, se disculpó al menos media docena de veces por estar en medio de una importante investigación con amenazas a aeropuertos desde Boston a Miami, por lo cual no podía estar conmigo en San Francisco.

Tomé un bocado de un sándwich de jamón curado y un sorbo de café de máquina antes de ocupar mi asiento junto a Yuki mientras se reanudaba la sesión.

Entonces llegó el momento que tanto temía. Yuki me llamó al estrado. Cuando me senté en el banquillo de los testigos, se puso delante de mí para que no viese a la familia Cabot y me lanzó una luminosa sonrisa.

—Teniente Boxer, ¿es partidaria de seguir el reglamento policial?

—Sí.

—¿Estaba borracha la noche de autos?

—No. Estaba cenando con unas amigas. Tomé un par de copas antes de que me llamara Jacobi.

—¿Estaba fuera de servicio?

—Sí.

—No está prohibido beber fuera de servicio, ¿verdad?

—No.

—Cuando montó en el coche con el inspector Jacobi, ¿volvió a estar de servicio oficialmente?

—Sí. Pero estaba segura de que me encontraba bien.

—¿Diría que es una policía «de manual»?

—Sí, pero el manual no cubre todas las circunstancias. A veces tienes que resolver las situaciones que se presentan utilizando el sentido común.

A instancias de Yuki, conté la historia hasta el punto en el que Jacobi y yo abrimos de un tirón la puerta del coche y liberamos a los hermanos Cabot.

—Cometí un error porque parecía que esos niños tenían problemas. Me dieron pena.

—¿Por qué le dieron pena?

—Los dos estaban llorando. Y Sam estaba sangrando, vomitando y suplicándome.

—¿Podría explicarse mejor?

—Dijo: «No diga nada a mi padre, por favor. Nos matará».

—¿Qué hizo entonces?

—Como ha dicho el inspector Jacobi, teníamos que sacarlos del coche. El depósito de gasolina podía explotar. Guardé mi pistola para poder agarrar la puerta del coche, y luego Jacobi y yo los sacamos.

—Continúe, teniente.

—Cuando salieron del coche debería haber esposado a Sara. Pero la traté como a una víctima de un accidente de tráfico. Cuando le pedí que me mostrara su permiso de conducir, sacó un arma de su chaqueta y me disparó, primero en el hombro y luego en el muslo.

—¿Dónde estaba el inspector Jacobi cuando Sara le disparó?

—El inspector Jacobi estaba llamando a una ambulancia.

—¿Dónde tenía su arma?

—La tenía enfundada.

—¿Está segura de eso?

—Sí. Estaba hablando por teléfono con su pistola enfundada. Grité «ARMA» justo antes de que Sara me disparara. Jacobi se dio la vuelta y me vio caer al suelo. Entonces Sam Cabot disparó sobre él y le dio dos veces.

—¿Está segura de que vio todo eso, teniente? ¿No perdió el conocimiento?

—No. Estuve consciente todo el tiempo.

—¿Perdió el conocimiento el inspector Jacobi?

—Sí. Pensé que estaba muerto. Vi a Sam Cabot darle una patada en la cabeza, y no se movió ni intentó protegerse.

—Vio a Sam Cabot dar una patada en la cabeza al inspector Jacobi. Continúe, por favor.

—Debieron pensar que estaba muerta, porque se olvidaron de mí por completo.

—Protesto. La testigo está especulando.

—Se admite la protesta.

—Díganos simplemente lo que vio, oyó e hizo —dijo Yuki—. Lo está haciendo muy bien.

Incliné la cabeza e intenté concentrarme.

—Oí a Sara decirle a Sam que deberían irse —dije—. Entonces saqué mi pistola y le ordené a Sara Cabot que tirase su arma. Ella me llamó hija de puta y luego me disparó unas cuantas veces más. Fue entonces cuando disparé.

—¿Qué ocurrió después?

—Sara cayó al suelo, y Sam empezó a gritarme que había matado a su hermana. Le dije que tirase el arma, pero se negó a hacerlo. También le disparé a él.

—Dígame, teniente, ¿quería usted hacer daño a esos niños?

—Por supuesto que no. Me gustaría que no hubiera sucedido nada de esto.

—En su opinión, si Sam y Sara Cabot no hubiesen llevado armas, ¿habría ocurrido esta tragedia?

—Protesto —gritó Broyles—. Está llevando a la testigo a una conclusión.

La jueza se reclinó en su silla y miró al techo a través de sus gruesas gafas de montura negra. Luego, tras tomar una decisión, volvió a ponerse derecha.

—Se admite la protesta.

—Lindsay, ¿es verdad que en los diez años que lleva en Homicidios ha sido distinguida por arrestos excepcionales en treinta y siete ocasiones, y ha recibido quince menciones especiales y veinte condecoraciones por mérito al trabajo?

—No llevo la cuenta, pero más o menos es así.

—En definitiva, teniente Boxer, el Departamento de Policía de San Francisco estaría de acuerdo con la descripción que ha hecho de usted el inspector Jacobi. Es una policía estupenda.

—Protesto. Eso es un discurso.

—Gracias, Lindsay. He terminado, Su Señoría.

97

Me olvidé de Yuki en cuanto se dio la vuelta. Estaba retrocediendo en el tiempo, sintiendo el dolor de esa terrible noche. El sonido gutural de la respiración de Sam era como agua salada que caía sobre mis heridas abiertas, y la sala del tribunal como un mar de rostros que reflejaban lo que debía ser mi expresión afligida.

Distinguí a seis miembros de la familia Cabot por su parecido con Sara y Sam y la furia que reflejaban sus ojos. Y vi policías por todas partes, hombres y mujeres con los que había trabajado durante años. Mis ojos se centraron en Jacobi, que sostuvo mi mirada. Me hizo un gesto de aprobación y quise sonreír, pero Mason Broyles venía ya hacia mí.

No perdió el tiempo con formalidades.

—Teniente Boxer, cuando disparó a mi cliente y a su hermana, ¿disparó para matar?

Mientras intentaba comprender la pregunta sentí un fuerte zumbido en los oídos. *¿Había disparado para matar? Sí. Pero ¿cómo podía decir que tenía intención de matar a esos niños?*

—Lo siento, señor Broyles. ¿Podría repetir la pregunta?

—Se lo preguntaré de otro modo. Si este incidente ocurrió como dice y Sara y Sam Cabot se negaron a tirar sus armas, ¿por qué no les disparó por ejemplo en los brazos o las piernas para desarmarlos?

Vacilé intentando imaginármelo. Sara enfrente de mí en la acera. Esas balas penetrando en mi cuerpo. La caída. La conmoción. El dolor. La vergüenza.

—¿Teniente?

—Señor Broyles, disparé en defensa propia.

—Es asombroso que tuviera tan buena puntería estando borracha.

—Protesto. Está acosando a la teniente Boxer.

—Se admite la protesta. Tenga cuidado, señor Broyles.

—Sí, Señoría. No lo entiendo, teniente. Disparó dos veces sobre Sara en el corazón; un objetivo muy pequeño, ¿no le parece? ¿No podría haberle disparado para que hubiera sobrevivido? ¿Por qué no disparó sobre Sam Cabot en la mano para quitarle el arma?

—¡Señoría! Eso ya se ha respondido.

—Retiro la pregunta. Comprendemos lo que hizo, teniente —dijo Broyles en tono sarcástico—. Comprendemos *exactamente* lo que ocurrió.

98

—Segundo interrogatorio, Su Señoría —le oí decir a Yuki.

Luego se acercó a mí rápidamente y esperó a que la mirara a los ojos.

—Lindsay, cuando disparó a Sam y Sara Cabot, ¿estaba su vida en peligro?

—Sí.

—¿Cuál es el procedimiento policial adecuado para esa situación? ¿Qué dice «el manual»?

—Disparas a la masa central para reducir la amenaza, y cuando se ha reducido la amenaza dejas de disparar. Esos disparos suelen ser mortales. No puedes arriesgarte disparando a las extremidades. Podrías fallar. El tirador podría volver a disparar, y tienes que asegurarte de que no pueda hacer daño a nadie.

—¿Tenía alguna otra opción que no fuera disparar como lo hizo?

—No. Dado que fueron los Cabot quienes primero hicieron uso de sus armas mortíferas, ninguna.

—Gracias, teniente. *Ahora* comprendemos exactamente lo que ocurrió.

Me sentí aliviada cuando bajé del estrado. En cuanto me senté, oí a la jueza dar por concluida la sesión.

—Los veré a todos mañana a las nueve —dijo.

Yuki, Mickey y varios abogados de su bufete formaron un escudo a mi alrededor para salir de la sala por la puerta trasera y entrar en el Lincoln negro que nos estaba esperando en la calle Polk.

A través de los cristales tintados del coche vi a la furiosa multitud esgrimiendo carteles con mi fotografía en los que ponía «Gatillo Flojo» y «Harriet la Sucia».

—Lo has hecho muy bien, Lindsay —dijo Mickey dándome unas palmaditas en el brazo desde el asiento delantero. Pero sus ojos marrones no sonreían, y la mitad inferior de su cara parecía estar paralizada.

—No debería haber vacilado. Es que no sabía qué decir.

—No te preocupes. Ahora vamos a cenar. Yuki y yo tenemos que revisar su alegato final. Si quieres, puedes venir con nosotros.

—Si no me necesitáis, ¿por qué no me dejáis en casa de Yuki? Así podréis trabajar más tranquilos.

Agarré las llaves de Yuki y observé la ciudad que conocía tan bien a través de las ventanillas oscuras del coche. Sabía que lo había estropeado todo. Unos segundos de duda y todo el mundo me había leído la mente.

La impresión con la que se había ido ese día el jurado era que había disparado a esos niños para matarlos.

Y tenían razón, por supuesto.

Una ruidosa alarma me sacó de la pesadilla que me había atrapado. Mientras permanecía inmóvil intentando orientarme, volvió a sonar la alarma, esta vez menos estridente, menos discordante.

Cogí mi móvil de la mesilla de noche y lo abrí, pero estaba desconectado.

Despierta y de mal humor a las seis de la mañana, moví montones de cosas de Yuki en la pequeña habitación hasta que encontré mi chándal y mis zapatillas de correr. Me vestí sin hacer ruido, le puse a *Martha* el collar y la correa y salimos de Crest Royal con las primeras luces del amanecer.

Recorrí el itinerario mentalmente, segura de que podría hacer tres kilómetros de suaves colinas y zonas llanas. Luego *Martha* y yo fuimos hacia el norte por la calle Jones a paso lento mientras mis articulaciones me recordaban cuánto odiaba correr.

Solté la correa de *Martha* para que no la enrollara alrededor de mis piernas y me hiciera caer de culo. Luego me obligué a ir más rápida al bajar la cuesta de Jones, hasta que el persistente dolor de mi hombro y de mi pierna se convirtió en un malestar general de mis atrofiados músculos.

Por mucho que lo odiase, correr era lo único que me ayudaba a olvidarme del juicio porque era la mejor manera de pasar de un estado mental a otro físico más manejable. Y aunque mis tendones chirriaban, era agradable sentir las zapatillas rebotando en la acera y el sudor secándose con el aire frío mientras acababa de despuntar el día.

Seguí corriendo en dirección norte por Jones a través de la calle Vallejo hasta que llegué a la cima de Russian Hill. Justo enfrente estaba la isla de Alcatraz con su faro y la magnífica vista de la isla del Ángel.

Fue allí donde mi mente se sintió totalmete libre y mi corazón palpitó por el esfuerzo físico en vez de por miedo y estrés.

Respiré más aliviada mientras cruzaba Hyde y las endorfinas me hacían entrar en calor. A mi derecha estaba el edificio curvo de Lombard, una preciosa calle que baja por la colina hasta Leavenworth. Seguí moviendo los brazos y las piernas mientras esperaba en un semáforo en rojo, encantada de haberme adelantado a la multitud que media hora más tarde llenaría las calles y las aceras.

Cuando el semáforo se puso en verde, continué corriendo. El camino que había elegido me llevó por algunos de los edificios antiguos y las vistas más bonitas de la ciudad, aunque la niebla cubría aún una buena parte de la bahía. Cuando *Martha* y yo llegamos al borde de Chinatown, oí el chirrido de unas ruedas que me seguían de cerca.

—Señorita, tiene que poner una correa a su perro —me dijo alguien.

Tras la interrupción de mi nuevo estado de ánimo, al darme la vuelta vi un coche patrulla detrás de mí. Dejé de correr y llamé a *Martha* a mi lado.

—Dios mío. Teniente. Es usted.

—Buenos días, Nicolo —dije jadeando al joven oficial que iba en el asiento del copiloto—. Hola, Friedman —saludé al conductor.

—Estamos todos con usted, Lou —dijo Friedman—. No literalmente, claro —balbuceó—. Quiero decir que la echamos de menos.

—Gracias —sonreí—. Eso significa mucho para mí. Sobre todo hoy.

—No se preocupe por el perro, ¿vale?

—Eh, Nicolo, tenías razón la primera vez. Con la correa se queda quieta.

—¿Siguiendo las normas?

—Así soy yo.

—Buena suerte, teniente.

—Gracias, chicos.

Friedman dio las luces del coche al pasar junto a mí. Sujetando la correa de *Martha* con las dos manos para mantenerla pegada a mi cuerpo, giré en la calle Clay y volví colina arriba hacia Jones.

Cuando llegué al vestíbulo del edificio de Yuki, se habían deshecho todos los nudos de mi organismo. Unos minutos después tomé una merecida ducha de agua caliente, que fue una recompensa extraordinaria.

Me sequé con una de las inmensas toallas de Yuki y luego limpié el vaho del espejo para mirarme.

Tenía la piel rosada y los ojos transparentes. Había hecho el recorrido en un tiempo decente, incluso con la parada por la correa del perro. Estaba bien. Ganara o perdiera, seguía siendo la misma persona que había sido siempre.

Ni siquiera Mason Broyles podía quitarme eso.

100

Aparte del ruido de la dificultosa respiración de Sam Cabot, la sala estaba en silencio mientras Broyles se ponía en pie con los ojos fijos en la pantalla de su ordenador portátil, y esperaba hasta el último momento para comenzar con su alegato final.

Por fin se acercó a la tribuna del jurado, y después de saludar con su cortesía habitual, se lanzó a hablar.

—Estoy seguro de que todos sabemos que la policía tiene un trabajo duro. Para ser sincero, no es un trabajo que me gustaría hacer. La policía trata con gente violenta y situaciones desagradables continuamente, y tienen que tomar decisiones difíciles en décimas de segundo todos los días.

»Ésas son las condiciones del trabajo que la teniente Lindsay Boxer aceptó cuando recibió su placa. Prometió hacer respetar la ley y proteger a los ciudadanos.

»Y es indiscutible que no se pueden hacer bien esas cosas cuando se está borracho.

Desde el fondo de la sala, alguien le pisó el discurso con un ataque de tos. Broyles se quedó quieto con las manos en los bolsillos y esperó pacientemente a que se le pasara.

Cuando se restableció el silencio continuó en el punto donde lo había dejado.

—Todos oímos ayer la declaración de la teniente Boxer, y a mí me parece interesante que niegue lo que no puede reconocer y reconozca lo que no puede negar.

»La teniente Boxer niega que fuera un error haber montado en ese coche y haber actuado como oficial de policía después de haber bebido. Pero tiene que reconocer que no siguió el reglamento. Y tiene que reconocer que mató a Sara Cabot y destruyó la vida de Sam Cabot.

»Damas y caballeros, existe un reglamento policial para evitar sucesos mortales como el que ocurrió la noche del diez de mayo.

»Ese reglamento no se ha hecho después de que ocurriera este trágico incidente. Ha estado vigente durante decenios por una razón. Todos los policías vivos saben que hay que acercarse a un vehículo sospechoso con el arma desenfundada para demostrar a la persona a la que te acercas que vas en serio.

»Y hay que desarmar a los sospechosos para que nadie resulte herido.

Broyles regresó a su mesa y bebió agua de un vaso alto. Quería levantarme y decirle que estaba pervirtiendo la verdad, pero en vez de eso le observé mientras se volvía hacia las cámaras antes de acercarse de nuevo a los miembros del jurado, que parecían transfigurados por lo que estaba diciendo.

—Sam y Sara Cabot eran jóvenes y arrogantes, y se tomaron libertades con la ley. Cogieron el coche de su padre sin permiso y huyeron de la policía. Les faltaba madurez y sentido común. Y eso para mí significa que, a pesar de su inteligencia, necesitaban más protección que un adulto en una situación similar.

»Y la teniente Boxer no les ofreció esa protección porque no siguió las normas policiales más básicas. Decidió servir y proteger estando ebria.

»Como resultado de esa decisión, una joven excepcional está muerta, y un joven que podía haber sido lo que quisiera, va a estar sentado en una silla de ruedas el resto de su vida.

Mason Broyles juntó las manos adoptando una pose oratoria que resultó conmovedora. Luego cogió aire y lo soltó, susurrando casi su pesarosa conclusión al jurado.

—No podemos recuperar a Sara Cabot —dijo—. Y ya han visto lo que queda de la vida de Sam. Nuestro sistema legal no puede revertir el daño que se ha hecho a estos niños, pero puede compensar a Sam Cabot y a sus padres por su pérdida y su sufrimiento.

»Damas y caballeros del jurado, les pido que hagan lo correcto y compensen a mi cliente con ciento cincuenta millones de dólares.

»No lo hagan sólo por la familia Cabot.

»Háganlo por su familia y la mía, por todas las familias y todas las personas de nuestra ciudad.

»Declarar a la acusada culpable es el único modo de asegurarnos de que no vuelva a ocurrir una tragedia como ésta.

101

Yuki cerró su libreta y salió al centro de la sala. Luego volvió su bonita cara hacia el jurado y saludó a sus miembros. Yo apreté las manos e intenté olvidarme del poderoso alegato final de Mason Broyles.

—Éste es un caso muy emocional —dijo Yuki—. Por un lado tenemos una tragedia que permanecerá con la familia Cabot para siempre.

»Por otro lado, una policía extraordinaria ha sido acusada injustamente de provocar este incidente.

»Como este caso es tan emocional, y los hermanos Cabot son y eran tan jóvenes, quiero volver a plantear los hechos, porque es obligación de ustedes tomar una decisión basándose en hechos, no en emociones.

»Es un hecho que si una policía quiere tomar un par de margaritas un viernes por la noche cuando no está de servicio, no tiene nada de malo. Los policías también son personas. Y puesto que hay oficiales de policía a disposición del público veinticuatro horas al día, la teniente Boxer podría haberle dicho al inspector Jacobi que estaba ocupada.

»Pero a esta oficial le importaba su trabajo y fue más allá de su sentido del deber, y al hacerlo se arriesgó mucho.

»Han oído a los demandantes decir una y otra vez que la teniente Boxer estaba borracha. La verdad es que no estaba ebria. Y aunque el consumo de alcohol pudo haber sido una *condición* en este incidente, no fue la *causa*.

»No pierdan de vista esta distinción, por favor.

»La teniente Boxer no cometió un error de juicio la noche del diez de mayo porque sus reacciones fueran lentas o porque no pensara con claridad. Si la teniente Boxer hizo algo mal esa noche fue mostrar demasiada compasión por los demandantes.

»Los causantes de la muerte y las lesiones de Sara y Sam Cabot fueron ellos mismos, dos niños ricos y mimados que esa noche no tenían nada mejor que hacer que salir y causar daño y sufrimiento a otras personas, y en última instancia a sí mismos.

»Damas y caballeros, Sam y Sara Cabot provocaron los sucesos del diez de mayo con su comportamiento temerario. Fueron ellos quienes primero usaron sus armas, no la teniente Boxer. Y ése es un hecho crucial.

Yuki hizo una pausa, y durante un segundo terrible pensé que había perdido el hilo de su exposición final. Levantó las perlas de su blusa de seda y pasó los dedos por ellas. Luego se volvió de nuevo hacia el jurado y me di cuenta de que sólo estaba ordenando sus ideas.

—Normalmente, cuando un policía va a juicio, es por un asunto como el de Rodney King o Abner Louima. Por apretar el gatillo demasiado rápido, dar una paliza a alguien o abusar de su autoridad.

»A Lindsay Boxer se la acusa de hacer precisamente lo contrario. Enfundó su arma porque los hermanos Cabot parecían indefensos, y de hecho estaban en peligro. Y la acusación quiere convertir su gesto humanitario hacia esos niños en una infracción del reglamento policial.

»Perdónenme, pero eso es una tontería.

»La teniente Boxer siguió el reglamento policial cuando se acercó al coche con el arma desenfundada. Luego, al ver que Sam Cabot estaba herido, prestó ayuda a las víctimas de un accidente de coche.

»Eso era lo que debía hacer.

»El inspector Jacobi, otro policía extraordinario con más de veinticinco años de experiencia, hizo lo mismo. Ya le han oído. Enfundó su arma. Cuando él y la teniente Boxer sacaron a los hermanos Cabot del vehículo, intentó conseguirles asistencia médica.

»¿No es eso lo que todos ustedes esperarían de la policía si tuviesen un accidente? ¿Si hubiesen sido sus hijos?

»Pero en vez de dar las gracias a estos oficiales, los hermanos Cabot les dispararon con sus armas. Sam pegó una patada al inspector Jacobi en la cabeza después de dispararle. ¿Se debió su agresión malévola y potencialmente letal a que habían consumido drogas? ¿O tenían verdadera intención de matarlos?

»No lo sabemos.

»Pero sí sabemos que la teniente Boxer disparó en defensa propia. Eso es un hecho. Y defenderse, damas y caballeros, es un procedimiento policial adecuado.

»La teniente Boxer les ha dicho que daría cualquier cosa porque Sara Cabot estuviese viva y este joven pudiera mover todo su cuerpo.

»Pero el hecho es que los sucesos del diez de mayo no ocurrieron porque Lindsay Boxer provocara un tiroteo. Ella intentó impedirlo.

Sentí un arrebato de gratitud que me emocionó. Dios mío, con cuánta vehemencia me estaba defendiendo. Me mordí el labio inferior y observé a Yuki mientras terminaba su exposición.

—Damas y caballeros del jurado, esta semana han tenido mucha paciencia con tantas declaraciones y el acoso de los medios de comunicación. Sé que están deseando retirarse a deliberar.

»Les pedimos que declaren a la teniente Lindsay Boxer culpable de ser el tipo de policía del que deberíamos estar orgullosos: compasiva, dedicada y altruista.

»Y les pedimos que la declaren inocente de los cargos ultrajantes que se han presentado contra ella.

102

—¿Qué te parece si hoy salimos por la puerta principal? —dijo Mickey agarrándome el brazo—. Hoy es viernes. El caso estará paralizado durante todo el fin de semana, y eso me hace pensar que es un buen momento para «encontrarse con la prensa».

Después de llegar al vestíbulo, bajamos por las escaleras de mármol a McAllister. La esquina del Palacio de Justicia está cortada en ángulo, de forma que el edificio da al amplio cruce y al cuidado parque que hay frente a la plaza del Civic Center.

En contraste con la oscuridad del interior, el sol era cegador. Y, como había sucedido desde el comienzo del juicio, la calle McAllister estaba tan abarrotada que no se veía más allá de las furgonetas de la prensa y la televisión que se alineaban en las aceras.

Era como el escenario exterior del juicio por asesinato contra el famoso jugador de fútbol americano O. J. Simpson. El mismo tipo de locura alimentada por la adrenalina que enmascaraba la verdad. Este juicio no merecía ese despliegue mediático. La presencia de los medios de comunicación estaba relacionada con los índices de audiencia y las cifras millonarias en publicidad. Sea como fuere, el objetivo de todo aquello era yo.

Como perros de presa, los de la prensa me rodearon en cuanto me vieron. Mickey tenía su discurso preparado, pero no llegó a pronunciarlo.

—¿Cuánto tiempo cree que estará reunido el jurado, señor Sherman?

—No lo sé, pero tarde lo que tarde estoy seguro de que declarará a la teniente Boxer inocente de todos los cargos que se le imputan.

—Teniente Boxer, si el jurado falla en su contra...

—Es muy poco probable que suceda eso —respondió Yuki por mí.

—Señorita Castellano, éste es su primer caso de alto nivel. ¿Cómo cree que lo ha hecho?

A quince metros comenzó a formarse otra aglomeración alrededor de Mason Broyles, sus clientes y sus ayudantes. Las cámaras estuvieron rodando mientras la asistente bajaba a Sam Cabot por una rampa de madera y le metía en una furgoneta. Los reporteros siguieron a Sam lanzándole preguntas, y su padre hizo todo lo posible para proteger al muchacho.

Divisé a Cindy en medio de la multitud, que estaba abriéndose paso a empujones para intentar acercarse a mí. Por eso no presté mucha atención a Mickey cuando respondió a su móvil.

Luego me puso la mano en el hombro con la cara gris.

—Me acaban de llamar de la secretaría del juzgado —me gritó al oído—. El jurado tiene un par de preguntas.

Nos abrimos paso entre la gente hasta el coche de Mickey, que nos estaba esperando en la calle. Yuki y yo nos montamos en el asiento trasero, y Mickey se sentó delante junto a su chófer.

—¿Qué querían saber? —preguntó Yuki en cuanto se cerraron las puertas y el coche comenzó a andar despacio entre la multitud hacia Redwood.

—Quieren ver las pruebas del consumo de alcohol de Lindsay —dijo Mickey volviéndose hacia nosotras.

—Dios mío —exclamó Yuki—. ¿Cómo pueden estar aún con eso?

—¿Qué más? —pregunté con impaciencia—. Has dicho que había dos cosas.

Mickey vaciló. No quería decírmelo, pero tenía que hacerlo.

—Querían saber si había un límite de dinero para conceder a los demandantes —dijo.

103

Fue una conmoción visceral que se extendió desde el plexo solar por todo mi cuerpo. Sentí que se me caía el estómago y me subía la bilis a la garganta. Me había imaginado perdiendo ese caso con fabulosas consecuencias teóricas: trabajando en mercados callejeros, leyendo libros en una casa con vistas a la playa. Pero no había tenido en cuenta el impacto emocional que podría sufrir.

—Dios mío —exclamó Yuki junto a mí—. Es culpa mía. No debería haber dicho «que la declaren culpable de ser una policía estupenda». Pensé que era una buena idea, pero me he equivocado.

—Has hecho un trabajo magnífico —dije con tono cansado—. Esto no tiene nada que ver con lo que has dicho.

Me rodeé con los brazos y bajé la cabeza. Mickey, que estaba hablando con Yuki, le aseguró que no se había dicho aún la última palabra, pero la voz de mi mente, como un disco rallado, no dejaba de repetir una pregunta.

¿Cómo ha podido suceder esto?

¿Cómo ha podido suceder esto?

104

Cuando volví a conectar con la conversación del coche, Mickey le estaba explicando algo a Yuki.

—La jueza les ha dado los papeles del hospital y la transcripción de la enfermera. Y les ha dicho que no se preocupen por limitar la compensación. Ése es su trabajo.

Mickey se pasó la mano por la cara con un gesto de exasperación.

—Yuki, has hecho un trabajo fantástico, te lo digo en serio. No puedo creer que el jurado se haya tragado la farsa de Mason Broyles —dijo—. No me lo creo. No sé qué podríamos haber hecho mejor.

En ese momento sonó el móvil de Yuki.

—El jurado ha vuelto —dijo. Cerró el teléfono y lo apretó hasta que se le quedaron los nudillos blancos—. Tienen un veredicto.

Me quedé paralizada. Vi la palabra veredicto delante de mí e intenté analizarla, buscando entre las letras y las sílabas alguna esperanza. Sabía por mi experiencia en los tribunales que la raíz latina de la palabra veredicto significaba decir la verdad.

¿Sería ese veredicto la verdad?

Eso pensaría la gente de San Francisco.

Mickey ordenó a su chófer que diera la vuelta, y unos minutos después estaba diciendo «No hay comentarios, por favor» y siguiendo a Yuki y a Mickey entre la multitud para entrar de nuevo en el Palacio de Justicia.

Ocupamos nuestros asientos en la sala B mientras la oposición ocupaba los suyos.

Entonces oí mi nombre como si viniera de otro mundo, y giré la cabeza para mirar detrás de mí.

—¡Joe!

—Acabo de llegar, Lindsay. He venido derecho del aeropuerto.

Durante unos breves instantes entrelazamos nuestros dedos entre los hombros de la gente que estaba sentada detrás de mí. Luego tuve que soltarle y darme la vuelta.

A ambos lados de la sala los operadores de televisión enfocaron sus cámaras. Luego, sólo una hora aproximadamente después de haber salido de allí, volvieron a entrar la jueza y el jurado y se reanudó la sesión.

105

Los miembros del jurado tardaron un rato en dejar sus bolsos y acomodarse en sus asientos. Cuando por fin centraron su atención, me di cuenta de que sólo dos de ellos me habían mirado.

Escuché consternada mientras la jueza preguntaba al jurado si tenían ya un veredicto. Entonces el presidente, un afroamericano de cincuenta y tantos años llamado Arnold Benoit, se estiró las arrugas de su chaqueta antes de hablar.

—Lo tenemos, Su Señoría.

—Pase el veredicto al alguacil, por favor.

Al otro lado del pasillo la respiración de Sam Cabot se aceleró igual que la mía mientras la jueza abría la hoja doblada de papel.

Después de echar un vistazo, sin expresión alguna se la pasó de nuevo al alguacil, que se la devolvió al presidente del jurado.

—Advierto al público que no reaccione ante lo que diga el presidente —dijo la jueza—. Muy bien, señor presidente. Lea el veredicto, por favor.

El presidente del jurado sacó unas gafas del bolsillo de su chaqueta, las abrió y se las puso en la nariz antes de comenzar a leer.

—El jurado de la demanda mencionada anteriormente declara a la acusada, la teniente Lindsay Boxer, no culpable de los cargos presentados contra ella.

—¿Están todos de acuerdo?

—Lo estamos.

Estaba tan aturdida que no sabía si había oído bien. Y al repetir la afirmación en mi mente, esperaba que la jueza invalidara lo que acababa de decir el presidente del jurado.

Yuki me agarró la muñeca con fuerza, y cuando vi la sonrisa que iluminó su cara me di cuenta de que no eran imaginaciones mías. El jurado había fallado a mi favor.

—¡No! ¡No pueden hacer eso! —gritó una voz.

Era Andrew Cabot, que estaba de pie agarrado al respaldo del asiento donde estaba sentado Mason Broyles con la cara pálida y muy seria.

Broyles pidió que se comprobaran los votos del jurado, y la jueza accedió.

—Cuando oigan el número de su asiento, digan al tribunal qué han votado, por favor —dijo la jueza Achacoso.

Los jurados hablaron uno a uno.

—No culpable.

—No culpable.

—No culpable…

Había oído esa expresión, pero no estoy segura de haberla entendido hasta ese momento. Con los brazos de mis abogados a mi alrededor, sentí una sensación de alivio tan grande que era una dimensión en sí misma. Es posible que esa sensación estuviera reservada para momentos de redención como ése.

Era libre, y mi corazón alzó el vuelo.

QUINTA PARTE

MAULLIDOS DE GATOS

106

Cuando *Martha* y yo salimos de mi apartamento para irnos de San Francisco, el cielo estaba muy gris. Encendí la radio del coche, puse el parte meteorológico y escuché a medias mientras frenaba y avanzaba en medio del denso tráfico habitual.

Mientras iba por la calle Potrero pensé en el comisario Tracchio. Cuando nos encontramos en el Palacio de Justicia el día anterior, me pidió que volviera a trabajar, y yo me puse tan nerviosa como si me hubiera pedido una cita.

Lo único que tenía que hacer era estrecharle la mano para confirmarlo.

Si lo hubiera hecho, esa mañana habría ido a la comisaría, habría pronunciado un discurso a las tropas sobre seguir adelante y me habría sumergido en la montaña de papeles de mi mesa. Habría recuperado el mando.

Pero rechacé la oferta.

—Todavía me quedan vacaciones, comisario, y necesito tomármelas.

Dijo que lo entendía, pero no era muy probable. Yo no sabía aún qué quería hacer con mi vida, y tenía la sensación de que no lo sabría hasta que llegara al fondo de los asesinatos de Half Moon Bay.

Esos homicidios sin resolver eran ya una parte de mí.

Mi intuición me decía que si hacía lo que sabía hacer, si perseveraba, encontraría al hijo de perra que había matado a mi John Doe y a todos los demás John Does.

Ahora mismo eso era la única que me importaba.

Cogí la 280 hacia el sur y, una vez fuera de la ciudad, bajé las ventanillas y cambié de emisora.

A las diez de la mañana tenía el pelo sobre la cara, y Sue Hall estaba poniendo mis discos antiguos favoritos en la 99.7 FM.

—Hoy no llueve —ronroneó—. Es uno de julio, un bonito día gris de San Francisco con una niebla perlada. Pero nos gusta la niebla de San Francisco, ¿verdad que sí?

Luego comenzó a sonar la canción perfecta: *«Fly Like an Eagle»*. Sí, vuela como un águila.

Mientras cantaba a voz en cuello, mi sangre se llenaba de oxígeno y mi estado de ánimo traspasaba la capa de ozono.

Era libre.

El terrible juicio estaba aún en mi retrovisor, y de repente mi futuro estaba tan despejado como la carretera que tenía por delante.

A treinta kilómetros de la ciudad, *Martha* necesitaba un pequeño descanso, así que paré en el aparcamiento de un Taco Bell en Pacífica. Era una choza de madera construida en los años sesenta antes de que las autoridades se enteraran de lo que estaba ocurriendo. Y allí estaba ahora uno de los edificios más vulgares del mundo en uno de los lugares más bellos de la costa.

A diferencia de la mayor parte de la autovía, que circulaba a bastante altura sobre el océano, el aparcamiento del restaurante de comida rápida estaba al nivel del mar. Una hilera de rocas separaba el asfalto de la playa, y más allá fluía el Pacífico sobre la línea del horizonte.

Compré un churro de azúcar y canela y un café solo y me senté en las rocas. Luego observé a los surfistas con tatuajes que surcaban las olas, mientras *Martha* corría por la luminosa arena gris hasta que el sol quemó casi la niebla.

Cuando ese gran momento quedó grabado en mi memoria, llamé a *Martha* para que volviera al coche. Veinte minutos después llegamos a las afueras de Half Moon Bay.

Entré en el garaje El Hombre en la Luna y toqué el claxon hasta que Keith salió de su oficina. Se levantó la gorra de béisbol, sacudió su pelo dorado, volvió a ponerse la gorra y me sonrió mientras se acercaba a mí lentamente.

—Bueno, bueno. Mira quién está aquí. La mujer del año —dijo Keith poniendo la mano sobre la cabeza de *Martha*.

—¿Te refieres a mí? —dije riéndome—. No sabes cómo me alegro de que se haya acabado.

—Lo comprendo. Vi a ese Sam Cabot en las noticias. Daba tanta lástima que estaba asustado por ti, Lindsay, pero eso es ya agua pasada. Supongo que debo felicitarte.

Le di las gracias por su interés y le pedí que me llenara el depósito. Mientras tanto cogí una varilla de goma de un cubo y limpié el parabrisas.

—¿Qué haces por aquí, Lindsay? ¿No tienes que volver a trabajar en la gran ciudad?

—Todavía no. Ya sabes, no estoy preparada aún…

Mientras estaba hablando, pasó por el cruce un coche rojo. El conductor redujo la velocidad y me miró antes de volver a acelerar por la calle Main.

No llevaba ni cinco minutos allí y ya tenía a Dennis Agnew pegado a mis talones.

—Dejé el Bonneville en casa de mi hermana —dije mientras observaba la estela del Porsche—. Y tengo un pequeño asunto pendiente.

Al darse la vuelta, Keith vio que estaba mirando cómo desaparecía el Porsche de Agnew calle abajo.

—No lo he entendido nunca —dijo metiendo la manguera de la gasolina en el depósito y moviendo la cabeza. A medida que el surtidor medía los galones, sonaba una campanilla—. Es un auténtico macarra. No entiendo por qué a las mujeres les atraen tanto los problemas.

—¿Me estás tomando el pelo? —dije—. ¿Crees que me interesa ese tipo?

—¿Ah, no?

—Mucho, pero no como te imaginas. Mi interés por Dennis Agnew es puramente profesional.

Mientras íbamos hacia casa de Cat, *Martha* no dejó de moverse de un lado a otro y de ladrar como una loca. Y cuando aparqué en el camino de entrada, saltó por la ventanilla abierta del coche y corrió a la puerta principal, donde se quedó meneando la cola y aullando.

—Tranquila, *Boo* —dije—. Cálmate un poco.

Cuando metí la llave en la cerradura y abrí la puerta, *Martha* entró corriendo.

Llamé a Joe y le dejé un mensaje: «Eh, Molinari, estoy en casa de Cat. Llámame cuando puedas». Luego le dejé un mensaje a Carolee para decirle que ella y Allison podían descansar en su papel de cuidadoras de cerdos.

Me pasé el día pensando en los asesinatos de Half Moon Bay mientras limpiaba la casa. Después preparé unos espaguetis y unos guisantes para cenar y tomé nota mentalmente para hacer algunas compras por la mañana.

Luego llevé mi ordenador portátil a la habitación de mis sobrinas y lo puse sobre la mesa. Me di cuenta de que las hojas de las batatas caían un poco más sobre el alféizar, pero las notas que Joe y yo habíamos clavado en el tablero de corcho estaban exactamente igual.

El esquema en el que habíamos detallado las circunstancias de la muerte de los Whittaker, los Daltry, los Sarducci y los O'Malley seguía sin llevarnos a ninguna parte. Y mi John Doe permanecía solo en una esquina.

Encendí mi ordenador y entré en la base de datos del Programa de Detención de Criminales Violentos del FBI, una web nacional con un objetivo: ayudar a los agentes de la ley a conectar trozos dispersos de información relacionada con asesinatos en serie. La web tenía un sistema de búsqueda rápida, y siempre estaban llegando nuevos datos enviados por policías de todo el país.

Luego comencé a teclear palabras clave que pudieran hacer girar la rueda y encajar algunas respuestas.

Probé con todas: azotamientos *cum-morte*, parejas asesinadas en la cama y, por supuesto, cuellos degollados, que generó un aluvión de información. Demasiada.

Al cabo de unas horas se me empezó a nublar la vista, así que apagué el ordenador y me tumbé en una de las camas de mis sobrinas para descansar un rato.

Cuando me desperté, fuera era de noche. Me sentía como si algo me hubiera despertado. Un pequeño ruido extraño. Según el reloj del vídeo de las niñas eran las 2.17 de la madrugada, y tenía una rara sensación que no acababa de comprender, como si me estuvieran vigilando.

Al parpadear en la oscuridad vi pasar una mancha roja por delante de mis ojos. Era la imagen retardada de ese Porsche rojo, que me hizo recordar los desagradables encuentros que había tenido con Agnew. Los enfrentamientos en el Cormorán y en el garaje de Keith y el incidente con el coche en la carretera.

Estaba pensando aún en Agnew. Era lo único que explicaba aquella sensación que tenía de que me estaban vigilando.

Cuando estaba a punto de levantarme e ir a mi habitación para seguir durmiendo, unos disparos y un ruido de cristales rotos alteraron la quietud de la noche.

Los trozos de vidrio de la ventana cayeron a mi alrededor.

¡Mi pistola! ¿Dónde diablos estaba mi pistola?

109

Los reflejos de *Martha* fueron más rápidos que los míos. Saltó de la cama y se metió debajo de ella. Yo la seguí inmediatamente, rodando por el suelo mientras intentaba recordar dónde había puesto mi pistola.

Entonces me di cuenta.

Estaba en mi bolso en la sala de estar, y el teléfono más cercano también estaba allí. ¿Cómo podía ser tan vulnerable? ¿Iba a morir atrapada en esa habitación? El corazón me latía con tanta fuerza que me dolía.

Levanté la cabeza unos centímetros del suelo e hice inventario con la tenue luz verde del reloj del vídeo.

Me fijé en todas las superficies y los objetos de la habitación para buscar algo, cualquier cosa, que pudiera usar para defenderme.

Aquello estaba lleno de animales de peluche y muñecas, pero no había ni un bate de béisbol ni un palo de hockey, nada que pudiera utilizar en una pelea. Ni siquiera podía lanzar la televisión, porque estaba sujeta a la pared.

Me arrastré por el duro suelo de madera sobre mis antebrazos, me levanté un poco y cerré la puerta de la habitación.

En ese momento se oyó otra ráfaga de disparos de un arma automática que barrió la parte delantera de la casa, alcanzando sobre todo la sala de estar y el cuarto de invitados al final del pasillo. Entonces comprendí la verdadera intención del ataque.

Yo podía —y debería— haber estado durmiendo en esa habitación.

Avancé un poco sobre mi estómago, agarré la pata de una silla de madera, la incliné hacia atrás y encajé el respaldo debajo del pomo de la puerta. Luego cogí la silla gemela y la golpeé contra el tocador.

Con un trozo de pata de madera en la mano, me agaché con la espalda pegada a la pared.

Era patético. Dejando a un lado el perro que estaba debajo de la cama, mi única arma para defenderme era la pata de una silla.

Si alguien entrase por la puerta con intención de matarme, ya estaría muerta.

110

Mientras esperaba oír pasos fuera de la habitación, me imaginé que la puerta se abría de una patada y yo golpeaba al intruso con la pata de la silla y lo dejaba sin conocimiento.

Pero a medida que pasaban los minutos en el reloj del vídeo y se prolongaba el silencio, mi nivel de adrenalina descendió, y entonces empecé a estar furiosa.

Me levanté y escuché junto a la puerta. Al no oír nada la abrí y avancé por el largo pasillo utilizando las puertas y las paredes como protección.

Cuando llegué a la sala de estar, cogí mi bolso del sofá donde estaba apoyado. Luego metí la mano y la cerré sobre mi pistola.

Gracias a Dios.

Mientras llamaba a la policía, miré entre las rendijas de las persianas. La calle estaba vacía, pero me pareció ver algo brillante en el jardín. ¿Qué era aquello?

Le dije a la radioperadora mi nombre, rango y número de placa, y que había habido disparos en el 265 de Sea View.

—¿Hay algún herido?

—No, estoy bien, pero debería informar al comisario Stark.

—Ya está informado, teniente. La patrulla va de camino.

111

Oí sirenas y vi luces intermitentes acercándose a Sea View. Cuando llegó el primer coche patrulla abrí la puerta, y *Martha* salió corriendo. Se acercó a un objeto con forma de serpiente que había en el césped y lo olfateó.

—¿Qué has encontrado, *Martha*? ¿Qué es eso?

En cuanto me agaché junto a *Martha*, el comisario Peter Stark salió de su coche. Vino hacia mí con una linterna y se arrodilló a mi lado.

—¿Está bien?

—Sí, estoy bien.

—¿Es esto lo que creo que es? —preguntó.

Miramos juntos un cinturón de hombre de cuero marrón con una hebilla plateada, que mediría un metro de largo y centímetro y medio de ancho aproximadamente. Era un cinturón tan corriente que era muy probable que la mitad de la población del estado tuviese uno igual en su armario.

Pero éste en particular parecía tener unas manchas rojizas en la parte metálica.

—¿No sería estupendo —le dije al comisario Stark negándome a pensar en el terror de los últimos minutos y en que esos disparos eran para mí—, que este cinturón fuera una prueba?

112

Había tres coches patrulla aparcados junto a la acera con las radios crepitando. A lo largo de toda la calle se encendieron luces, y la gente salió a las puertas en bata y pijama, o pantalón corto y camiseta, con el pelo revuelto y el miedo reflejado en sus caras somnolientas.

El jardín de Cat estaba iluminado por los focos de los coches, y a medida que los policías salían de los vehículos consultaban al comisario antes de desplegarse. Un par de agentes uniformados comenzaron a recoger casquillos de bala, y una pareja de detectives empezó a interrogar a los vecinos.

Yo llevé a Stark al interior de la casa, y juntos examinamos los cristales rotos, los muebles astillados y el cabecero de «mi» habitación lleno de balas.

—¿Alguna idea de quién ha podido hacer esto? —me preguntó Stark.

—Ninguna —respondí—. Mi coche está en el camino de entrada donde cualquiera puede verlo, pero yo no le he dicho a nadie que estaría aquí.

—¿Y por qué está aquí, teniente?

Cuando estaba considerando la mejor manera de responder a eso, oí a Allison y Carolee gritar mi nombre. Un joven policía con las orejas de soplillo asomó la cabeza por la puerta y le dijo a Stark que tenía visitas.

—No pueden entrar aquí —dijo Stark—. Dios mío, ¿es que no hay nadie acordonando la calle?

El policía uniformado se sonrojó mientras negaba con la cabeza.

—¿Y por qué no? Regla número uno: *Controlar el escenario del crimen.* ¿A qué están esperando?

Seguí al policía hasta la puerta, donde Carolee y Allison me dieron un reconfortante abrazo en dos alturas.

—Uno de mis chicos escucha la radio de la policía —dijo Carolee—. He venido en cuanto me he enterado. Dios mío, Lindsay. Tus brazos.

Al mirar hacia abajo vi que los cristales me habían hecho algunos cortes en los antebrazos, y tenía la camisa manchada de sangre.

Parecía mucho más grave de lo que era.

—Estoy bien —le dije a Carolee—. Sólo son unos rasguños.

—No pensarás quedarte aquí, ¿verdad, Lindsay? Porque sería una locura —dijo Carolee reflejando en su cara lo asustada que estaba—. En casa tengo un montón de sitio para ti.

—Buena idea —dijo Stark acercándose por detrás—. Váyase con su amiga. He llamado a los técnicos del laboratorio de criminología, y van a estar registrándolo todo y recogiendo pruebas el resto de la noche.

—Estaré bien aquí —le dije—. Ésta es la casa de mi hermana. No voy a marcharme.

—Muy bien. Pero no olvide que éste es nuestro caso, teniente. Sigue estando fuera de su jurisdicción. No intente hacerse la lista con nosotros, ¿vale?

—¿Hacerme la lista? ¿Con quién se cree que está hablando?

—Mire, lo siento, pero alguien ha intentado matarla.

—Gracias. Ya me había dado cuenta.

El comisario se aplastó el pelo con la mano.

—Dejaré un coche patrulla fuera toda la noche. Quizás incluso más tiempo.

Mientras me despedía de Carolee y Allison, el comisario fue a su coche y volvió con una bolsa de papel. Mientras intentaba meter el cinturón en la bolsa con un bolígrafo, yo cerré la puerta con toda mi dignidad.

Me fui a la cama, pero no podía dormir. Había policías yendo y viniendo por la casa, dando portazos y riéndose, y además mi cabeza no dejaba de dar vueltas.

Acaricié a *Martha* con aire distraído mientras temblaba junto a mí. Alguien había tiroteado esa casa y había dejado una tarjeta de visita.

¿Era una advertencia para que me mantuviera alejada de Half Moon Bay?

¿O habían intentado matarme de verdad?

¿Qué pasaría cuando se enteraran de que estaba viva?

113

Un rayo de sol que entraba por la ventana en un ángulo extraño me hizo abrir los ojos. Vi un papel pintado azul, una foto de mi madre sobre el tocador, y de repente todo encajó.

Estaba en la cama de Cat. A las dos de la mañana un montón de balas perforaron el cabecero del cuarto de invitados sólo un poco por encima de donde debería haber estado mi cabeza.

Martha me empujó la mano con su nariz húmeda hasta que saqué los pies de la cama. Luego me puse unos vaqueros de Cat y una blusa escotada de color coral con volantes que decididamente no era mi estilo.

Me pasé un peine por el pelo, me lavé los dientes y salí a la sala de estar.

Los técnicos del laboratorio de criminología aún estaban sacando balas de las paredes, así que hice café y tostadas para todos y les pregunté algunas cuestiones básicas.

Habían disparado doce balas de nueve milímetros que estaban repartidas por la sala de estar y el cuarto de invitados, una de las cuales había entrado por la ventana de la habitación de las niñas. Habían etiquetado los proyectiles, fotografiado los agujeros, y el equipo forense estaba recogiendo pruebas. En una hora enviarían todo al laboratorio.

—¿Se encuentra bien, teniente? —preguntó uno de los técnicos, un tipo alto de treinta y tantos años con unos enormes ojos de color avellana y una amplia sonrisa.

Al mirar a mi alrededor, vi polvo y cristales rotos por todas partes.

—No. Esto me pone enferma —dije—. Tengo que barrer, arreglar las ventanas, hacer algo con este lío.

—Por cierto, soy Artie —dijo el técnico tendiendo la mano.

—Encantada de conocerte —contesté estrechándosela.

—Mi tío Chris tiene una franquicia de Disaster Master. ¿Quiere que le llame? Puede dejarle esto limpio en un abrir y cerrar de ojos. Quiero decir que no tendrá que esperar, teniente. Usted es uno de nosotros.

Le di las gracias a Artie y acepté su oferta. Luego cogí mi bolso y salí con *Martha* por detrás. Después de dar de comer a la cerda, di la vuelta hasta el coche patrulla que estaba en la parte delantera y agaché la cabeza a la altura de la ventanilla.

—¿Noonan, verdad?

—Sí, señora.

—¿Aún de guardia?

—Sí, señora. Estaremos aquí un rato. Toda la brigada está pendiente de usted, teniente. El comisario y todos nosotros. Esto tiene muy mala pinta.

—Agradezco su interés.

Y era cierto. Con la luz del día el tiroteo parecía más real. Alguien había pasado por esa tranquila calle barriendo la casa de Cat con un arma automática.

Estaba alterada, y mientras no recuperara la compostura, tenía que irme de allí. Agité las llaves del coche y

Martha empezó a mover la cola rápidamente con las orejas bajas.

—Necesitamos comida —le dije—. ¿Qué te parece si sacamos el Bonneville a dar un paseo?

114

Martha saltó al asiento delantero del «barco dorado». Yo me puse el cinturón de seguridad y giré la llave de contacto. Cuando el motor arrancó al segundo intento, enfilé el aristocrático morro del Bonneville hacia el pueblo.

Iba a la tienda de comestibles de la calle Main, pero mientras avanzaba por las calles sombreadas del barrio de Cat, vi un Taurus sedán azul a través del espejo retrovisor. Parecía retrasarse deliberadamente, pero se mantenía detrás de mí.

Volví a sentir esa desagradable sensación de que alguien me vigilaba.

¿Me estaban siguiendo?

¿O me encontraba en un estado en el que me veía como un blanco en una barraca de tiro?

Crucé por la calle Magnolia para ir a Main y pasé a toda velocidad por delante de las pequeñas tiendas: el Music Hut, el Moon News, el Feed & Fuel. Quería convencerme de que no tenía ningún motivo para preocuparme, pero cada vez que perdía al Taurus durante una o dos manzanas, volvía a estar detrás de mí en la siguiente curva.

—Agárrate bien. Vamos a dar un paseo —le dije a *Martha*, que estaba sonriendo al viento.

Hacia el final de Main me desvié a la derecha para coger la 92, el cordón umbilical de Half Moon Bay con el resto de California.

El tráfico circulaba con rapidez en esa sinuosa carretera de dos carriles, y me uní a una cadena de coches casi topándose que iban a ochenta en un tramo con un límite de velocidad de cuarenta kilómetros por hora. La doble línea amarilla impedía adelantar durante ocho kilómetros en la zona donde la 92 cruzaba el pantano para luego enlazar con la autovía.

Seguí conduciendo sin prestar apenas atención a la ladera cubierta de maleza de mi izquierda y el precipicio de seis metros de profundidad que había a mi derecha. Tres coches por detrás, el sedán azul no me perdía de vista.

No estaba loca. Me estaban siguiendo.

¿Era una táctica para asustarme?

¿O estaba el tirador dentro del coche esperando una oportunidad para disparar?

El final de la 92 confluía con la Skyline, y a la derecha había una zona de descanso con cinco mesas de picnic y un aparcamiento de grava.

Sin poner el intermitente, giré el volante a la derecha de repente. Quería salir de la carretera y dejar que me pasara el Taurus para verle la cara y la matrícula y perderle de vista.

Pero en vez de agarrarse al suelo como habría hecho mi Explorer, el Bonneville culebreó sobre la grava, volvió a la carretera y cruzó la doble línea amarilla hasta el carril contrario.

El Taurus debió pasarme, pero no le vi.

Mientras el coche estaba patinando, se apagaron las luces del salpicadero.

Me quedé sin dirección asistida y sin frenos, el alternador dejó de funcionar, el motor empezó a calentarse y yo no paraba de patinar en medio de la calzada.

Pisé el freno repetidas veces, y una furgoneta negra se desvió para no chocar conmigo. El conductor tocó el claxon y gritó obscenidades por la ventanilla, pero me alegré tanto de que me hubiera esquivado que quería darle un beso.

Cuando por fin me detuve al borde de la carretera, estaba envuelta en una nube de polvo y no podía ver más allá del parabrisas.

Salí del Bonneville y me apoyé sobre él. Tenía las piernas flojas y me temblaban las manos.

Por ahora había terminado la persecución, pero aquello no era el final.

Alguien me tenía en su punto de mira, y no sabía quién era ni por qué.

115

Llamé por teléfono al Hombre en la Luna desde mi móvil y saltó el contestador de Keith.

—Keith, soy Lindsay. Estoy en un pequeño apuro. Ven a recogerme, por favor.

Cuando respondió, le di mis coordenadas y esperé veinte minutos, que se me hicieron como una hora, a que llegara con su grúa. Enganchó el Bonneville para su ignominiosa vuelta a casa y yo subí al asiento del copiloto de la cabina.

—Es un coche de lujo, Lindsay —me regañó Keith—. No se hacen trompos con algo así. Tiene más de veinte años, por amor de Dios.

—Lo sé, lo sé.

Hubo un largo silencio.

—Bonita blusa.

—Gracias.

—Lo digo de verdad —dijo haciéndome reír—. Deberías llevar más cosas como ésa.

Al llegar al garaje, Keith abrió el capó del Bonneville.

—Se ha roto la correa del ventilador —dijo.

—Ya lo sé.

—¿Sabes que eso se puede arreglar con un trozo de media?

—Sí. Pero, por extraño que parezca, no tenía ninguna en mi caja de herramientas de emergencia.

—Tengo una idea. Te recompro el coche. Te doy cien pavos más de lo que me pagaste.

—Pensaré en ello. *No*.

Keith se rió. Luego dijo que me llevaría a casa y tuve que aceptar su oferta. Como iba a enterarse de todas formas, le conté lo que no les había dicho aún a mis amigas ni a Joe.

Le hablé de los disparos de la noche anterior.

—¿Y ahora crees que te están siguiendo? ¿Por qué no vuelves a casa, Lindsay? Te lo digo en serio.

—Porque no puedo dejar este caso ahora. Especialmente desde que alguien tiroteara anoche la casa de mi hermana.

Keith me miró con lástima y se ajustó la gorra de los Giants mientras trazaba con habilidad las curvas de la carretera.

—¿Te han dicho alguna vez que eres una testaruda?

—Claro. En un policía se considera una cualidad.

Entonces comprendí a dónde quería llegar. Ya no sabía si estaba siendo valiente o estúpida.

Pero no estaba preparada aún para averiguarlo.

116

Cuando Keith y yo llegamos a casa de Cat, el camino de entrada estaba ocupado por el Explorer, un coche patrulla, la camioneta de una cristalería y una furgoneta metalizada de color azul con calcomanías de Disaster Master en las puertas.

Le di las gracias a Keith por llevarme y, con *Martha* trotando detrás de mí, entré en casa, donde encontré a un tipo grande con un bigote pequeño y una herradura de pelo oscuro en la cabeza limpiando el sofá. Tras apagar la aspiradora, el «tío Chris» y yo nos presentamos.

—Han venido un montón de periodistas —dijo—. Les he dicho que se ha marchado hasta que la casa esté otra vez en condiciones. ¿Le parece bien?

—Perfecto.

—Y el comisario Stark ha estado aquí hace unos minutos. Ha dicho que le llame cuando pueda.

Ignorando los cuarenta y siete mensajes que había en el contestador, llamé a la comisaría desde el teléfono de la cocina y hablé con la oficial de guardia.

—El comisario está en una entrevista —dijo—. ¿Quiere que la llame más tarde?

—Se lo agradecería mucho.

—Me ocuparé de decírselo, teniente.

Después de colgar, fui por el pasillo a la habitación de mis sobrinas.

Las mantas seguían en el suelo. Había un cristal roto y una de las plantas de batata se estaba secando en el suelo. El caro tocador se había dañado al golpearlo con la silla, y parecía que la habitación llena de animales de peluche me estaba regañando.

¿Y si las niñas hubiesen estado allí?

Entonces, ¿qué, Lindsay?

Acerqué la silla intacta al tablero de corcho, me senté y miré mis notas sobre los asesinatos. Mis ojos se centraron en lo que más me preocupaba.

A veces los hechos más contundentes permanecen ocultos hasta que estás preparado para verlos.

Ahora tenía una visión en perspectiva de las mirillas del armario de los O'Malley.

Me cambié de ropa y saqué a *Martha* fuera con *Penelope*.

—Jugad un rato juntas —les dije.

Luego esquivé cuidadosamente con el Explorer la camioneta de la cristalería y salí a la calle para volver al pueblo.

117

El Vigilante iba en el Taurus azul hacia el norte por la 280 a la altura de Hillsborough. Estaba pensando en distintas cosas, pero sobre todo en Lindsay Boxer.

Por una parte el Vigilante estaba orgulloso de ella en cierto sentido por el modo en que se empeñaba en sobrevivir y reaparecer. Por el modo en que se negaba a darse por vencida e irse de allí.

Pero que insistiera en ser un problema era una mala noticia para ella.

En el fondo no querían matarla. Matar a un policía, y a ésa policía en particular, supondría un grave problema. Todo el Departamento de Policía de San Francisco se desplegaría para capturar a sus asesinos, y quizá también el FBI.

El Vigilante redujo la velocidad al ver el cartel de Trousdale Drive, y luego su robusto coche se deslizó por la rampa de salida. Dos kilómetros después giró a la derecha en el Peninsula Hospital y una vez más en El Camino Real para ir hacia el sur.

Un poco más adelante encontró una estación de servicio de Exxon, entró en la tienda y anduvo un par de minutos por allí cogiendo algunas cosas: una botella de agua mineral, una chocolatina y un periódico.

Luego pagó a la chica de la caja registradora 4,20 dólares por sus compras y otros 20 de prepago para gasolina. Mientras salía de la tienda desdobló el periódico de la mañana y vio el titular de la primera página.

TIROTEADA LA CASA DE
UNA INSPECTORA DE POLICÍA

Sobre la historia había una foto de Lindsay con uniforme, y en la columna de la derecha un artículo sobre el caso Cabot. Sam Cabot había sido acusado de un doble homicidio (*«Continúa en la página 2.»*).

El Vigilante dejó el periódico con cuidado en el asiento del copiloto y llenó su depósito. Luego arrancó el coche para ir a casa. Hablaría con la Verdad más tarde. Puede que no mataran a Lindsay como a los demás. Puede que sólo la hicieran desaparecer.

118

La consulta del difunto doctor O'Malley estaba en una casa de ladrillo de dos plantas en la calle Kelly, con su nombre grabado en una placa a la derecha de la puerta.

Sentí un pequeño arrebato de ansiedad al tocar el timbre. Sabía que el comisario se enfadaría conmigo por meterme en sus asuntos, pero tenía que hacer algo. Era mejor pedir perdón más tarde que pedir permiso y que te lo negaran.

Cuando sonó el portero automático abrí la puerta, y encontré la sala de espera a la izquierda. Era pequeña y cuadrada, con unas butacas grises y un montón de tarjetas de condolencia colgadas en las paredes.

Detrás del mostrador de recepción, enmarcada en la ventanilla abierta, había una mujer de mediana edad con el pelo canoso recogido al estilo de los años sesenta.

—Soy la teniente Boxer, del Departamento de Policía de San Francisco —dije mostrando mi placa. Le expliqué que estaba trabajando en un antiguo caso de homicidio que tenía algunas similitudes con la desafortunada muerte del doctor O'Malley.

—Ya hemos hablado con la policía —dijo ella, escrutando mi placa y la sonrisa triunfante que esbocé para ella—. Horas y horas de preguntas.

—Sólo necesito un par de minutos.

Cerró la ventanilla de vidrio esmerilado y un momento después apareció en la puerta que comunicaba la entrada con la oficina.

—Soy Rebecca Falcone —dijo—. Pase.

Detrás de la puerta de la oficina había otras dos mujeres de mediana edad.

—Ella es la enfermera Mindy Heller —dijo señalando a una rubia con mechas que llevaba una bata blanca y los ojos muy maquillados y que estaba tirando a la basura bandejas de galletas cubiertas de plástico—. Y ella, Harriet Schwartz, nuestra encargada —dijo Rebecca refiriéndose a una mujer fuerte con un jersey rojo que estaba sentada delante de un viejo ordenador—. Todas hemos estado mucho tiempo con el doctor Ben.

Les di la mano y repetí mi nombre y por qué estaba allí.

—Lamento su pérdida —dije antes de explicarles que necesitaba su ayuda—. Cualquier cosa que pueda arrojar un poco de luz.

—¿Quiere saber la verdad? —dijo Harriet Schwartz. Se volvió desde el ordenador, se recostó en su silla y accedió a sus recuerdos—. Era como un cuadro de Picasso. Un montón de líneas que supuestamente representan a una persona. Y entre las líneas espacios en blanco…

Entonces intervino Mindy Heller:

—Era un buen médico, pero también era un engreído y un sabelotodo. Y podía ser mezquino con sus esclavos. —Lanzó una mirada a sus compañeras de trabajo—. Pero no creo que le mataran porque fuera un capullo.

—Ajá. Así que usted cree que los O'Malley fueron unas víctimas casuales.

—Exactamente. Los eligieron al azar. Eso es lo que he dicho yo desde el principio.

Cuando pregunté si alguna de las otras víctimas habían sido pacientes del doctor O'Malley, fueron contundentes.

—Ya sabe que tenemos que proteger la confidencialidad de los pacientes —dijo la señorita Heller—, pero estoy segura de que el comisario Stark podrá decirle lo que quiere saber.

Muy bien.

Anoté en un papel el número de mi móvil y lo dejé en la mesa de Harriet Schwartz. Luego les di las gracias a las tres por su tiempo, pero me sentía decepcionada. Puede que el doctor O'Malley fuese lo que sus empleadas decían que era, pero yo me había topado con otro callejón sin salida.

Cuando acababa de abrir la puerta de la calle, alguien me agarró del brazo. Era Rebecca Falcone, con una expresión de urgencia en los rasgos de su cara.

—Tengo que hablar con usted —dijo—, en privado.

—¿Puede reunirse conmigo en alguna parte? —le pregunté.

—En el Coffee Company de Half Moon Bay. ¿Lo conoce?

—¿El que está en ese pequeño centro comercial al final de la calle Main?

Ella asintió una vez.

—Salgo a las doce y media.

—Allí estaré.

119

Nuestras rodillas casi se tocaban debajo de la pequeña mesa al fondo del restaurante, cerca de los servicios. Teníamos ensaladas y café delante de nosotras, pero Rebecca no comía. Y no se sentía preparada aún para hablar.

Estaba tirando de la pequeña cruz de oro que colgaba de una cadena que llevaba alrededor del cuello, deslizándola de un lado a otro.

Pensé que entendía su conflicto. Quería decir la verdad, pero al mismo tiempo no quería hacerlo donde sus amigas pudieran escucharla.

—No sé nada, ¿comprende? —dijo por fin—. Y, por supuesto, no sé nada de los asesinatos. Pero últimamente Ben estaba un poco raro.

—¿Puede explicarse, Rebecca?

—Bueno, estaba de muy mal humor. Les gritó a un par de pacientes, y eso no era normal en él. Cuando le pregunté qué pasaba, negó que tuviera problemas.

—¿Conocía usted a Lorelei?

—Por supuesto. Se conocieron en la iglesia, y francamente me sorprendió que Ben se casara con ella. Supongo que estaba solo y que ella le admiraba. —Rebecca suspiró—. Lorelei era muy simple. Era como una niña a la que le gustaba hacer compras. Nadie la odiaba.

—Interesante observación —dije. Y ése fue todo el ánimo que Rebecca necesitaba para decir lo que quería decir desde el principio.

Parecía que se encontraba en el borde de un trampolín y que la piscina estaba muy abajo.

Después de tomar aire se lanzó.

—¿Sabía lo de la primera señora O'Malley? —me preguntó—. ¿Sabía que Sandra O'Malley se mató? ¿Que se ahorcó en su garaje?

120

Sentí ese peculiar hormigueo en la cabeza que normalmente presagiaba una revelación.

—Sí —dije—. Leí que Sandra O'Malley se había suicidado. ¿Qué sabe de eso?

—Fue algo inesperado —dijo Rebecca—. Nadie sabía… Yo no sabía que estaba tan deprimida.

—¿Por qué cree que se quitó la vida?

Rebecca removió su ensalada alrededor del plato y acabó dejando el tenedor sin comer ni un bocado.

—No lo sé —dijo—. Ben no hablaba, pero si tuviera que suponer, yo diría que la maltrataba.

—¿Cómo?

—Humillándola. Tratándola como si no fuese nada. Cuando le oía hablar con ella, me encogía. —Hizo un gesto encorvando los hombros y bajando la barbilla.

—¿Se quejó ella alguna vez?

—No. Sandra no habría hecho eso. Era demasiado buena y sumisa. Ni siquiera protestó cuando él empezó a tener una aventura.

Los engranajes de mi cabeza estaban girando, pero aún no habían comenzado a mover el asunto. Rebecca apretó los labios con desagrado.

—Había estado viendo a esa mujer durante años, y estoy segura de que seguía viéndola después de casarse con Lorelei. La mujer siguió llamando a la consulta hasta el día que murió.

—Rebecca —dije pacientemente, aunque no podía soportar el suspense ni un segundo más—. Rebecca, ¿cómo se llamaba la otra mujer?

Rebecca se recostó en su silla mientras un par de hombres nos rozaron al pasar a nuestro lado de camino al cuarto de baño. Cuando cerraron la puerta se inclinó hacia delante y habló en voz baja.

—Emily Harris —dijo.

Conocía ese nombre. Me imaginé su boca pintada y su vestido rosa estampado.

—¿Trabaja en la inmobiliaria Pacific Homes?

—Sí, ésa es.

121

Emily Harris estaba sentada a su mesa cuando entré en la larga y estrecha oficina con una hilera de mesas a lo largo de una pared. Su bonita boca se extendió en una sonrisa automática, que se ensanchó cuando me reconoció.

—Hola —dijo—. ¿No los vi a su marido y a usted hace un par de semanas en la casa de Ocean Colony? Tienen un perro precioso.

—Así es —respondí—. Soy la teniente Boxer, del Departamento de Policía de San Francisco. —Y luego le enseñé mi placa.

Su cara se puso tensa inmediatamente.

—Ya he hablado con la policía.

—Eso es estupendo. Y estoy segura de que no le importará volver a hacerlo.

Saqué la silla que había junto a su mesa y me senté en ella.

—Tengo entendido que usted y el doctor O'Malley eran amigos íntimos —le dije.

—No me avergüenzo de lo que está insinuando. Él no era feliz en su casa, pero yo no era una amenaza para su matrimonio y no tuve nada que ver con su muerte.

Mientras la observaba, la señorita Harris colocó bien las notas, los bolígrafos y los papeles de su mesa. Estaba poniéndolo todo en orden. ¿Qué estaría pasando por su mente en ese momento? ¿Qué sabía de los O'Malley?

—¿Y usted tiene la casa de él en venta?

—Ésa no es una razón para matar a nadie, por amor de Dios. ¿Está loca? Soy una de las mejores agentes inmobiliarias de esta zona.

—Tranquilícese, señorita Harris. No estoy insinuando que usted matara a nadie. Sólo quiero tener más información sobre las víctimas porque estoy trabajando en otro homicidio sin resolver.

—Bien. Aún estoy un poco nerviosa, ya sabe.

—Claro. Lo comprendo. ¿Ha vendido la casa?

—Todavía no, pero tengo una oferta pendiente.

—¿Qué le parece si me enseña la casa a mí, señorita Harris? Tengo un par de preguntas que espero que pueda contestar. Es posible que pueda ayudar a resolver el asesinato de Ben O'Malley.

122

Los folletos de Pacific Homes estaban desplegados en el vestíbulo sobre una mesa, y habían cambiado las flores desde
que Joe y yo habíamos recorrido esa bonita casa de Ocean
Colony.

—¿Le importa venir conmigo arriba? —pregunté a la
agente inmobiliaria.

La señorita Harris se encogió de hombros, dejó las llaves junto a las azucenas y empezó a subir las escaleras delante de mí.

Cuando llegamos a la entrada del dormitorio principal
se echó atrás.

—No me gusta entrar en esta habitación —dijo mirando el dormitorio verde pálido con su moqueta nueva.

Podía imaginar la escena del crimen casi tan bien como
ella. Sólo tres semanas antes, el cuerpo ensangrentado de
Lorelei O'Malley había estado tendido a unos tres metros
de donde estábamos.

Emily Harris tragó saliva y se unió a mí delante del armario empotrado. Le enseñé el contorno cubierto de pintura de la mirilla de la puerta y la marca aún visible de la uña
de Joe en la masilla de la madera.

—¿Qué le parece esto? —le pregunté.

La voz de Emily se debilitó.

—Esto me mata —dijo—. Es evidente, ¿no? Grababa en vídeo sus relaciones sexuales con Lorelei. Me dijo que ya no dormía con ella, pero supongo que era mentira.

Luego arrugó la cara y empezó a llorar suavemente en un pañuelo azul claro que sacó de su bolso.

—Dios mío —sollozó. Al cabo de un rato se sonó la nariz, se aclaró la garganta y dijo—: Mi relación con Ben no tiene nada que ver con su muerte. Ahora, ¿podemos salir de aquí?

No si podía detenerla. Ése era el mejor momento y el mejor lugar para que Emily Harris me contara lo que supiera.

—Señorita Harris.

—Llámeme Emily, por favor. Le estoy hablando de cosas muy personales.

—Emily. Necesito saber su versión de la historia.

—Muy bien. ¿Sabe lo de Sandra?

Asentí con la cabeza, y entonces empezó a hablar como si le hubiera quitado un tapón.

—¿No cree que me afectó que se matara porque Ben me estaba viendo? —Se pasó el pañuelo por los ojos hinchados y le cayeron más lágrimas.

—Ben decía que Sandra estaba trastornada, y que por eso no la dejaba. Pero cuando se suicidó, dejé de verle durante un año.

—Luego entró en escena Lorelei. La Princesa. Ben pensaba que cuanto antes se casara, mejor para Caitlin. ¿Y qué podía decirle? Yo estaba casada aún, teniente.

—Entonces empezamos a vernos otra vez. Sobre todo en mi casa, y de vez en cuando en moteles. Lo más curioso es que no creo que a Lorelei le importara nada Caitlin.

—Pero Ben y yo intentábamos aprovechar al máximo la situación, y teníamos un juego. Él me llamaba Camilla, y yo le llamaba Charles, Su Alteza Real. Era divertido. Y le echo mucho de menos. Sé que Ben me quería.

No dije «Tanto como un capullo mentiroso y ruin puede querer a alguien», pero abrí la puerta del armario e invité a la agente inmobiliaria a entrar dentro.

—Por favor, Emily.

Entonces le enseñé la mirilla de detrás del armario.

—Este agujero atraviesa la pared... hasta la habitación de Caitlin.

Emily jadeó y se tapó la cara con las dos manos.

—No lo había visto nunca. *No sé nada de eso*. Tengo que irme —dijo saliendo de la habitación. Luego oí el ruido de sus tacones mientras bajaba corriendo por las escaleras.

La alcancé mientras cogía las llaves de la mesa del vestíbulo y abría la puerta para salir al exterior.

—Emily.

—Es suficiente —dijo con el pecho agitado cerrando la puerta a nuestra espalda—. Esto es demasiado doloroso, ¿no lo entiende? ¡Yo le quería!

—Ya lo veo —dije andando con ella, y luego deteniéndome junto a la puerta del copiloto mientras arrancaba su coche.

—Sólo una cosa más —insistí—. ¿Conocía Ben a un hombre llamado Dennis Agnew?

Emily soltó el freno de mano y volvió su cara llena de lágrimas hacia mí.

— ¿Qué dices? ¿Vendió nuestros vídeos a ese *gusano*?

Sin esperar una respuesta, Emily giró el volante y pisó el acelerador.

—Lo tomaré como un sí —le dije al Lincoln que se alejaba.

123

Pasé al lado del coche patrulla que estaba al final de Sea View y levanté la mano para saludar. Luego giré a la derecha en el camino de la casa de Cat y aparqué el Explorer junto al Bonneville. Por lo visto Keith lo había llevado mientras yo había estado fuera.

Dejé a *Martha* entrar en casa y le di una galleta. Luego me fijé en la luz parpadeante del contestador. Le di al «*play*» y empecé a tomar notas en una libreta.

Joe, Claire y Cindy estaban muy preocupados y querían que les llamara. El cuarto mensaje era de Carolee Brown para invitarme a cenar en la escuela esa noche.

También había un mensaje del comisario Stark con la voz cansada.

—Boxer, tenemos el informe del laboratorio sobre ese cinturón. Llámeme.

El comisario Stark y yo habíamos estado jugando a esquivarnos todo el día. Maldije por todos los santos mientras buscaba su número en la libreta antes de marcar.

—Un momento, teniente —dijo el oficial de guardia—. Le llamaré al busca.

Mientras esperaba oí la banda de la policía sonando al fondo. Golpeé con las uñas el mostrador de la cocina y conté hasta setenta y nueve antes de que el comisario se pusiera al teléfono.

—Boxer.

—Los del laboratorio han sido muy rápidos con el informe —dije—. ¿Qué tenemos?

—Han sido rápidos por una razón. No había huellas. Eso no me sorprende, pero a no ser que cuente el ADN vacuno, tampoco había nada más. Lindsay, esos bastardos echaron un poco de sangre de vaca en la hebilla.

—¡Mierda!

—Sí, la comprendo. Mire, tengo que irme. El alcalde quiere hablar conmigo.

El comisario colgó, y sentí lástima por él.

Salí a la terraza, me senté en una silla de plástico y puse los pies sobre la barandilla como me había aconsejado Claire. Luego miré más allá de mis sandalias y los patios de los vecinos a la línea azul de la bahía.

Volví a pensar en el cinturón que había encontrado por la mañana en el jardín y en la mancha de sangre que había resultado no ser nada.

Una cosa estaba clara.

Los asesinos no pretendían matarme.

El cinturón era una advertencia para asustarme.

Me preguntaba por qué se habían molestado.

Sin haber resuelto el homicidio de mi John Doe, diez años después seguía allí sacando agua estancada.

Mientras tanto los asesinos estaban ahí fuera, y lo único que tenían las autoridades era un puñado de conjeturas que no llevaban a ninguna parte.

No sabíamos *por qué*.

No sabíamos *quién*.

Y no sabíamos *dónde* volverían a actuar.

Aparte de eso, sólo había maullidos de gatos.

124

Las familias eran la ruina de la civilización moderna, donde se mantenía viva y se cultivaba la escoria del pasado. Al menos eso era lo que pensaba el Vigilante esa noche.

Abrió la puerta del zaguán y entró en la casa de estuco rosa de Cliff Road. Los Farley habían salido, tan seguros en su santuario de riqueza y privilegios que nunca se molestaban en cerrar con llave la puerta.

El zaguán daba a una cocina acristalada que brillaba con los últimos rayos de sol.

Esto es sólo vigilancia, se recordó el Vigilante a sí mismo. *Tengo que entrar y salir en menos de cinco minutos. Como siempre.*

Sacó su cámara del bolsillo interior de su chaqueta de cuero y tomó una serie de fotos digitales de las altas cristaleras, con los parteluces lo bastante anchos para que pudiera entrar una persona.

Zum, zum, zum.

Pasó rápidamente por la cocina a la sala de estar de los Farley, que salía en voladizo sobre la ladera de la montaña. El bosque estaba bañado en una luz ámbar que daba a los eucaliptos una presencia casi humana. Parecían ancianos que observaban sus movimientos, que lo comprendían y lo aprobaban.

Sólo vigilancia, se dijo a sí mismo una vez más. Las cosas se habían complicado demasiado, estaban al rojo vivo en este momento para seguir adelante con sus planes.

Después subió por la escalera de servicio a las habitaciones, fijándose en los escalones que más crujían y en la sólida barandilla. Mientras avanzaba por el pasillo del segundo piso, entró en todas las puertas abiertas, sacando fotos y memorizando los detalles. Iba registrando todas las habitaciones como si fuera un policía buscando pistas.

El Vigilante miró su reloj al entrar en el dormitorio principal. *Habían pasado casi tres minutos*. Abrió rápidamente los armarios, olió las fragancias de Vera Wang y Hermès y cerró las puertas.

Luego bajó corriendo a la cocina, y cuando estaba a punto de marcharse pensó en el sótano. Había suficiente tiempo para echar un vistazo rápido.

Abrió la puerta y bajó con cuidado.

A su izquierda había una extensa bodega, y delante de él estaba el lavadero. Pero sus ojos se centraron en una puerta que había a la derecha.

La puerta estaba en sombras, cerrada con un candado con cierre de combinación. El Vigilante era bueno con las combinaciones. Era bueno con las manos. Giró la rueda a la izquierda hasta que sintió una pequeña resistencia, y luego a la derecha y otra vez a la izquierda. El candado se soltó y el Vigilante abrió la puerta.

Con la media luz del sótano identificó el equipo: el ordenador, la impresora láser, las resmas de papel fotográfico de alta calidad, el vídeo y las cámaras digitales con visión nocturna.

Sobre un mostrador había un montón de fotografías bien apiladas.

Entró rápidamente, cerró la puerta tras de sí y dio al interruptor para encender la luz.

Era simplemente una misión de vigilancia, una de tantas.

Pero lo que vio cuando se encendieron las luces casi le dejó sin aliento.

125

Olí a salsa marinara mientras subía por el camino de la escuela victoriana donde vivía Carolee. Me protegí los ojos de los últimos rayos de sol que se reflejaban en las ventanas y llamé usando la aldaba de bronce de la puerta principal.

Abrió un muchacho de tez oscura que tendría unos doce años.

—Saludos, señora policía —me dijo.

—Tú eres Eddie, ¿verdad?

—Sí —dijo sonriendo—. ¿Cómo lo sabe?

—Tengo buena memoria —respondí.

—Eso está bien para ser policía.

Se oyeron unos vítores cuando entré en un espacioso comedor abierto que daba a la autovía.

Carolee me dio un abrazo y me dijo que me sentara a la cabeza de la mesa.

—Es el sitio de los invitados «de honor» —dijo. Con Allison a mi izquierda y Fern, una niña pelirroja, peleándose por la silla de mi derecha, me sentí bienvenida y en casa en aquella gran «familia».

Las fuentes de espaguetis y un cuenco enorme de ensalada con aceite y vinagre daban vueltas alrededor de la mesa, y los trozos de pan italiano volaban por ella mientras los niños me acribillaban a preguntas y adivinanzas, que contestaba como podía y que a veces acertaba.

—Cuando crezca —susurró Ali—, quiero ser como tú.

—¿Sabes lo que quiero yo? Que cuando crezcas seas exactamente como tú.

Carolee aplaudió mientras se reía.

—Dadle a Lindsay un respiro —dijo—. Dejad que la pobre mujer cene. Es nuestra invitada, no tenéis que devorarla mientras coméis.

Mientras se levantaba para coger una botella de cola del aparador, Carolee me puso la mano en el hombro y se agachó para decir:

—No te importa, ¿verdad? Te adoran.

—Yo también los adoro.

Cuando recogimos la mesa y los niños subieron a la habitación para su hora de estudio, Carolee y yo sacamos nuestras tazas de café al porche cubierto que daba al patio. Nos sentamos en unas mecedoras y oímos cantar a los grillos mientras oscurecía. Era estupendo tener una amiga allí, y esa noche me sentí especialmente cerca de ella.

—¿Alguna noticia sobre los que tirotearon la casa de Cat? —me preguntó con un toque de preocupación en su voz.

—No. Pero ¿te acuerdas de ese tipo con el que tuvimos un altercado en el Cormorán?

—¿Dennis Agnew?

—Sí. Ha estado acosándome, Carolee. Y para el comisario es el principal sospechoso de los asesinatos.

Carolee se quedó sorprendida.

—¿En serio? Me resulta difícil imaginar eso. Es un capullo, de acuerdo —dijo haciendo una pausa—. Pero no le veo como un asesino.

—Eso es lo que decían de Jeffrey Dahmer —me reí.

Luego tamborileé sobre el brazo de la mecedora con los dedos. Carolee cruzó los brazos sobre su pecho, e imaginé que cada una se había metido en su cabeza para pensar en asesinos.

—Esto es muy tranquilo, ¿verdad? —dijo Carolee al cabo de un rato.

—Mucho. Me encanta.

—Date prisa y coge a ese maniaco, ¿vale?

—Escucha, si alguna vez te pones nerviosa por cualquier cosa, aunque creas que son imaginaciones tuyas, llama al nueve-uno-uno. Y luego llámame a mí.

—Gracias. Lo haré. —Y tras un momento de silencio, dijo—: Siempre los acaban pillando, ¿verdad, Lindsay?

—Casi siempre —respondí, aunque no era del todo cierto. A los más inteligentes no sólo no los pillan, sino que pasan desapercibidos.

126

Dormí fatal, arrastrando mis pesadillas en una carrera de obstáculos de tiroteos, cadáveres azotados y asesinos anónimos. Cuando me desperté, hacía un día deprimente, de esos que hacen que te apetezca quedarte en la cama.

Pero *Martha* y yo necesitábamos ejercicio, así que me puse mi chándal azul, metí mi arma en la pistolera y guardé el móvil en el bolsillo de mi chamarra vaquera.

Luego *Martha* y yo bajamos a la playa.

Las nubes de tormenta que venían del oeste hacían que el cielo estuviese tan bajo que las aves marinas que bordeaban la costa parecieran aeronaves de los documentales sobre la Segunda Guerra Mundial.

Había muy poca gente corriendo o paseando por la playa, así que solté a *Martha*. Mientras perseguía y dispersaba a una pequeña bandada de chorlitos, yo fui hacia el sur a un ritmo moderado.

Cuando sólo había recorrido unos cuatrocientos metros empezó a llover. Las gotas intermitentes se espesaron enseguida, mojando la arena y afianzando la superficie para correr.

Me di la vuelta para comprobar dónde estaba *Martha*, corriendo de espaldas lo suficiente para ver que estaba siguiendo a un hombre con un impermeable amarillo con capucha a unos cien metros por detrás de mí.

Cuando estaba apretando el paso, con la lluvia sobre la cara, me llamaron la atención los ladridos de *Martha*. Estaba mordiendo los talones al tipo que venía por detrás de mí. ¡Lo estaba empujando como si estuviera guiando un rebaño de ovejas!

—*Martha* —grité—. Ya basta.

Ésa era la orden para que volviera a mi lado, pero *Martha* no me hizo caso. Alejó al tipo de mí y lo llevó cuesta arriba hacia la parte alta de las dunas.

Entonces me di cuenta de que no estaba jugando con él. Estaba protegiéndome.

Hijoputa.

¡Me habían vuelto a seguir!

127

—Deja de correr y te soltará —grité, pero ni el hombre ni el perro me prestaron atención. Entonces decidí ir detrás de ellos, pero escalar la cuesta de arena de seis metros de altura era algo así como correr por debajo del agua.

Me incliné hacia delante, y agarrándome a la arena con las manos conseguí subir a la explanada de hierba de la zona de recreo de la playa Francis. Pero la lluvia que caía me había pegado el pelo a la cara, y durante un rato estuve completamente ciega.

En el tiempo que tardé en apartarme el pelo de los ojos pensé que la situación se me escapaba de las manos. Miré frenéticamente a mi alrededor, pero no vi al tipo que había estado siguiéndome. ¡Maldita fuera! Había vuelto a escaparse.

—*Mar-thaaa.*

Justo en ese momento una mancha amarilla salió corriendo de detrás de los servicios y pasó por mi campo de visión con *Martha* pegada a sus talones. El tipo intentó echarla a patadas, pero no consiguió librarse de ella mientras cruzaban la zona del merendero.

Saqué mi pistola y grité: «Alto. Policía». Pero el hombre del impermeable rodeó las mesas del merendero y corrió hacia una furgoneta multicolor que había en el aparcamiento.

Martha seguía gruñendo y agarrándole de la pierna, impidiéndole entrar en su vehículo. Volví a gritar «¡Policía!» y corrí con la pistola cargada delante de mí.

—*Ponte de rodillas* —le ordené a unos metros de distancia—. Mantén las manos donde pueda verlas y túmbate en el suelo. ¡Vamos!

El tipo del impermeable obedeció, y me acerqué rápidamente mientras llovía a cántaros. Luego le quité la capucha sin dejar de apuntarle a la espalda con mi pistola.

Reconocí el pelo rubio inmediatamente, pero me negaba a creer lo que veía. Cuando levantó su cara hacia mí, parecía que sus ojos echaban chispas de furia.

—*¡Keith!* ¿Qué estás haciendo? ¿Qué pasa?

—Nada, nada. Sólo estaba intentando prevenirte.

—¿Y por qué no me has llamado por teléfono? —jadeé.

El corazón me latía a toda velocidad.

Dios mío. Otra vez tenía un arma cargada en la mano.

Le separé a Keith las piernas a patadas, y al cachearle encontré un cuchillo de caza Buckmaster de veintidós centímetros que llevaba en una funda de cuero en la cadera. Lo cogí y lo tiré a un lado. Aquello estaba empeorando por momentos.

—¿Has dicho que no pasaba nada?

—Lindsay, déjame hablar.

—Primero hablaré yo —dije—. Quedas arrestado.

—¿Por qué?

—Por llevar un arma oculta.

Me puse donde Keith pudiera ver con claridad mi pistola y la expresión de mi cara que indicaba que la usaría.

—Tienes derecho a permanecer en silencio —dije—. Cualquier cosa que digas puede ser utilizada en tu contra en un tribunal. Si no tienes un abogado, se te asignará uno de oficio. ¿Comprendes tus derechos?

—¡Me has entendido mal!

—¿*Comprendes tus derechos?*

—Sí.

Busqué mi móvil en el bolsillo de mi chaqueta. Keith se retorció como si pretendiera huir. *Martha* le enseñó los dientes.

—Quédate donde estás, Keith. No me obligues a disparar.

128

Estábamos los tres en la pequeña sala de interrogatorios de azulejos grises de la comisaría. El comisario ya me había dicho que tenía sus dudas.

Hacía unos doce años que conocía a Keith Howard como el mecánico del Hombre en la Luna, al que sólo le importaba tener un sueldo fijo y un coche bien «tuneado».

Pero, gracias a Dios, el comisario me estaba apoyando porque había visto en los ojos de Keith una mirada que me había asustado terriblemente. Era la misma mirada que había visto otras veces en la cara de los psicópatas o de los sociópatas.

Me senté enfrente de Keith en la mesa de metal llena de marcas, chorreando agua como él, mientras el comisario Stark se recostaba contra la pared en una esquina de la habitación. Detrás del cristal había otros policías mirando, esperando que yo tuviera razón y que muy pronto ellos tuvieran algo más que un cuchillo y una corazonada para seguir adelante.

Desde su arresto, Keith había retrocedido y parecía mucho más joven de lo que era a sus veintisiete años.

—No necesito un abogado —dijo dirigiéndose a mí—. Sólo te estaba *siguiendo*. Las chicas siempre saben cuándo le gustan a un tío. Tú lo sabes, así que díselo a los polis, por favor.

—¿Quieres decir que me estabas *acechando*? —le pregunté—. ¿Ésa es tu explicación?

—No, te estaba siguiendo. Hay una gran diferencia, Lindsay.

—¿Qué puedo decir? No lo entiendo. ¿Por qué me estabas siguiendo?

—Ya sabes por qué. Alguien quería hacerte daño.

—¿Por eso tiroteaste la casa de mi hermana?

—Yo no he hecho eso. —La voz de Keith se quebró, y apoyó los dedos sobre el caballete de la nariz—. Siempre me has gustado, y ahora vas a utilizar eso en mi contra.

—Me estás cabreando, chaval —murmuró por fin el comisario. Se acercó a Keith y le dio una palmada en la parte posterior de la cabeza—. Sé un hombre. ¿Qué has hecho?

Entonces pareció que Keith se desplomaba internamente. Dejó caer la cabeza sobre la mesa, la movió de un lado a otro, y lanzó unos gemidos que parecían venir de lo más profundo de la miseria y el miedo.

Pero ni todos los gemidos del mundo le ayudarían. Hacía poco me habían engañado con lágrimas de cocodrilo, y no iba a volver a cometer ese terrible error.

—Keith, me estás asustando —dije con tono tranquilo—. Estás metido en un buen lío, así que no seas estúpido. Dinos qué has hecho para que podamos ayudarte a contar la historia al fiscal. Te ayudaré, Keith, en serio. Así que dímelo. ¿Vamos a encontrar manchas de sangre en tu cuchillo?

—Nooo —gritó—. Yo no he hecho nada malo.

Relajé los músculos de la cara. Luego sonreí y puse mi mano sobre la de Keith.

—¿No estarías más cómodo si te quitásemos esas esposas?

Miré al comisario, que asintió. Sacó las llaves del bolsillo de su camisa y abrió la cerradura. Keith recuperó la compostura. Sacudió las manos, se bajó la cremallera del impermeable y lo echó sobre el respaldo de la silla. Luego se quitó el suéter que llevaba por debajo.

Si yo hubiera estado de pie, se me habrían doblado las rodillas y me habría caído al suelo.

Keith llevaba una camiseta naranja con el logo del Distillery, el restaurante turístico de Moss Beach, en la Autovía 1.

Era exactamente igual que la camiseta que llevaba mi John Doe n.º 24 cuando le azotaron y le mataron hace diez años.

129

Keith vio que estaba mirando su camiseta.

—¿Te gusta? —me preguntó sonriendo como si estuvié-semos en su garaje—. Es prácticamente un clásico —dijo—. El Distillery ya no vende camisetas.

Era posible, pero su gemela ensangrentada estaba en la sala de pruebas del Tribunal de Justicia.

—¿Dónde estuviste anteanoche, Keith? —insistí.

—¿Tienes un arma?

—¿De qué me querías prevenir?

—Dime algo que pueda creerme.

Al principio estaba desafiante, luego aturdido, y a veces lloraba o no decía nada. Al cabo de un rato Stark le pregun-tó si conocía a las víctimas de los recientes homicidios.

Keith admitió que las conocía a todas.

También conocía a casi todo el mundo que vivía en Half Moon Bay o había pasado por su pequeña gasolinera, añadió.

—Tenemos un testigo —dijo el comisario poniendo las dos manos sobre la mesa y lanzando a Keith una mirada que podría haber atravesado una barra de acero—. Amigo mío, te vieron salir de la casa de los Sarducci la noche que los ma-taron.

—Vamos, Pete. No me hagas reír. Eso no se lo cree na-die.

No estábamos llegando a ninguna parte, y en cualquier momento Keith podía decir: «Acúsenme de llevar un cuchillo y déjenme salir de aquí», y tendría derecho a pagar una fianza y marcharse.

Entonces me levanté de la mesa y le hablé al comisario sobre la cabeza de Keith con un tono compasivo.

—¿Sabe qué, comisario? Usted tenía razón. No fue él. No es demasiado listo ni tiene mucha estabilidad mental. Lo siento, Keith, eres un buen mecánico, pero no creo que tuvieras agallas para cometer esos asesinatos. ¿Y sin dejar ninguna pista? Es imposible.

—Sí, estamos perdiendo el tiempo —dijo el comisario siguiéndome la corriente—. Este mocoso no sería capaz ni de robar las monedas de los parquímetros.

Keith miró al comisario antes de mirarme a mí, y luego volvió a mirar al comisario.

—Sé qué pretendéis —dijo.

Le ignoré y seguí dirigiendo mis comentarios al comisario.

—Y creo que usted tenía razón sobre Agnew —continué—. Ése sí que tiene huevos para cargarse a la gente. Para ver cómo se retuercen antes de morir. E inteligencia para escapar.

—Sí, y está bien relacionado —dijo el comisario aplastándose el pelo—. Eso sí que tiene sentido.

—No deberían hablar de esa manera —murmuró Keith.

Me volví hacia él con una mirada interrogativa.

—Keith, tú conoces a Agnew —dije—. ¿Qué te parece? ¿Es nuestro tipo?

Fue como si hubiera estallado una bomba subterránea muy profunda. Primero hubo un temblor, después un estruendo, y luego todo saltó por los aires.

—¿Dennis Ag-new? —dijo Keith—. ¿Ese capullo pornógrafo fracasado? Tiene suerte de que no le haya matado. Y créanme que he pensado en ello.

Keith apretó las manos y golpeó con ellas la mesa, haciendo saltar los bolígrafos, los papeles y las latas de refresco.

—Soy más listo de lo que crees, Lindsay. Matar a esa gente es lo más fácil que he hecho nunca.

130

Keith tenía la misma expresión furiosa que había puesto cuando le apunté con la pistola en el cuello. No conocía a ese Keith.

Sin embargo necesitaba hacerlo.

—Os equivocáis conmigo los dos —dijo—. Pero no pasa nada. Estoy harto de todo esto. A nadie le importa.

Cuando Keith dijo «A nadie le importa», volví a sentarme de golpe en la silla. Los hermanos Cabot habían pintado esas mismas palabras con *spray* en la pared donde habían matado a sus víctimas. Como el asesino de mi John Doe n.º 24 diez años antes.

—¿Qué quieres decir con eso?

Keith me miró fijamente con sus ojos azules.

—La lista eres tú, ¿no? Averígualo.

—No juegues conmigo, Keith. A mí sí me importa. Y estoy escuchando de verdad.

Mientras la cámara de vídeo grababa su confesión, fue como el sueño de un policía hecho realidad. Keith lo contó todo: los nombres, las fechas, los pormenores que sólo el asesino podía saber.

Habló de diferentes cuchillos y diferentes cinturones y describió cada asesinato, incluyendo cómo había engañado a Ben O'Malley.

—Sí, le golpeé con una piedra antes de cortarle el cuello. Luego tiré el cuchillo por el borde de la carretera.

Expuso los detalles ordenadamente como las cartas de un solitario, y eran lo bastante convincentes para condenarle. Pero a mí me seguía resultando difícil creer que hubiera cometido esos crímenes él solo.

—¿Mataste a Joe *y a* Annemarie Sarducci tú solo? ¿Sin una pelea? ¿Quién eres tú, Spiderman?

—Estás empezando a comprender, Lindsay. —Se inclinó hacia delante en su asiento arrastrando la silla contra el suelo y pegando su cara a la mía.

—Los sometí con mis encantos —dijo—. Y será mejor que me creas. Trabajé solo. Díselo al fiscal. Sí, soy Spiderman.

—Pero ¿por qué? ¿Qué te hizo esa gente?

Keith movió la cabeza de un lado a otro como si le diera lástima.

—No podrías entenderlo, Lindsay.

—Inténtalo.

—No —respondió—. He terminado de hablar.

Y eso fue todo. Se pasó las manos por el pelo rubio, acabó de beber su Classic Coke y sonrió como si hubiera salido a escena a saludar.

Me apetecía golpearle la cara hasta que dejara de parecer tan arrogante. Toda esa gente asesinada, y no tenía ningún sentido.

¿Por qué no quería decir por qué lo había hecho?

Sin embargo, fue un gran día para los buenos. A Keith Howard lo ficharon, le tomaron las huellas, le volvieron a poner las esposas y lo llevaron a una celda provisional antes de su traslado a San Francisco.

Al salir pasé por el despacho del comisario Stark.

—¿Qué ocurre, Boxer? ¿Dónde está su sombrero de fiesta?

—Hay algo que me preocupa, comisario. Está protegiendo a otras personas. Estoy segura.

—Ésa es *su teoría*. ¿Sabe qué? Yo creo que dice la verdad. Ha dicho que es más listo de lo que pensamos, y voy a reconocer que es tan inteligente como afirma ser.

Esbocé una sonrisa cansada.

—Vamos, Boxer. Ha confesado. Alégrese. Ese pájaro ya está en la jaula. Déjeme ser el primero en felicitarla, teniente. Una gran detención y un gran interrogatorio. Ahora, gracias a Dios, por fin se ha terminado.

131

Cuando sonó el teléfono, me sacó de un sueño tan profundo que pensaba que estaba en Kansas. Busqué a tientas el auricular en la oscuridad.

—¿Quién es? —murmuré.

—Soy yo, Lindsay. Siento llamar tan pronto.

—Joe. —Cuando cogí el reloj y vi que eran las 5.15 me asusté—. ¿Estás bien? ¿Qué pasa?

—A mí, nada —dijo con su cálida y atractiva voz—. Pero delante de tu casa hay una muchedumbre.

—¿Lo estás captando con tu GPS?

—No, acabo de encender la televisión.

—Un momento —dije.

Crucé la habitación y levanté una esquina de la persiana.

Un par de reporteros se habían instalado en el jardín, y los cámaras de televisión estaban tirando cables de las furgonetas con antenas que bordeaban la calle como vagones de tren.

—Ya los he visto —dije regresando a la cama—. Me tienen rodeada. Mierda.

Me acurruqué debajo de las sábanas y, con el teléfono entre mi cara y la almohada, Joe parecía estar tan cerca que podría haber estado en la misma franja horaria.

Estuvimos hablando unos veinte minutos, haciendo planes para vernos cuando volviese a la ciudad y lanzándonos besos a través de la línea telefónica. Luego me levanté de la cama, me vestí y me maquillé un poco y salí a la puerta principal de la casa de Cat.

Los periodistas se acercaron y me pusieron un ramillete de micrófonos debajo de la barbilla. Tras parpadear con la luz matutina dije: «Siento decepcionaros, chicos, pero ya sabéis que no puedo hacer ningún comentario. Éste es el caso del comisario Stark, y tendréis que hablar con él. *¡E-e-eso es todo, amigos!*»

Volví a entrar en casa, sonreí para mis adentros y cerré la puerta ante la avalancha de preguntas y el sonido de mi nombre. Eché el cerrojo y bajé el volumen del teléfono. Cuando estaba quitando mis notas del tablero de corcho de las niñas, Cindy y Claire me llamaron al móvil.

—Se ha terminado —les dije repitiendo las palabras del comisario—. Al menos eso es lo que me han dicho.

—¿Qué está pasando realmente, Lindsay? —preguntó mi intuitiva y escéptica amiga Cindy.

—Qué lista eres.

—Ajá. ¿Cuál es la verdad?

—Esto es confidencial. El muchacho está muy orgulloso de sí mismo por entrar en la galería de la fama de los asesinos en serie. Y yo no estoy segura de que se lo haya ganado del todo.

—¿Ha confesado ser el asesino de John Doe? —preguntó Claire.

—Otra lista —comenté.

—¿Y bien?

—No, no lo ha hecho.

—Entonces, ¿qué has conseguido?

—No sé qué pensar, Claire. Creía que quien hubiera matado a esa gente también habría matado a mi John Doe. Puede que me equivocara.

132

Se me hacía raro estar en el asiento trasero de un coche patrulla con *Martha*. Bajé la ventanilla, me desaté la chaqueta y contemplé el ambiente que comenzaba a haber en la calle Main.

Una banda de música afinaba sus instrumentos en una calle lateral donde los Boy Scouts y los bomberos estaban decorando unos camiones para transformarlos en carrozas. Unos hombres subidos a unas escaleras colgaban pancartas de un lado a otro de la calle y banderas en las farolas. Casi podía oler el aroma de los perritos calientes. Era el Cuatro de Julio, el Día de la Independencia.

Mi nuevo compañero, el oficial Noonan, nos dejó enfrente de la comisaría, donde estaba el comisario Stark ante una pequeña multitud de espectadores y periodistas.

Mientras me abría paso entre la gente, el alcalde Tom Hefferon salió de la comisaría con unos pantalones caquis cortos, un polo y un gorro de pesca que le tapaba la calva. Me estrechó la mano y dijo:

—Espero que pase todas sus vacaciones en Half Moon Bay, teniente.

Luego dio unos golpecitos a un micrófono y la gente se calló.

—Gracias a todos por venir. Éste es un auténtico Día de la Independencia —dijo con un leve temblor en su voz—. Somos libres, libres para continuar con nuestras vidas.

Levantó la mano para aplacar los aplausos.

—Ahora os dejo con nuestro jefe de policía, Peter Stark.

El comisario llevaba un uniforme de gala, con botones dorados, una insignia reluciente y su arma. Mientras estrechaba la mano al alcalde arqueó las comisuras de su boca y sonrió. Luego se aclaró la garganta y se inclinó sobre el micrófono.

—Tenemos encerrado a un sospechoso que ha confesado ser el autor de los asesinatos que han aterrorizado a los residentes de Half Moon Bay.

Se oyeron unos vítores en la niebla de la mañana, y algunos se derrumbaron y lloraron de alivio. Un niño pequeño subió una bengala encendida al estrado y se la dio al comisario.

—Gracias, Ryan. Es mi hijo —dijo a la multitud con voz ahogada—. Sujeta esto, ¿quieres? —El comisario apoyó su mano en el hombro de su hijo mientras continuaba con su discurso.

Dijo que la policía había hecho su trabajo y que el resto dependía del sistema judicial. Luego me dio las gracias «por ser un recurso inestimable para este departamento de policía» y, entre vítores más fuertes, le dio a su hijo una medalla de bronce con una cinta. Un agente sostuvo la bengala del niño mientras Ryan colgaba la medalla alrededor del cuello de *Martha*. Su primera condecoración.

—Buen perro —dijo el comisario.

Luego Stark agradeció a los oficiales bajo su mando y a la policía estatal todo lo que habían hecho para «detener la oleada de crímenes que se había cobrado las vidas de ciudadanos inocentes».

En cuanto a mí, al detener al asesino había recuperado mi buen nombre.

Volvía a ser «una condenada buena policía».

Pero incluso mientras disfrutaba del momento, estaba luchando contra una idea. Como el niño que movía su bengala y tiraba de la manga de su padre para que le prestase atención.

¿Y si la «oleada de crímenes de un autor» no se hubiera detenido?

133

Esa noche hubo fuegos artificiales, que estallaban sobre Pillar Point con explosiones incesantes y resplandecían en el cielo. Me tapé la cabeza con la almohada, pero no conseguí amortiguar el maldito ruido.

Mi heroica perra estaba acurrucada debajo de la cama con el lomo contra la pared.

—No pasa nada, *Boo*. Se acabará enseguida.

Poco después de quedarme dormida me despertó el ruido metálico de una llave en la cerradura.

Martha también lo oyó, y salió corriendo de la habitación sin parar de ladrar.

Había alguien en la puerta.

Todo fue muy rápido.

Así fuertemente la pistola, bajé de la cama a la alfombra y, con el pulso acelerado, fui muy despacio hacia la entrada.

Iba tocando las paredes, contando las puertas entre mi habitación y la sala de estar, con el corazón en la garganta, cuando de repente vi una figura sombría entrando en la casa.

Me puse en cuclillas, agarré mi pistola con ambas manos delante de mí y grité:

—*Pon tus jodidas manos donde pueda verlas. Vamos.*

Entonces se oyó un grito estremecedor.

La luz de la luna que entraba por la puerta abierta iluminó la cara aterrada de mi hermana. La niña que llevaba en brazos también gritó.

Incluso yo estuve a punto de gritar.

Me levanté, quité el dedo del gatillo y dejé caer la mano de la pistola a un lado.

—Soy yo, Cat. *Lo siento*. Ya basta, *Martha*.

—¿Lindsay? —Cat se acercó a mí agarrando bien a Meredith—. ¿Está cargada esa pistola?

Brigid, que sólo tenía seis años, iba detrás de mi hermana. Se puso un animal de peluche sobre la cara y empezó a llorar con un terrible gemido.

Me temblaban las manos, y la sangre me golpeaba en los oídos.

Dios mío. Podía haber matado a mi hermana.

134

Dejé la pistola sobre una mesa y envolví a Cat y a Meredith en un fuerte abrazo.

—Lo siento —dije—. Lo siento mucho.

—He llamado un montón de veces —dijo Cat apoyada en mi hombro. Luego se apartó de mí.

—No me detengas, ¿vale?

Cogí a Brigid, la abracé, besé su mejilla húmeda y le acaricié la cabeza con la mano.

—*Martha* y yo no queríamos asustarte, cielo.

—¿Vas a quedarte con nosotras, tía Lindsay?

—Sólo esta noche, cariño.

Cat encendió una luz, y al mirar alrededor vio los agujeros de bala de la pared.

—No cogías el teléfono —dijo—. Y el contestador estaba a tope.

—De llamadas de periodistas —respondí con el pulso acelerado aún—. Perdóname por darte un susto de muerte, por favor.

Cat me acercó la cabeza a su cara con el brazo libre y me dio un beso en la frente.

—¿Sabes que como policía das miedo?

Fui con Cat y las niñas a su habitación, donde las tranquilizamos después de calmarnos nosotras. Luego les pusimos el pijama y las metimos en sus camas.

—He escuchado las noticias —dijo Cat mientras cerraba la puerta de la habitación a nuestra espalda—. ¿Es cierto que habéis atrapado al tipo y que ha resultado ser Keith? Conozco a Keith. Me caía bien.

—Sí. A mí también me caía bien.

—¿Y ese coche que está en el camino de entrada? Se parece al del tío Dougie.

—Lo sé. Es un regalo para ti.

—¿De verdad?

—Es un regalo especial, Cat. Quiero que te lo quedes.

Volví a abrazar a mi hermana con fuerza. Quería decir: «Ahora todo está bien. Hemos cogido a ese cabrón». Pero en vez de eso dije:

—Iremos a probarlo mañana.

Mientras mi hermana abría los grifos para darse un baño, yo llevé a *Martha* abajo y abrí la puerta de mi habitación. Al encender la luz me quedé paralizada.

De hecho estuve a punto de volver a gritar.

135

La hija de Carolee, Allison, estaba sentada en mi cama. Eso era ya bastante alarmante, pero su aspecto me alarmó aún más. Ali estaba descalza, con un camisón muy fino, y lloraba a lágrima viva.

Bajé mi pistola, me acerqué a ella, me puse de rodillas y la agarré por los hombros.

—¿Ali? ¿Qué pasa, Ali? Dime qué pasa.

La pequeña de ocho años se lanzó sobre mí y me rodeó el cuello con los brazos. Estaba temblando y su cuerpo se agitaba con los sollozos. La abracé y la acribillé a preguntas sin darle siquiera tiempo a contestar.

—¿Estás herida? ¿Cómo has llegado hasta aquí, Ali? ¿Qué diablos pasa?

—La puerta estaba abierta, así que entré.

Con eso brotaron nuevas lágrimas de una misteriosa herida que no podía identificar.

—Háblame, Ali —dije apartándola un poco para ver cómo estaba. Tenía los pies sucios y con cortes. La casa de Cat estaba a un kilómetro y pico de la escuela, al otro lado de la autovía. Allison había venido andando desde allí.

Intenté hacerle más preguntas, pero las respuestas de Ali no tenían sentido. Seguía aferrada a mí tragando aire y ahogándose entre lágrimas.

Me puse unos vaqueros sobre el pijama de seda azul y me calcé mis zapatillas de correr. Luego metí mi Glock en la pistolera y la tapé con mi chaqueta vaquera.

Envolví a Ali en mi sudadera con capucha y la cogí en brazos. Por último dejé a *Martha* en la habitación y fui con Ali a la puerta principal.

—Cielo —le dije a la niña histérica—. Voy a llevarte a casa.

136

El Forester de Cat estaba bloqueando el paso del Explorer. Las llaves del Bonneville estaban puestas, y el barco dorado mirando hacia la carretera.

Después de acomodar a Ali en el asiento trasero, me senté detrás del volante y giré la llave de contacto. El motor se puso en marcha con suavidad. Al llegar a la Autovía 1 iba a girar hacia el norte bajo un cielo lleno de luces para ir a la escuela, pero Allison gritó:

—¡NO!

Cuando miré por el espejo retrovisor, vi su cara pálida con los ojos bien abiertos mientras señalaba con un dedo hacia el sur.

—¿Quieres que vaya en esa dirección?

—*Lindsay, por favor. Date prisa.*

El miedo y la urgencia de Ali eran electrizantes. Lo único que podía hacer era confiar en ella, así que fui hacia el sur hasta que susurró desde el asiento trasero «Gira aquí» en un cruce solitario.

Las explosiones de los fuegos artificiales del Cuatro de Julio aumentaron todavía más mi nivel de adrenalina. Últimamente había habido demasiados tiros, y estaba experimentando cada explosión como si de una ráfaga de disparos se tratara.

Aceleré el Bonneville por el sinuoso camino de tierra de Cliff Road, derrapando en las curvas como si fuera un enorme camión vacío corriendo a campo través. Entonces oí en mi mente la voz de Keith: «*No puedes hacer eso, Lindsay. Es un coche de lujo*».

Pasé por un túnel oscuro de eucaliptos que por fin se abrió a un amplio panorama montañoso. Delante y a la izquierda había una casa de obra colgada en la ladera de la montaña.

Volví a mirar por el retrovisor.

—¿Ahora qué, Ali? ¿Está más lejos aún?

Allison señaló la torre redonda de una casa. Luego se tapó los ojos con las manos y dijo en voz baja:

—Es aquí.

137

Detuve el coche a un lado del camino y miré hacia la casa: una columna de tres pisos de ladrillo y cristaleras. En la planta baja se movían esporádicamente dos finos haces de luz.

Focos de linternas.

Por lo demás la casa estaba oscura.

Era evidente que dentro había gente que no vivía allí. Me palpé los bolsillos de la chaqueta vaquera y estuve a punto de desmayarme incluso antes de comprobar que me había dejado el móvil en la mesilla de noche. Podía verlo apoyado sobre el reloj.

Eso era una mala noticia.

No tenía radio en el coche ni respaldo, y no llevaba chaleco antibalas. Si se estaba cometiendo un crimen, entrar sola en esa casa no era una buena idea.

—Ali —dije—. Tengo que ir a buscar ayuda.

—No, Lindsay —dijo casi susurrando—. *Morirá todo el mundo.*

Me di la vuelta y le toqué la cara con la mano. Ali tenía la boca torcida, y la confianza de sus ojos era conmovedora.

—Túmbate en el asiento trasero —le dije—. Espérame y no te muevas hasta que vuelva.

Ali se tendió con la cara contra el asiento. Le puse la mano en la espalda y le di unas palmaditas. Luego salí del coche y cerré la puerta detrás de mí.

138

La luz de la luna que iluminaba el terreno montañoso proyectaba sombras engañosas y daba la impresión de que se estuviera abriendo un abismo bajo tus pies. Me pegué a los arbustos del borde del camino y rodeé el claro hasta que llegué a la parte ciega de la casa, que estaba un poco más alta.

A un lado había un todoterreno aparcado cerca de una sencilla puerta de madera. El pomo giró con facilidad en mi mano y la puerta se abrió a un zaguán.

Andando a tientas en la oscuridad entré en una espaciosa cocina. De allí pasé a una habitación enorme con el techo muy alto, iluminada por el resplandor de la luna.

Me mantuve cerca de las paredes, bordeando los largos sofás de cuero y los grandes tiestos de palmeras y hierba de la pampa. Al mirar hacia arriba, vi la luz de una linterna desaparecer en lo alto de una escalera.

Saqué mi pistola, subí los escalones alfombrados de dos en dos y me agaché en el rellano.

Escuché sobre el sonido de mi propia respiración y oí unos suaves murmullos que venían de una habitación al final del pasillo.

Luego un grito agudo rasgó el aire. Corrí hacia una puerta, giré el pomo y abrí la puerta de golpe.

Dentro había una cama grande y una mujer sentada con la espalda contra el cabecero. Una figura vestida de negro tenía un cuchillo sobre el cuello de la mujer.

—¡*Manos arriba!* —grité—. ¡*Suelta ese cuchillo inmediatamente!*

—Es demasiado tarde —dijo una voz—. Da la vuelta y lárgate de aquí.

Después de buscar el interruptor en la pared encendí la luz.

Lo que vi me pareció espantoso, increíble.

El intruso con el cuchillo era Carolee Brown.

139

Carolee estaba a punto de cometer un *asesinato*. Mi mente se paró mientras intentaba comprender lo incomprensible. Cuando se puso en marcha de nuevo, grité una orden a voz en cuello.

—*Apártate de ella, Carolee. Y mantén las manos donde pueda verlas.*

—Lindsay —dijo con un tono aparentemente razonable—. Te estoy pidiendo por favor que te vayas. En cualquier caso va a morir. No puedes detenerme.

—Es tu última oportunidad —dije echando hacia atrás el percutor—. Si no dejas ese cuchillo, te mataré.

La mujer de la cama se quejó mientras Carolee medía la distancia que había entre nosotras y calculaba cuánto tardaría en cortarle el cuello antes de que le atravesara la cabeza con una bala.

Yo estaba haciendo los mismos cálculos.

—Estás cometiendo un gran error —dijo Carolee con tono pesaroso—. La buena soy yo, Lindsay. Esto que ves aquí, esta Melissa Farley, es una auténtica basura.

—Tira el cuchillo hacia aquí con mucho cuidado —dije agarrando mi Glock con tanta fuerza que se me quedaron los nudillos blancos. ¿Podría disparar a Carolee si tenía que hacerlo? No estaba segura.

—No vas a disparar contra mí —dijo ella entonces.

—Me parece que has olvidado quién soy.

Carolee empezó a hablar otra vez, pero la expresión de mi cara la detuvo. Dispararía, y era lo bastante lista para saberlo. Sonrió con tristeza. Luego dejó caer el cuchillo en la alfombra a nuestros pies.

Lo metí debajo de una mesa de una patada y luego ordené a Carolee que se echara al suelo.

—¡De rodillas! —grité—. ¡Pon las manos delante de ti!

Después de tumbarla en el suelo le dije que entrelazara las manos detrás del cuello y cruzara los tobillos, la cacheé y sólo encontré un fino cinturón de cuero alrededor de su cintura.

Luego me volví hacia la mujer de la cama.

—¿Melissa? ¿Estás bien? Llama al nueve-uno-uno. Diles que ha habido un crimen violento y que un policía necesita ayuda.

La mujer cogió el teléfono de la mesilla de noche sin dejar de mirarme.

—Tiene a mi marido —dijo—. En el cuarto de baño hay un hombre con Ed.

140

Seguí la mirada de Melissa Farley a través de las sombras hasta una puerta que había a la izquierda de la cama.

La puerta se abrió, y un hombre entró despacio en la habitación con los ojos enloquecidos detrás de unas gafas manchadas de sangre.

Mientras venía hacia mí, me fijé en todo: en la camiseta negra empapada de sangre; en el cinturón que llevaba colgando por la hebilla plateada de la mano izquierda; en el peligroso cuchillo de caza que empuñaba con la derecha.

Mi mente no se centró en dónde estaba ahora el cuchillo, sino en dónde estaría después.

—¡Tira el arma! —le grité—. Si no lo haces inmediatamente, dispararé.

El hombre esbozó una sonrisa siniestra, como si estuviera dispuesto a morir, y continuó viniendo hacia mí sin dejar de apuntarme con el cuchillo sangriento.

Mi visión se redujo para poder concentrarme en lo que parecía necesario para mi supervivencia. Tenía que controlar demasiadas cosas.

Carolee estaba detrás de mí sin esposar.

El hombre del cuchillo también lo sabía. Hizo una mueca de desprecio.

—¡L-l-levántate! —dijo—. Podemos cogerla.

Calculé qué ocurriría si le disparaba. Estaba a menos de tres metros de mí.

Aunque le diera en el pecho y le paralizara el corazón, la distancia de tiro era muy corta.

Seguía acercándose.

Cuando apunté mi pistola y puse el dedo en el gatillo, Melissa Farley saltó de la cama y se lanzó al cuarto de baño.

—No —grité—. Quédate donde estás.

—Tengo que ir con mi marido.

No oí abrirse la puerta detrás de mí.

No oí entrar a nadie en la habitación.

Pero de repente estaba allí.

—*¡No, Bobby!* —gritó Allison.

Y durante un largo segundo todo se detuvo.

141

El hombre al que Allison llamó Bobby se quedó paralizado. Se mantuvo firme y puso cara de desconcierto.

—Allison —dijo—, se suponía que debías estar en casa.

¡Bobby! No me había fijado en el tartamudeo, pero entonces reconocí su cara. Era Bob Hinton, el abogado que me había atropellado con su bicicleta, aunque no tenía tiempo para pensar cómo encajaba en todo aquello.

Allison pasó por delante de mí como si estuviera en un sueño, se acercó a Bob Hinton y le abrazó por la cintura. Antes de que pudiera detenerla, Hinton la rodeó con sus brazos y la agarró con fuerza.

—Pequeña —susurró—, no deberías estar aquí. No deberías ver esto.

De repente me bajó la tensión, y el sudor de mis manos hizo que el gatillo estuviera resbaladizo, pero seguí apuntando a Hinton.

Mientras buscaba un ángulo mejor, Hinton volvió a la aturdida niña hacia mí, y me di cuenta de que también él estaba aturdido.

—Bob —dije con tono firme para que me creyera—. Depende de ti. Pero te volaré la cabeza si no tiras ese cuchillo y te pones de rodillas.

Bob se agachó y escondió su cara detrás de Allison, convirtiéndola en un escudo. Sabía que después le pondría el cuchillo en el cuello y me diría que tirase el arma. Y tendría que hacerlo.

No esperaba la expresión de tristeza que invadió su cara mientras apretaba su mejilla contra la de Allison.

—Ali, Ali, eres demasiado pequeña para comprenderlo.

Ali movió la cabeza de un lado a otro.

—Lo sé todo, Bobby. Tienes que dejarlo. Voy a decírselo todo a Lindsay.

Un movimiento repentino desvió mi atención de la terrible escena que tenía delante. Melissa Farley salió tambaleándose del cuarto de baño con la parte delantera del camisón manchada de sangre.

—Una ambulancia —jadeó—. Llamen a una ambulancia, por favor. Ed todavía está vivo.

142

Unos diez minutos después sonaron las sirenas, y las luces intermitentes de los coches patrulla subieron a toda velocidad por el sinuoso camino. Por encima rugían las aspas de un helicóptero.

Melissa Farley había vuelto al cuarto de baño con su marido.

—Allison —dije—. Por favor, ve abajo y abre la puerta a la policía. —Bob seguía agarrando a Allison con fuerza. Cuando me miró con los ojos desorbitados, vi que le temblaban los labios al contener los sollozos.

—Hazlo, cariño —dijo Carolee desde donde estaba tendida en el suelo—. Está bien.

A diez pasos de mí, Bob tenía la expresión de un hombre abatido. Cuando apretó los hombros de Ali, jadeé involuntariamente. Luego soltó a la niña.

En cuanto Ali estuvo a salvo fuera de la habitación, estalló mi ira.

—*¿Quiénes sois vosotros?* ¿Qué os hacía pensar que podríais salir impunes de todo esto?

Me acerqué a Bob Hinton, le quité el cuchillo y le ordené que pusiera las manos contra la pared. Mientras lo cacheaba, le leí sus derechos.

—¿Lo comprendes?

Su risa era aguda pero sardónica.

—Mejor que la mayoría —respondió.

Hinton llevaba herramientas para cortar vidrio y una cámara, que también le quité. Luego lo obligué a tumbarse en el suelo y me senté en la cama apuntándoles a él y a Carolee con mi pistola.

Ni siquiera parpadeé hasta que oí pasos que subían estrepitosamente las escaleras.

143

Eran las tres de la mañana, y me encontraba de nuevo en la comisaría. El comisario Stark estaba con Bob Hinton en la sala de interrogatorios, donde el abogado estaba describiendo con todo detalle los numerosos homicidios que él, Carolee y Keith habían cometido en Half Moon Bay.

Yo estaba sentada con Carolee en el despacho del comisario, con un antiguo magnetófono Sony entre nosotras sobre la desordenada mesa. Un detective nos trajo unas tazas de café en una caja de cartón y luego se apostó junto a la puerta mientras yo la interrogaba a ella.

—Quiero hablar con mi abogado —dijo Carolee con tono categórico.

—¿Te refieres a Bob? ¿Puedes esperar un poco? —repuse—. Ahora mismo te está delatando, y nos gustaría anotarlo todo.

Carolee sonrió con aire distraído.

Se apartó un mechón de pelo de su suéter negro de cuello vuelto y luego cruzó las manos bien cuidadas sobre su regazo. No pude evitar mirarla.

Carolee había sido mi amiga. Habíamos intercambiado confidencias. Le había dicho que me llamara si me necesitaba alguna vez. Idolatraba a su hija.

Incluso ahora parecía una persona digna y sensata.

—Quizá prefieras otro abogado —dije.

—No importa —respondió—. Va a dar lo mismo.

—Muy bien. Entonces, ¿por qué no hablas conmigo?

Después de poner en marcha el magnetófono dije mi nombre, la fecha y la hora, mi número de placa y el nombre de la detenida. Luego rebobiné la cinta y volví a ponerla para asegurarme de que el aparato funcionaba. Una vez satisfecha, me recliné en la silla giratoria del comisario.

—Muy bien, Carolee. Te escucho —dije.

La mujer de aspecto encantador con su perfección de Donna Karan se tomó un momento para ordenar sus ideas antes de hablar.

—Lindsay —dijo con tono pensativo—, tienes que entender que ellos se lo buscaron. Los Whittaker hacían pornografía infantil. Los Daltry estaban matando de hambre a sus gemelos. Pertenecían a un extraño culto religioso que les decía que los niños no debían comer alimentos sólidos.

—¿Y no se te ocurrió informar a los Servicios Sociales?

—Lo denuncié una y otra vez. Pero Jake y Alice eran inteligentes. Llenaban las baldas de comida, pero no daban de comer a sus hijos.

—¿Y el doctor O'Malley y su mujer?

—El doctor estaba vendiendo a su propia hija en Internet. Había una cámara en su habitación. Esa estúpida Lorelei lo sabía. Caitlin lo sabía. Sólo espero que sus abuelos le consigan la ayuda que necesita. Ojalá pudiera ayudarla yo.

Cuanto más hablaba, más comprendía la profundidad de su narcisismo. Carolee y sus huestes habían asumido la misión de eliminar los abusos infantiles en Half Moon Bay actuando como jueces, jurados y verdugos: toda la estructura judicial. Y tal y como lo describía, casi parecía sensato.

A condición de que ignoraras lo que había hecho.

—Carolee. *Has matado a ocho personas.*

Nos interrumpió un golpe en la puerta. El detective la abrió unos centímetros y vi fuera al comisario con expresión cansada. Entonces salí al pasillo.

—Han llamado del hospital —me dijo—. Hinton dio el golpe de gracia después de todo.

Volví a entrar en el despacho del comisario y me senté en la silla giratoria.

—Que sean nueve, Carolee. Ed Farley acaba de morir.

—Y doy gracias a Dios por eso —dijo Carolee—. Cuando abráis el cobertizo del patio de los Farley, vais a tener que ponerme una medalla. Los Farley traficaban con niñas mexicanas y las vendían como prostitutas por todo el país. Llama al FBI, Lindsay. Esto es una bomba.

Carolee relajó su postura mientras yo encajaba esa nueva noticia. Luego se inclinó hacia delante con absoluta confianza. La seriedad de su cara era sorprendente.

—He querido decirte algo desde que te conocí —dijo—. Y sólo te importa a ti. Tu John Doe. Esa mierda tenía un nombre. Brian Miller. Y lo maté yo.

144

No podía creer lo que me acababa de decir Carolee.

Había matado a mi John Doe.

La muerte de ese chico había estado presente en mi mente durante diez años. Carolee era la amiga de mi hermana. Me resultaba difícil encajar que la asesina de John Doe y yo hubiéramos recorrido caminos adyacentes que finalmente habían convergido en ese despacho.

—Es tradición que el condenado pueda fumar un cigarrillo, ¿verdad, Lindsay?

—Sí, claro —dije—. Los que quieras.

Cogí un cartón de Marlboro que había sobre un fichero, lo abrí y puse un paquete de cigarrillos y una caja de cerillas junto al codo de Carolee con una naturalidad que tuve que fingir.

Estaba desesperada por oír hablar del muchacho cuya vida perdida me había acompañado en espíritu durante tantos años.

—Gracias —dijo Carolee, la profesora, la madre, la salvadora de niños maltratados.

Quitó el celofán y el papel de la parte superior del paquete y sacó un cigarrillo. Luego encendió una cerilla y el olor a azufre se elevó en el aire.

—Keith sólo tenía doce años cuando vino a mi escuela. Como mi hijo Bob —dijo—. Los dos eran unos niños encantadores, con un futuro muy prometedor.

Escuché con atención mientras Carolee describía a Brian Miller, un chico algo mayor, un fugitivo que se ganó su confianza y acabó trabajando en la escuela.

—Brian violó a Bob y a Keith reiteradamente, y también violaba sus mentes. Tenía un cuchillo de las Fuerzas Especiales. Les decía que los convertiría en chicas si le contaban a alguien lo que hacía.

A Carolee le cayeron unas lágrimas por las mejillas. Apartó el humo como si fuera eso lo que la había hecho llorar, y al tomar un sorbo de café le tembló la mano.

El único sonido de la habitación era el suave silbido de la cinta magnetofónica que pasaba de una a otra de las bobinas del Sony.

Cuando Carolee empezó a hablar de nuevo, su voz era más suave. Me incliné hacia delante para no perderme ninguna palabra.

—Cuando Brian terminó de utilizar a los muchachos desapareció, llevándose su inocencia, su dignidad, su autoestima.

—¿Por qué no llamaste a la policía?

—Lo denuncié, pero cuando Bobby me dijo lo que había ocurrido, había pasado algún tiempo. Y a la policía no le interesaba mucho mi escuela para fugitivos. Keith tardó años en volver a sonreír —prosiguió Carolee—. Bob era más frágil aún. Cuando se cortó las venas, yo tuve que hacer algo.

Carolee estaba dando vueltas a la correa del reloj, un gesto muy femenino, pero los rasgos de su cara estaban deformados por una ira que parecía tan intensa como hacía diez años.

—Continúa —dije—. Te estoy escuchando, Carolee.

—Me enteré de que Brian vivía en un hotel de transeúntes en el distrito Tenderloin —me dijo—. Vendía su cuerpo. Le invité a una buena comida con abundante vino. Me permití recordar cuánto le apreciaba antes, y él se lo creyó. Pensaba que seguía siendo su amiga.

—Le pedí amablemente una explicación. Por su forma de hablar, lo que tenía con los niños era amor romántico. ¿Te lo puedes creer?

Carolee se rió mientras echaba la ceniza en un cenicero de papel de aluminio.

—Volví a su habitación con él —continuó Carolee—. Le había llevado una camiseta, un libro y algunas otras cosas.

—Cuando se dio la vuelta, lo agarré y lo degollé con su propio cuchillo. No se lo podía creer. Intentó gritar, pero le había cortado las cuerdas vocales. Luego lo azoté con mi cinturón mientras se moría. Estuvo bien, Lindsay. La última cara que vio Brian fue la *mía*.

—La última voz que oyó fue la *mía*.

Me vino a la mente una imagen del John Doe n° 24, ahora con vida gracias a la historia de Carolee. Aunque fuera todo lo que ella decía que era, había sido una víctima condenada y ejecutada sin un juicio.

La coincidencia final era que Carolee había garabateado «A nadie le importa» en la pared del hotel. Apareció en las crónicas de todos los periódicos. Diez años después se encontraron los recortes en la extraña colección de historias de crímenes de Sara Cabot. Ella y su hermano se apropiaron del lema.

Le acerqué una libreta a Carolee y le di un bolígrafo. Cuando empezó a escribir, le temblaba la mano. Entonces levantó su atractiva cabeza.

—Voy a poner que lo hice por los niños. Que lo hice todo por ellos.

—Muy bien, Carolee. Es tu historia.

—Pero ¿lo entiendes, Lindsay? Alguien tenía que salvarlos. *Y yo soy la única. Yo soy una buena madre.*

El humo nos envolvió mientras sostenía mi mirada.

—Puedo entender que se odie a la gente que hace cosas terribles a niños inocentes —dije—. Pero matar, no. Eso no lo entenderé nunca. Y nunca entenderé cómo has podido hacerle esto a Allison.

145

Fui por un lúgubre callejón llamado Gold Street hasta llegar al letrero de neón con sus enormes letras azules: Bix. Al entrar por la puerta enmarcada en ladrillo, me emocionaron los acordes melancólicos de un piano de media cola.

Los techos altos, el humo del tabaco que había sobre la barra curvada de caoba y los adornos *art déco* me recordaron una versión de Hollywood de un local clandestino de los años veinte.

Me acerqué al *maître*, que me dijo que era la primera en llegar.

Le seguí por las escaleras hasta el segundo piso y me senté en uno de los reservados con forma de herradura que daban a la parte de abajo.

Pedí un Dark & Stormy —ron Black Seal con *ginger ale*—, y cuando estaba probándolo vino hacia mí mi mejor amiga.

—Te conozco —dijo Claire sentándose a mi lado y dándome un fuerte abrazo—. Eres la chica que ha resuelto un montón de asesinatos sin la ayuda de sus compañeras.

—Y que ha vivido para contarlo —dije.

—Según he oído, por los pelos.

—Espera —dijo Cindy entrando en el reservado por el otro lado—. No quiero perderme nada. Si no te importa, me gustaría trazar un pequeño perfil de nuestra experta en homicidios.

Le di un beso en la mejilla.

—Tendrás que hablar con el Departamento de Prensa —respondí.

—Eres como un dolor —dijo besándome también.

Claire y Cindy pidieron una de las bebidas exóticas por las que era famoso el bar, mientras llegaba Yuki directamente de la oficina. Llevaba aún su impecable traje de abogada, pero tenía un nuevo mechón rojo en su brillante pelo negro.

Un camarero trajo las ostras y las gambas y aderezó el filete tártaro a un lado de la mesa. Mientras nos servían la comida y las bebidas, les hablé a las chicas de lo que había ocurrido en la casa de ladrillo de la colina.

—Era todo tan extraño que la consideraba una amiga —les dije de Carolee—, y no la conocía en absoluto.

—Hace que dudes de tu intuición —comentó Cindy.

—Así es. Y también engañó a mi hermana.

—¿Es posible que te siguiera la pista porque habías estado investigando el asesinato de Brian Miller? —preguntó Claire.

—Sí. Manteniendo a su «amiga» cerca podía controlar a su enemiga.

—Por el John Doe número veinticuatro. Caso cerrado —dijo Yuki levantando su copa.

—Caso cerrado —repetimos brindando con ella.

Pedimos rape con espárragos, espaguetis con langosta y *carpaccio* de carne de vaca, y de algún modo, degustando la exquisita comida mientras intentábamos hablar todas a la vez, cada una contó su historia.

Cindy estaba escribiendo un artículo sobre un ladrón de bancos al que habían pillado porque escribió su «reclamación monetaria» en la parte posterior de su recibo de depósito.

—Dejó el recibo y se largó con la pasta —dijo Cindy—. La policía le estaba esperando cuando llegó a casa. Es la mejor historia de mi columna de «Ladrones estúpidos».

—¡Yo tengo una muy buena! —intervino Yuki—. Mi cliente es hijastro de uno de los socios, y he tenido que defenderle —dijo dando vueltas a su mechón de pelo rojo—. Un par de policías llaman a su puerta buscando al sospechoso de un robo. El tipo les dice que entren porque no sabe nada de ningún robo, y luego dice: «Miren donde quieran, excepto en el ático».

—Sigue, sigue —la animamos. Yuki tomó un sorbo de su Germain-Robin Sidecar y miró alrededor de la mesa.

—El juez firma una orden de registro y la policía encuentra en el ático de mi cliente marihuana hidropónica bajo unas lámparas de cultivo. La sentencia es para la semana que viene —dijo por encima de nuestras risas.

Mientras la conversación giraba alrededor de la mesa, me sentí afortunada de estar de nuevo con esa pandilla. Nos encontrábamos muy cómodas juntas y habíamos compartido muchas cosas, incluso con nuestra amiga más reciente, Yuki, que había sido admitida en el grupo por unanimidad por salvarme la vida.

Cuando estábamos a punto de pedir el postre, vi que venía hacia nosotras un hombre de pelo cano con una leve cojera que me resultaba familiar.

—Boxer —dijo Jacobi sin saludar siquiera a las demás—. Necesito que vengas. Tengo el coche fuera en marcha.

Puse la mano sobre mi copa vacía reflexivamente. Mi ritmo cardiaco se disparó, y por delante de mis ojos pasaron unas imágenes de una persecución y un tiroteo.

—¿Qué ocurre? —le pregunté.

Acercó su cabeza a la mía, pero en vez de susurrar me dio un beso en la mejilla.

—No ocurre nada —dijo—. Iba a salir de una tarta, pero tus chicas me disuadieron.

—Gracias, Jacobi —dije riéndome. Luego le puse una mano en el brazo—. Quédate con nosotras para el postre.

—Si no os importa.

Nos movimos todas un poco para hacerle sitio en el reservado. El camarero trajo Dom Perignon —gracias, Jacobi—, y cuando nuestras copas estuvieron llenas, mis nuevos y viejos amigos brindaron por mi vuelta.

—Por Lindsay. ¡Bienvenida a casa!

EPÍLOGO

146

La primera semana de vuelta al trabajo fue como un huracán de fuerza cinco.

El teléfono no dejaba de sonar, y en mi puerta había policías cada pocos minutos pidiendo que acelerara una docena de casos activos. Todo eran alertas rojas.

Pero el problema subyacente estaba para mí más claro que nunca. La media de casos resueltos del Departamento rondaba el cincuenta por ciento, lo cual nos situaba en los últimos puestos en el *ranking* de Brigadas de Homicidios de grandes ciudades.

No era que no fuésemos buenos; simplemente teníamos poco personal y mucho trabajo, y la brigada se estaba quemando. De hecho, la gente había estado llamando toda la semana para decir que estaba enferma.

Cuando Jacobi llamó a la puerta de cristal ese viernes por la mañana, le dije que entrara.

—Teniente, ha habido disparos en Ocean Beach. Dos víctimas mortales. Hay un coche en el escenario del crimen y otro de camino, y los agentes siguen pidiendo refuerzos. Los testigos están asustados y comienzan a dispersarse.

—¿Dónde está tu compañero?

—Recuperando el tiempo perdido.

A través de las paredes de cristal de mi oficina podía ver a toda la brigada. El único policía sin un montón de casos activos sobre su mesa era yo. Cogí la chaqueta del respaldo de mi silla.

—Espero que lleguemos a tiempo —le dije a mi antiguo compañero—. Dime lo que sepas.

—Dos bandas de Daly City y Oakland se enzarzaron en una pelea en el aparcamiento que hay junto a la playa —me dijo Jacobi.

Bajamos corriendo las escaleras, y al salir a la calle McAllister Jacobi abrió la puerta del coche y cogió el volante.

—Empezó con navajas, y luego apareció una pistola. Hay dos muertos y un herido. Y dos detenidos. Uno de ellos se metió en el agua y enterró la pistola en la arena.

Ya me estaba imaginando el escenario del crimen para intentar encajar las piezas del rompecabezas.

—Necesitaremos buzos —dije agarrándome al salpicadero mientras tomábamos la curva de la calle Polk.

Jacobi esbozó una extraña sonrisa.

—¿Qué ocurre, Jacobi?

—Perdón, teniente —dijo sobre el sonido de la sirena—. Estaba pensando.

—¿Sí?

—Me gusta trabajar contigo, Boxer. Me alegro de que estés de nuevo en acción.

Otros títulos publicados en
books4pocket narrativa

James Patterson
Luna de miel
El tercer grado
Perseguidos

Dan Brown
El código da vinci
Ángeles y demonios

Elizabeth Kostova
La historiadora

Carol Higgins Clark
Los ojos de diamante

Jeff Lindsay
El oscuro pasajero
Querido Dexter

Alan Furst
Reino de sombras
La sangre de la victoria

Jennifer Weiner
Bueno en la cama

Robyn Sisman
Solamente amigos

Santa Montefiore
La caja de la mariposa
La sonata de nomeolvides

Sébastien Japrisot
Largo domingo de noviazgo

Jessica Barksdale Inclán
La niña de sus ojos

David Benioff
Descalza sobre el trébol y otros relatos

Jane Jensen
El despertar del milenio

Eric Bogosian
En el punto de mira

Andreu Martin
Jaume Ribera
Con los muertos no se juega

John Harwood
La dama del velo

www.books4pocket.com